시철학 산책

* 일러두기
- 완전 주석(저자, 역자, 서명)과 약식 주석(위의 책, 앞의 책)은 내각주로 병기하되 각 장마다 새로 적용한다.
- 완전 주석의 경우 출판사, 발행연도, 쪽수는 본문에서는 생략하되 권말 참고 서지에 일람한다.
- 한 장에 동일 저자가 있을 경우 약식 주석은 발행연도를 병기하여 구분한다.

시철학 산책

시의 세계, 철학의 대지

김겸 지음

일숲

40

규율이여, 너는 가차 없이 피를 뽑는구나!

– 르네 샤르, 심재중 옮김, 「히프노스 단장」, 『격정과 신비』, 2023.

차례

track 00

여는 글: 시와 철학의 존재 방식—포이에시스와 테오리아

빈센트 반 고흐, A Pair of Shoes (1886)

이 신발은 대지에 귀속해 있으면서 농부 아낙네의 세계 속에서 보호
받고 있다. (강조_인용자)

– 마르틴 하이데거, 오병남·민형원 옮김, 『예술작품의 근원』, 1998.

이 책은 '철학으로 시-하기, 혹은 시로 철학-하기'라는 차원에서 집필되었다. 일찍이 아리스토텔레스Aristoteles는 인간 활동의 세 가지 유형을 테오리아theoria, 포이에시스poiesis, 프락시스praxis로 정의한 바 있다. 이는 각각 이론적 탐구, 제작 활동, 윤리적 실천을 가리킨다. 시poet는 포이에시스의 어원이 가리키는 바와 같이 하나의 제작이며 창조 행위이다. 시는 재현representation이 아닌 생산production이기 때문이다. 이러한 제작 활동은 다시 윤리적(사회적) 실천으로 이어지고 이 과정에서 하나의 이론이 정립되며 이 이론은 또 다른 제작의 기반이 됨과 동시에 이를 넘어서기 위한 도약의 발판이 된다. 이와 같은 인간 활동의 범주가 역동적으로 작용하여 인류의 역사가 진보를 거듭해 온 것이다.

조르주 귀스도르프Georges Gusdorf에 따르면 "보편 랑그는 지식의 완전성과 영원히 평화 속에서 화해된 인간의 완전성에"(조르주 귀스도르프, 이윤일 옮김, 『파롤』) 있다. 그런 의미에서 낱말이야말로 표현 의도를 내재하고 있는 문장들의 퇴적물이며 명명(파롤)은 하나의 창조 행위라 할 수 있다. 그는 이를 작품의 창작의 메커니즘과 연관 지어 설명한다. "어제의 혁신자들은 오늘의 고전 작가"가 될 수밖에 없는 것처럼 작가는 물론이거니와 모든 이들에게 "고착된 랑그는 부패의 신호"이다.

구체적 발화체로서의 파롤은 추상적인 언어 목록인 랑그에 의해서 운용되지만 새로운 파롤은 항시 랑그에 대한 반역으로부터 출발한다 이는 앞서 얘기한 바와 같이 하나의 창조임과 동시에 기존의 랑그 체계를 무력화시키는 정동적 에네르기를 동반한다. 이는 전유의 개념과도 연관되는데, 앙리 르페브르Henri Lefebvre는 전유를 "자연의 지배, 인간 '존재'에 의한 자연의 전유, 프락시스와 포이에시스 등의 의미까지도 포함"(앙리 르페브르, 박정자 옮김, 『현대세계의 일상성』)하는 것으로 설명하며 프락시스의 중심이 바로 일상생활 안에서 발생한다고 말한다. 담론의 장 안에서 이러한 전유appropriation는 재전유re-appropriation에 의해 전복의 과정이 끊임없이 반복되는데, 여기서 전복적 실천으로서의 아방가르드야말로 예술이 지니는 메타-정치성의 구체적 증좌이다.

이는 또한 같은 맥락에서 재영토화와 탈영토화라는 질 들뢰즈Gilles Deleuze의 개념과 맞닿는다. 그는 "책은 세계의 탈영토화를 확실하게 해주지만 세계는 책을 재영토화하며, 다시 책은 스스로 세계 안에서 탈영토화된다"(질 들뢰즈·펠릭스 가타리, 김재인 옮김, 『천개의 고원-지본주의와 분열증2』)는 진술을 통해 이를 명확하게 설명하고 있다. 그는 여기서 고원Plateaux의 메타포를 사용해 탈주의 의미를 설명한다. 고원은 산과 같이 정상peak이라는 하나의 중심을 향한 초월성이 없다. 고원은 "성층 작용(=지층화)"에 의한 "층層이자 띠帶"(위의 책)이다. 그런 의미에서 고원은 내재성의 적층 과정을 통해서 수평적으로 이리저리 연결될 뿐, 산과 같이 어떤 중심을 향한 지향이 없다. 그는 이 고원의 유연성과 탈중심적인 형상에서 리좀Rhizome의 의미를 찾는다. 이때 "리좀이 일종의 반反계보"라는 것은 "중앙 집중화되어 있지 않고, 위계도 없"기에 도주선ligne de fuite의 다양체를 산출할 수 있는 것을 의미한다. 잘 알려진 바와 같이 그가 "유기체의 확장과 기관들의 조직화 이전의, 지층 형성 이전의 충만한 알"로서의 기관 없는 신체corps sans organs(CsO)를 제시하는 것도 외디푸스화된 자본주의적 욕망으로부터의 탈영토화된 삶을 그리기 위한 것이다. 이렇게 우리가 사는 세계의 지층은 코드화와 재코드화에 의해 끊임없이 유동하고 있다.

들뢰즈는 "인간은 절편적 동물"이라고 말한다. 우리 사회의 무수한 이항적 절편 구조를 보면 이는 명확해진다. 파시즘이 무서운 것은 이러한 절편화 작용을 통해서 여러 사회적 배치물들을 정교하게 위치시키기 때문이다. 조르조 아감벤Giorgio Agamben 식으로 말하자면 이는 일종의 장치dispositif로서 주체를 생산하는 "담론, 제도, 법, 경찰, 더 나아가 철학적 명제"(조르조 아감벤, 양창렬 역, 『장치란 무엇인가?-장치학을 위한 서론』)들의 정교한 절편 구조를 가리킨다. 그의 장치학의 핵심은 이러한 장치들에 대한 개입과 통치될 수 없는 분할의 지점들에 대한 발명 혹은 발견을 통해 무수한 이접disjunction을 만들어 간다는 데 있다.

마르틴 하이데거Martin Heidegger에 따르면 예술은 대지erde를 딛고 하나의 세계welt를 세우고, 대지를 새로운 세계의 장으로 불러세운다 herstellen. 이렇게 대지는 솟아오르면서 세계를 다시 간직한다. 이러한 역동적 과정을 하이데거는 대지와 세계의 투쟁으로 설명한 바 있다. 이처럼 철학은 시적 사유의 대지가 되고, 시(예술)는 다시 대지를 박차고 오르고 하나의 세계가 된다.

지금까지 여러 철학자들의 서로 다른 개념들은 맥락과 레토릭의 차원에서 다양하게 제시되지만, 기실 앎과 제작과 실천 사이의 역동적 관계로 인간의 사회적 활동을 정의한 아리스토텔레스로부터 멀리 떨어져 있지 않다. 요컨대 이 책은 '철학'이라는 앎과 '시'라는 제작과 '정치'라는 윤리적 실천 사이의 관계 속에서 철학을 통해 시를 사유하고 시를 통해 철학을 넘어서는 하나의 도주선을 더듬어 보고자 하는 데 작은 의미가 있다.

track 01

바흐친·마수미·들뢰즈·라캉의 철학과 디카시
—디카시의 철학적 가능성에 대한 시론

이원론을 빠져나가는 유일한 방법은 사이에-존재하기être-entre, 사이를 지나가기, 간주곡이기이다. 버지니아 울프가 끊임없이 생성하면서 온 힘을 다해 자신의 전 작품에서 체험한 것이 바로 그것이다.

- 질 들뢰즈·펠릭스 가타리, 김재인 옮김,『천개의 고원-자본주의와 분열증2』, 2001.

2004년 4월, 이전 이후

"하늘 아래 새 것이 있을 리 없다."(전도서 1: 9)라는 성서 구절처럼, 디카시가 새로운 문학의 장르로 자리매김하는 데는 그 맹아로서의 문학적 전사前史가 없을 리 없다. 특히 1980년대 "구체시의 영향 아래 형태시로써 전통 시형식의 해체와 전복을 시도"(이상옥, 『디카시 창작 입문』, 2017)한 황지우는 사진이나 시사 카툰을 시에 과감하게 삽입하는 일종의 콜라주와 패러디, 그리고 서체와 시행의 타이포그라피적인 구성을 통한 입체시를 도입하여 폭압적인 정치현실을 풍자하였다. 더 나아가 거대서사grand récit가 붕괴한 1990년대는 디지털 환경의 맹아와 만나면서 시의 탈장르화와 장르 확산은 더욱 가속화하였다. 특히 "시가 사진을 설명하는 차원에 머물지 않고 사진과 한 몸을 이루며 새로운 의미의 공감각성을 확립"(김정남, 「90년대 여성 시인의 현실인식과 기법」)하는 시적 특성을 뚜렷하게 보여 준 신현림의 경우는 디카시의 전사로서 뚜렷한 의미를 갖는다. 물론 그의 시가, "자연이나 사물에서 시적 형상을 순간 포착하여 짧은 언술로 표현하는 방식"(이상옥, 앞의 책)을 취하는 오늘날의 디카시dica-poem나 "시가 먼저 쓰이고 그와 어울리는 사진 영상을 병치하는 방식"(이상옥, 『앙코르 디카시』, 2010)의 포토포엠photo-poem과는 본질적으로 차이가 있다. 하지만 「외로운 마약, 외로운 섹스」(신현림, 『세기말 부르스』)와 같은 시를 보면, 제목과 사진과 언술이 각각의 자장을 지니며 서로를 밀치고 삼투하면서 대화적으로 의미를 생산하는 양상을 확인할 수 있어 디카시의 전사로서 큰 의미를 지닌다.

1995

주차장 앞에서 한 사내가 지워지고 있소

우리는 아마 죽을 때까지 인생을 모를 거요
나날은 빌린 모자처럼 헐렁거려 쉽게 날아가오
나는 고독과 그리움만 느끼며 헤매왔소
시를 쓰며 외로움을 잊는다는 희망이
외로움을 견디게 하오

— 신현림, 「외로운 마약, 외로운 섹스」 전문

우선 세 장의 사진은 텅 빈 거리에 덩그러니 놓인 빈 의자를, 주차장 입구에 기울어진 검은 그림자를, 그리고 '詩가 마약이고 슬픈 애인이다. 95. 7 신현림'이라는 적바림을 보여준다. 이 시의 제목, '외로운 마약'은 세 번째 사진을 통해서 보면, '詩'와 '詩를 쓰는 일'을 가리킨다고 볼 수 있고, '외로운 섹스'는 '詩'가 '슬픈 애인'과 같다는 것과 의미가 통한다. 결국 시와 시를 쓰는 일은 외로운 마약과 같은 것이고, 슬픈 애인과 같은 것이다. 첫 번째 사진은 시인의 실존적 외로움을 보여주고, 이것은 두 번째 사진인 주차장 입구에 기울어진 검은 그림자와 연결되며, 이는 다시 첫 행의 "주차장 앞에서 한 사내가 지워지고 있소"와 통한다. 그 이하의 진술은, 우리는 죽을 때까지 인생을 모를 것이고, (시를 써왔던) 나날은 빌린 모자처럼 헐렁거리며 쉽게 날아간다로 이어진다. 화자는 이를 느끼며 살아왔으나 고독과 그리움을 견디게 해준 것은 외로운 마약, 외로운 섹스와 같은 시詩라는 진술(세 번째 사진)로 귀결된다. 이처럼 신현림의 시에서 시와 사진은 양자간 보조적인 위치에 놓이지 않고 대등한 대화적 관계를 만들어내는데, 이때 발생하는 변증법적인 벡터vector가 시적 의미의 자장을 형성한다고 할 수 있다.

이상옥 시인이 한국문학도서관 개인서재 연재 코너에 처음으로 디카시라는 신조어를 사용하여 작품을 게재한 2004년 4월, 그리고 같은 해 9월 최초의 디카시집 『고성 가도固城 街道』를 출간한 이래, 디카시라는 단어가 사전에 등재되고[*] 더 나아가 교과서에도 게재되어[**] 그 장르적 가치

---

[*] 디카-시(← digital camera 詩)「명사」『문학』디지털 카메라로 자연이나 사물에서 시적 형상을 포착하여 찍은 영상과 함께 문자로 표현한 시. 실시간으로 소통하는 디지털 시대의 새로운 문학 장르로, 언어 예술이라는 기존 시의 범주를 확장하여 영상과 문자를 하나의 텍스트로 결합한 멀티언어 예술이다.(국립국어원 우리말샘)

[**] 서동균 시인의 디카시 「봄」이 '미래엔 중학교 1학년 국어교과서'와 '천재교육 고등학교 1학년

를 인정받고 있다.

오늘날 디카시의 장르적 정합성은 "영상과 문자가 (대등하게-인용자 주) 결합하여" 완성되는 것이지, "영상에 시가 (종속적으로-인용자 주) 결합된 것은 아니"(이상옥, 2017)라는 데 핵심이 있다. 그런 의미에서 "디카시가 사물을 통해 시인을 드러"낸다는 것은 "사물은 시인을 통해 말하고 시인은 사물을 통해 말하는 경지"(위의 책)를 가리킨다. 이때 날시raw poem로 명명된 디지털 카메라에 포착된 "시창작의 단초"(이상옥, 2010)라 할 수 있는 시적 영상은 문자와 결합하게 되면서 "'날'이라는 말은 떨어져나가고 하나의 완전한 시작품"(위의 책)이 되는 것이다. 여기서 사진과 시적 언어가 하나의 디카시로 완성되는 사태는 "짧은 찰나의 예리한 감각과 안목으로 영상 미학을 발굴"한다는 뜻에서의 순간예술과 이에 결합되는 "콤팩트한 시적 언어가 견고한 의미구조를 생성하며 길이 명작으로 남을 기대감을 표출"한다는 의미에서의 영속예술의 "필요충분조건을 성립시키는 형국"(김종회, 「순간예술이자 영속예술로서의 디카시」)으로 이해될 수 있다.

이상옥 시인은 "시는 언어 너머에도 존재하는 것이다"(이상옥, 2017)라고 말한다. 그것은 언어 이전에 숨어 있는 시적 비의이면서 언표화되기 이전의 "근원 존재(은폐된 신)"(위의 책)일 수도 있을 것이다. 그 시원의 송신자의 손짓에 디지털 카메라가 가 닿고 그것에 의해서 포착된 영상이 시적 언술과 결합하여 수신자인 실제독자 안에서 "다차원적인 해석의 가능성을 열어주는 것"(최호영, 「디카시dica-poem의 이미지 구현 방식과 뉴미

국어교과서'에 실렸다. '문자'와 '영상'의 결합인 '디카시'가 교과서에 실리기는 처음이다.(『오마이뉴스』, 2018. 2. 2.)

디어 시대의 문학 공간」)*** 이 디카시만이 가지고 있는 소통적 구조이다. 이러한 구조 안에서 시적 의미는 사각의 프레임 안에 담긴 여러 오브제와 시적 진술 내부의 시어들 사이의 대화적 관계에 의해서 발생한다.

다성성polyphony, 대화적 관계

일찍이 미하일 바흐친Mikhail Bakhtin은 카니발carnival의 개념을 동원해 다원성과 상대성을 중심으로 대화이론을 전개한 바 있다. 금육이 시작되기 전 사순절 전야에 술과 고기를 먹으며 놀이를 하던 사육제는 중세인들에게는 금욕적인 기독교적 공식문화의 엄숙성과 대립되는 또 하나의 세계로, 바흐친은 이러한 금기를 넘어서는 카니발적 세계 감각에서 민중의 자유분방함과 웃음, 계급적 전도, 정치적 해방 등의 메타포를 감지해낸다.

여기서 바흐친이 착목한 민중 정신의 다성성은 계급투쟁의 장이라고 할 수 있는 언어 속에 내장된 '대화적 관계'에 그 핵심이 있다. 바흐친에 따르면 '대화적 관계'란 언술과 언술 사이에서 발생하는데, 언술의 한 부분이나 개별적인 어느 한 단어에서도 가능하다. 한편, 대화적 관계는 언어 스타일이나 사회적 방언에서도 생겨날 수 있으며 심지어 한 개인에서도 가능하다. 이 경우 그것은 언술 전체나 언술의 한 부분 혹은 한 단어와 단어 사이에서도 일어난다. 한 마디로 말해서 대화적 관계는 기호적인 모든 현상에서 일어날 수 있다.(김욱동, 『대화적 상상력-바흐친의 문학이론』)

담론적 층위에서 언어는 일종의 사회적 실천이고 그 실천은 사회구조에 의해서 규정된다.(다이안 맥도넬, 임상훈 옮김, 『담론이란 무엇인가-알

***디카시가 만들어내는 다양한 해석의 가능성은 ①환유적인 표현을 활용하고 세부적인 요소를 환기하여 영상언어와 문자언어 간에 긴장관계를 조성하거나 ②서사적인 시간을 도입하여 타자의 다양한 목소리를 발생시킴으로써 개인의 체험 영역을 다각화시키는 것에 의해서 발생한다.

튀세 입장에서의 푸코·포스트맑시즘 비판』) 이러한 측면에서 소쉬르Ferdinand de Saussure 언어학은 연구 대상을 사회적·공동체적 언어체계(랑그)를 대상으로 삼으면서 휴머니즘적 사회관을 도입하여 모든 사회적인 것은 동질적이며 모든 사람들에게 공유된다고 파악한다. 이러한 소쉬르의 '추상적 객관주의 언어학'은 사회의 모든 갈등을 무시하고 심지어 담론 간의 차이까지도 무시하는 것이다.(위의 책) 그런 의미에서 소쉬르 류의 추상적 언어학이 언어를 단순한 수단의 차원에서 바라본다면 바흐친의 초언어학translinguistics은 소통 그 자체가 중요한 것이다. 그가 톨스토이의 단성적 소설이 아닌 도스토예프스키의 다성적 소설에 주목했던 것은 인물들의 개성적인 목소리들(발화) 속에 담긴 상호 대화적 관계 속에서 지속되는 비결정적 담론 때문이다.

디카시는 사진이라는 시각 이미지와 시적 진술이라는 언어 기호 사이의 팽팽한 긴장관계 속에서 역동적인 양가치를 생산하는 '다성성'의 장르다. 이는 시가 사진을 해설하는 것이 아니라, 사진이 시를 증명하는 게 아니라, 그 행간에 감각의 중추가 숨어 있다는 의미다. 시가 지니는 구심적 장르로서의 가치는 사진과 언어가 융합된 디카시에서는 원심적 확장성을 획득하는데, 이는 바흐친이 말하는 카니발화의 개념과 상통하는 것으로서 단성적 세계를 복수악센트화Multi-Accentualization하는 미학적 의미를 지닌다.

햇살이 일찍 방문을 열었다

밤낮 밖이며 끝인 처마를
방안에 제일 먼저 들였다

좌정한 처마가 문밖 초록시를 읽고 있다

— 최광임, 「아침」 전문

이 시에서 사진은 초록의 초목이 보이는 열린 방문 사이로 방바닥에 아침 햇살이 길게 드리운 어느 한옥의 아침을 제시하고 있다. 사진이 보여주는 시각 정보는 눈에 들어오는 몇 가지 사물과 현상을 동원하여 이렇게 간명하게 요약할 수 있지만, 이 사진이 담고 있는 풍경과 마주 놓이는 시적 진술은 사진 속 장면을 낯설게 재구성하며 일상적인 시선에서 바라본 평면적 풍경의 이면을 드러낸다.

우선 시적 진술은 행위의 주체를 모두 사물에게 이양하고 있다. "시의 주도권이 시인에게서 사물에게로 옮겨진 것"(이상옥, 2017)이라는 디카시의 근본적 특질이 이 시에서 여실하게 증명되고 있는 것이다. 우선 방문을 연 주체는 사람이 아닌 햇살이다. 이렇게 전도된 인식은 "밤낮 밖이며 끝인 처마"를 방안에 제일 먼저 들였다는 현상학적 환원을 가능케한다. 사물이 초점화자가 된다는 것은 현상에 대한 내포화자의 판단중지 epoché를 의미하는 것이기 때문이다. 이렇게 햇살에 의해 언제나 밖인 처마가 방안으로 들어왔다면, 시각의 주체는 햇살에게서 처마에게로 옮겨지게 되고, 방안에 "좌정한 처마"는 다시 방문 밖 초록의 풍경(초록시)을 읽는다. 통사론적으로는 방문을 연 햇살이 주어일 때는("햇살이") 처마는 목적어가 되고("처마를"), 처마가 주어가 될 때는("처마가") 문밖의 초록 풍경이 목적어가 되는("초록시를") 국면이라고 할 수 있다. 이와 같이 사물에게 주체가 이양되고 사물들 사이의 행위주가 교체됨에 따라 존재를 둘러싼 현상의 이면이 드러나고 안팎의 소통이 가능케 되는 것이다.

　디카시에서 시인은 사진 속 풍경을 전하는 "에이전트agent의 역할"(위의 책)을 담당할 뿐, 사물들이 스스로 주체가 되어 서로가 서로를 바라보며, 서로가 서로의 상황을 가능케 하는, 대화적 국면을 형성한다. 이처럼 디카시에는 사진 속 대상(사물들), 내포화자, 화자(초점화자)가 역동적인 대화적 관계를 형성하여 한 편의 작품을 구성하고 있음을 알 수 있다. 요컨대, 디카시는 '구심적 언어'라고 지칭되는 서정시의 특성을 지님과 동시에 사물들 자체가 행위주가 되어 카니발적 소통이 이루어지는 '원심적 언어'의 특성까지도 지니고 있어, 전통적인 장르 규범으로는 포획하기 어려운 다성성의 담화구조를 형성하고 있다고 할 수 있다.

정동affect, 생성의 과정

디카시의 소통 과정에서 발생하는 존재들 ―실제 시인·포착된 사물(들)·내포 화자·화자·청자·내포 독자·실제 독자― 사이의 대화적 관계는 곧 현대철학에서 말하는 정동affect의 생성 과정을 내포한다. 정동은 사회적으로 약호화된 감정이 아니라 "재현되고 개념화되기 이전에 신체 수준에서 작동하는 강렬도"(김미정, 『정동의 힘』과 새로운 유물론적 조건에 대한 단상: 옮긴이 후기」, 이토 마모루, 『정동의 힘』)에 따라 결정된다. 감정emotion은 희로애락으로 명명할 수 있는 의식화된 마음의 상태이다. 하지만 정동은 의식을 매개할 시간적 여유 없이 바깥의 자극이나 정보가 직접적으로 신체를 통해 나타나는(위의 책) 것이다. 그런 의미에서 브라이언 마수미Brian Massumi가 말한 바와 같이 감정(정서)은 경험의 질을 사회언어학적으로 고정하는 것(브라이언 마수미, 조성훈 옮김, 「정동의 자율」, 『가상계』)이다. 요컨대 정동은 존재와 존재들 사이in-between-ness에서 의식이나 감정 혹은 사유들을 발생시키는 일종의 '되어감'의 에네르기라고 할 수 있다.

　시의 창작과 해석과정에서 정동은 필연적으로 수반된다(함돈균, 「한국문학사 또는 한국 현대시와 정동affect 담론의 양태들」)는 것은 주지의 사실이다. 더불어 이러한 정동의 흘러넘침overflow은 '사회', '시민성'의 경계를 문란하게 만들어버리는 '자연적인 것(자연 상태)'의 힘으로 출현(권명아, 「정동의 과잉됨과 시민성의 공간」)한다는 점에서 사회적 의미를 지니는데, 이는 문학의 창작과 해석의 과정에서 역동적으로 작용하고 더 나아가 하나의 정치적 에네르기로 확산되기도 한다.

　작품을 (혹은 세계를) 해석한다는 것은 어떤 의미인가? 이는 해석의 주체와 대상(들) 사이에서 정동이 촉발되고 흐름이 형성되고 흘러넘치는 과정 그 자체라고 할 수 있다. 그러나 이러한 정동은 결국 사회적 약호 체계 안에서 다시 정식화되고 에네르기는 소멸되지만, 계속적인 해석학적 욕망은 끊임없이 정동을 산출해 낸다. 산다는 것이 곧 끊임없는 정보처리(해석)의 과정이라고 했을 때, 여기에는 필연적으로 정동이 발생하고 힘은 우리를 여기가 아닌 저기로 인도한다.

느닷없는 너로 인해 지붕을 얻었어

천둥 번개도 이젠 두렵지 않아

고마운데 고맙단 말도 못하고

노란 잇몸 드러낸 채

배시시 웃고 있는 거 보이니?

— 서 하, 「노란 미소」 전문

　　이 시에서 제시된 두 사물―차단석과 노란 민들레―의 관계를 보자.
차단석은 앞에 보이는 타이어가 환기하듯 자동차 바퀴에 밀려 쓰러져 있
고 그 그늘 아래로 노란 민들레가 꽃을 피우고 있다. 차단석이 더 심하게
넘어졌다면 민들레는 깔려 죽을 수도 있는 상황으로 사진을 통해 전해지

는 정보는 긍정적이지 않다. 그러나 시적 진술은 이러한 상태를 극적으로 반전시키며 상황을 재해석한다. 초점화자로 등장하는 노란 민들레는 청자인 자신의 위로 넘어진 차단석에게 "느닷없는 너로 인해 지붕을 얻었어"라고 말하는 것이다. 그리하여 이제 "천둥 번개"로 상징되는 어떤 시련도 두렵지 않다고 말한다.

노란 민들레와 그 위로 쓰러진 차단석 사이에 형성되는 정동적 상황이 민들레의 입을 통해 이렇게 변모되고 있는 것이다. 차단석의 쓰러짐이라는 불행한 상황은 민들레가 죽지 않을 만큼의 절묘한 각도로 끝이 났고, 애초의 느닷없이 다가온 두려움과 공포(여기)는, 넘어진 차단석이 민들레에게 든든한 지붕이 됨으로써 보살핌과 고마움의 관계(저기)로 전환되는 것이다. 그리하여 민들레는 "고마운데 고맙단 말도 못하고" 그저 "노란 잇몸을 드러낸 채" "배시시 웃고 있는" 것이다. 우리의 삶도 이와 먼 자리에 있지 않다. 순간순간 다가오는 생의 위기와 그로 인한 공포는 쓰러진 차단석과 민들레의 관계처럼 살아갈 만한 기적 같은 순간들을 역설적으로 내포하고 있기 때문이다.

이처럼 존재와 존재들 사이에서 형성되는 정동은 생성·변화·발전이라는 '되어감'의 흐름을 보여준다. 디카시는 이러한 사물(들) 사이의 정동적 상황을 예각적으로 포착하고 이를 해석·재해석하는 과정을 통하여 새로운 인식의 벡터를 향해 나아가는 과정적 요소를 함의하고 있다. 이처럼 디카시는 창작과 해석의 과정에서 사물과 사물, 시어와 사물, 시어와 시어 사이에 창작자(해석자)가 개입하는 순간 정동이 촉발되고 흐름이 형성되며 흘러넘쳐 마침내 하나의 작품(의미)을 구성하게 된다.

유목, 사이에-존재하기être-entre

모든 파롤은 타자를 향한 말 걸기이다. 독백의 경우에도 타자화한 나를 대상으로 한 것이다. 따라서 다른 이를 납득시키기 위한 것이든 스스로를 이해하기 위한 것이든, 모든 파롤은 하나의 이음줄trait d'union(조르주 귀스도르프, 이윤일 옮김,『파롤』)이다. 귀스도르프의 이러한 견해는 "언어의 감옥"으로 지칭되는 공시언어학 모델에 기초한 구조주의의 한계를 타파하면서 개인의 구체적인 발화체로서의 파롤의 의미와 가치를 재맥락화하고 있다는 점에서 중요한 시사점을 지닌다.

귀스도르프는 "모든 삶은 우리에게 표현적 존재"(위의 책)로 나타난다고 말한다. 그는 수학을 세계를 기술하고 있는 가장 완벽한 랑그로 파악한다. 랑그라는 체계에 의해서 세계가 유지되고 지탱된다 할지라도 고착된 랑그는 변화하지 않는 삶이자 부패의 신호이다. 시인은 이렇게 삼인칭으로 죽어버린 "랑그의 몰개성성"(위의 책)에서 벗어나 파롤을 통해 말을 되살리는데, 이것이 곧 "스타일style의 창조"(위의 책)를 의미한다. 여기서 필연적으로 발생하는 난해성은 언어적 혁신의 산물이지만 이것이 종국적으로 보편화될 때 "어제의 혁신자들은 오늘의 고전 작가들이"(위의 책) 될 수밖에 없다.

질 들뢰즈가 말한 바와 같이 존재론적 이원론에서 벗어나기 위해서는 "사이에-존재하기être-entre, 사이를 지나가기, 간주곡이기"(질 들뢰즈·펠릭스 가타리, 김재인 옮김,『천개의 고원-자본주의와 분열증2』)라는 도주선 ligne de fuite(위의 책)을 확보해야 한다. 잘 알려진 대로, 그는 나무와 리좀을 대조한다. 전자가 사본들을 분절하고 위계화hierarchization하는 반면, 리좀은 사본이 아니라 지도이다. 나무처럼 되면 욕망으로부터 아무것도 생기지 않지만, 리좀을 통해서 욕망은 생산되고 움직인다. 들뢰즈는 "손은 탈영토화된 과거의 앞발"(위의 책)이라고 비유한다. "원숭이의 그것에 비교했을 때 인간의 손은 얼마나 탈영토화된 것인가. 이처럼 인간의 입이 음식물과 소음이 아닌 말로 채워진 것은 얼마나 기묘한 탈영토화인가"라고 그는 말한다.

한 사람에게 강요된 교육이라는 이름의 정상화는 그 개인을 가정된 이상에 순응하도록 한다. 그러한 주체화의 점으로부터 언표행위의 주체가 발생하는 것이다. 그런 의미에서 우리가 사는 공리계는 "모든 선들을 봉쇄하고, 모든 것들을 점 체계로 종속"(위의 책)시키고 모든 것을 정지시키는, 귀스도르프 식으로 말하자면, 거대한 랑그의 세계이다. 이에 대립되는 "도주의 벡터들 또는 긴장들의 전체 배치물"(위의 책)은 리좀화되는 예술의 모든 가치를 대변한다.

이는 우리의 모든 저항을 "오배誤配(한자: 인용자)의 재연에서 시작"해야 한다는 아즈마 히로키東浩紀의 "관광객의 원리"(아즈마 히로키, 안천 옮김, 『관광객의 철학』)와 통한다. "배달의 실패나 예기치 않은 소통이 일어날 가능성을 많이 함축한"(위의 책) 자크 데리다Jacques Derrida에게서 빌려온 이 오배의 개념은 일종의 '바꿔 연결하기'라 할 수 있다. 아즈마 히로키는 바로 이러한 관광객이 "들뜸(우연성)"(위의 책)의 지배를 받는다는 데 주목한다. 이때 관광객은 "현실의 2차 창작자"(위의 책)로서, 다중이 데모하러 간다면 (쓸데없이-인용자 주) 놀고 구경하러 간다.(위의 책) 그는 이와 같은 관광객의 관용에 기대어 공동체주의(내셔널리즘)와 자유지상주의(글로벌리즘)의 대안을 제시(위의 책)****하고 있다.

**** 아즈미 히로키는 공동체주의자나 자유지상주의자처럼이 아니라, 가족 유사성에 근거해 신생아를 접할 때처럼 타자와 접해야 한다고 주장한다. 지금 우위를 점하고 있는 공동체주의(내셔널리즘)와 자유지상주의(글로벌리즘)에는 아예 타자의 원리가 없으며 현재 타자에 대한 관용을 지탱할 철학 원리는 이제 가족 유사성밖에, 또는 '오배'밖에 없다고 말한다.

그가 우는 동안 나는
슬프기도 하고 아무렇지 않기도 하였다
맞거나 맞지 않는 토정비결처럼
어디 앉아도 음표가 되는 생의 미묘함
무거운 듯 가벼운 듯 울음인 듯 노랜 듯

— 나혜경, 「새들」 전문

이 시의 사진 속에는 잔뜩 흐린 듯한 하늘을 배경으로 오선지(실제로
는 4줄의 전선) 같은 전깃줄의 제일 꼭대기에 새 한 마리가 앉아 있다. 우
리의 언어로 새는 울지만, 서양의 언어로 새는 노래한다. 이처럼 언어는
존재를 선험적a priori으로 규정한다. 그가 우는 동안 화자는 "슬프기도 하

고 아무렇지도 않기도 하였다"고 짐짓 담담함을 가장하여 말하고 있지만, 화자의 생의 이면은 그렇게 단순하지 않다. 그것은 "맞거나 맞지 않는 토정비결처럼" 무수한 엇갈림 속에서 희로애락을 경험하였기 때문이다.

그러나 이 시적 진술의 절정은 "어디 앉아도 음표가 되는 생의 미묘함"이라는 그 다음 시행에 있다. 생의 시간은 우리를 끊임없이 어디로 데려간다. 그런 의미에서 나는 생각하기 때문에 존재한다는 데카르트René Descartes의 언명보다는 나는 내가 생각하지 않는 곳에 존재한다는 라캉Jacques Lacan의 말은 보다 실재에 부합한다. 우리가 생의 오선지 어디에 자리하더라도 모두 음표가 된다. 그(새)가 전깃줄에 앉아서 우는지 노래하는지는 모르지만 고독한 한때의 소리를 내고 있는 것처럼 말이다. 이렇듯 화자는 "무거운 듯 가벼운 듯 울음인 듯 노랜 듯" 알 수 없는 새소리처럼 알 수 없는 생을 나직하게 읊조리고 있다.

화자는 거창한 생의 목적이나 가치나 의미를 말하지 않는다. 오히려 그 뜻을 알 수 없는 새소리와 같이 생을 바라보고 있다. 시인은 분명 공리계에 살고 있지만 이 시의 화자는 언표행위를 통해 주체화의 한 지점에 자신을 복속시키지 않는다. 화자는 단순하게 새가 운다 혹은 노래한다라는 식의 랑그의 세계를 거부하고 있다. 이때 화자는 하나의 충만한 가능성을 품은 '알CsO'이다. 자신의 생을 어떤 "정점을 향해 가게 하지도 않고 외적인 종결에 의해 중단되게 하지도 않는"(질 들뢰즈·펠릭스 가타리, 앞의 책)다. 어디 앉아도 음표가 되는 유목적인 우리의 생처럼 말이다.

도주의 벡터vector, 해방의 가능성

구조주의 철학의 초석을 놓은 소쉬르의 언어학의 기본은 기표와 기의가 공고하게 일대일로 대응된다는 생각에서 출발한다. 그러나 현대철학은 이러한 개념 자체가 틀렸을 뿐만 아니라 그것에 대한 확고한 믿음에서 출발하는 일체의 휴머니즘을 철저하게 파괴하려 하였음은 주지의 사실이다. 라캉은 "현대 언어학의 기초가 되는 연산식을 S/s"(마단 사럽, 김혜수 역, 『알기 쉬운 자끄 라깡』)로 표현한다. 소쉬르가 S에 기의를 대입시킨 반면, 그는 기표를 위치시킨다. 즉 라캉에게 의미는 기표들의 연쇄, 즉 "의미화의 사슬signifying chain"에 의해서 결합되는 것이다. 이때 기표는 기의 아래로의 끝없는 미끌어짐glissement이 있을 뿐이다. 단지 임시적인 안정의 순간이 있을 뿐인데 그는 이를 "누빔점point de capiton"[이를 "닻 내리는 지점"(위의 책)으로 번역하기도 한다.]이라는 용어로 비유한다. 널리 알려진 라캉의 언어의 욕망 그래프(조엘 도르, 홍준기·강응섭 옮김, 『라캉 세미나·에크리 독해 I 』)는 이를 친절하게 설명하고 있다.

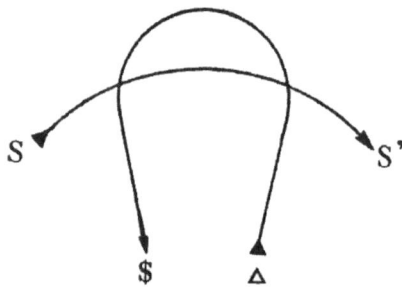

위의 그래프에서 △으로 표현된 지점은 언표 즉 에농시아시옹 énonciation을 가리키는데 이 발화는 포물선을 그리고 떨어진다. 이 사이를 언어적 팔루스가 관통하게 되는데, 여기서 바로 S'(이하 S1)의 지점과 S(이하 S2) 지점이 만나게 된다. 여기서 발화가 일어나면 S1이 표지되는데 이는 발화 주체의 '여기 있음'을 뜻한다. 그런데 S1은 아직까지 아무런 의미를 지니지 못한다. 도식에 따르면 S1은 S2의 지점에 가서야 비로소 '사후

적'으로 의미가 결정된다. 그러나 이 과정을 통해서 S1의 욕망은 왜곡되고 은폐될 수밖에 없는데 $의 표식이 그것을 의미한다.

결국 이와 같은 끊임없는 과정이 한 사람의 인생이고 인류가 만들어 온 역사이기도 하다. 항시 서사는 S1에 의해서 개시되었지만, 의미는 S2에 의해서 형성되고, 존재자Seiendes는 결국 S2의 의미에 의해서 합의된 상징계의 권력 하에 존재하며, 그 속에서 존재Sein는 항시 은폐된다. 이렇게 끊임없이 기표가 또 다른 기표로 대체(라캉적 의미에서의 '환유')되는 이 과정에는 "끈덕지게 틈새"(마단 사럽, 김혜수 역, 앞의 책)가 남게 된다. 그러나 S2의 세계를 흔들 수 있는 것은 S1의 욕망이다. S2가 발화행위에 의해서 표지된 S1에 의해서 시작된 것이라면, 어쩔 수 없이(!) S2는 자신의 질서를 낯선 S1의 욕망(라캉적 의미에서의 '은유')에 개방할 수밖에 없기 때문이다.

디카시의 언어적 욕망은 사진(사물)이라는 기표에 의해서 시작된다. 이것이 S1이라는 존재의 있음을 표지한다면 그 곁에 놓이는 시적 언술은 그 존재의 의미를 고정(S2)하는 누빔점으로 기능한다. 이 과정을 통해 시인의 에농시아시옹(△)은 S2에 의해서 완성된 것이 아니라 욕망의 구멍을 낳게 되고 결국 존재 은폐($)로 귀결될 수밖에 없다. 이것은 해석의 과정에서도 마찬가지인데, 작품에 대한 끊임없는 해석의 욕망(S1)은 새로운 의미(S2)를 생산하고 거기서 발생하는 공백은 해석자의 존재를 은폐할 수밖에 없는 것이다. 결국 이 모든 것은 구멍이나 틈새로 표현되는 욕망의 잉여에 기인한다. 이러한 맥락에서 "우리는 알고 싶다는 맹렬한 욕망과 이미 알아버렸다는 절망 사이에 찢겨 있다."(르네 샤르, 심재중 옮김, 「히프노스 단장」39, 『격정과 신비』)는 르네 샤르의 경구는 이러한 존재 인식의 한계와 맞닿아 있다.

저버리다와 져버리다에 대해 생각하고 있어요

이렇게 당신 곁에서

인생 한 짐이 쓰레기라고

말해주지 않아

고맙고 미안해요

— 조혜경, 「미안해요」 전문

이 시에서 가장 중요한 것은 발화의 주체가 무엇인가이다. 이 작품의 화자는 마을 어귀에 서서 낙엽을 떨구는 나무이고 청자는 이 낙엽을 모아두는 노란색의 보관함이다. 그런 의미에서 이 시의 실제 화자는 사건을 철저하게 밖에서 지켜볼 뿐 발화의 주체는 온전히 나무에게 이양되어 있다. 노란 낙엽을 떨구는 나무는 말한다. "저버리다와 져버리다"에 대해서 생각하고 있다고. 나무의 한 해를 사람의 인생에 비유한다면 낙엽이 '져버리는' 때는, 푸르른 생의 시간을 마감하고 삶(목숨)을 '저버리는' 시간이기 때문이다. 그러나 낙엽을 모으는 노란 보관함에는 이렇게 쓰여 있다. "쓰레기를 넣지 마세요!"라고. 이 경고문에는 낙엽이 쓰레기가 아니라는 뜻이 숨어 있다. 그리하여 나무가 말한다. "이렇게 당신 곁에서 / 인생 한 짐이 쓰레기라고 / 말해주지 않아 / 고맙고 미안해요"라고. 이러한 발화의 상황은 사물들 사이의 대화적 관계 속에서 기인한 것으로, 다음과 같은 새로운 존재의 의미를 호출하게 한다.

길바닥에 떨어진 낙엽(S1)은 분명 쓰레기(S2)이다. 이것이 곧 현실(상징계)의 문법이다. 그러나 낙엽 이외의 어떤 것(쓰레기)도 넣지 말라는 보관함의 경고문은 이러한 언어의 질서를 교란한다. 보관함의 입장에서 낙엽은 쓰레기가 아닐뿐더러 가치 있는 그 무엇이라는 발화를 통해 등장한 새로운 존재(S1)는 낙엽을 쓰레기로 선행적으로 의미화했던 존재자(S2)의 세계를 사후적으로 폐기하는 것이다. 그리하여 마지막에 잉여와 같이 남은 감정은 무엇인가? 고마움과 미안함이다. 왜 고마운가? 자신을 쓰레기로 여기지 않기 때문이다. 왜 미안한가? 한 생의 흔적을 가치있는 것으로 묵묵히 맡아주기 때문이다.

디카시가 열어 보여주는 다성적인 대화적 국면 속에는 삶의 욕망과 의지가 다채롭게 개입되어 세계-내-존재인 우리를 성찰케 하고 삶의 새로운 지평에 눈뜨게 한다. 촌철살인의 "극순간의 양식"(이상옥, 2017)인 디카시는 강렬한 파롤의 시형식으로서 사진(사물들)과 시적 진술(언어) 사이에 수수되는 정동과 그 뒤에 숨은 시인과 독자의 언어적 욕망이 개입되어, 역동적인 카오스 리듬을 보여준다. 이 과정을 통해서 형성되는 벡터는 거대한 존재자의 세계에 갇혀 있는 우리에게 하나의 해방의 가능성으로 다가온다. 자크 랑시에르Jacques Rancière 식으로 말해서, 이것이 곧 우리 삶을 좀 더 자유롭게 하는 "미학적 실천pratiques esthéthiques"이라면 디지털 시대 "감성의 분할"을 새롭게 재규정하는 디카시야말로 그 첨병이라 할 수 있다.

track 02

바흐친의 기호 이론과 디카시—시적 순간 혹은 말 너머의 세계
: 김옥종 시인의 디카시

나는 구경꾼으로서, 감정에 의해서만 사진에 흥미를 느꼈다. 사진에 질문
하는 자가 아니라, 하나의 상처로서 깊이 파고들고 싶었다. 나는 눈으로
보고 느낀다. 그러므로 구별하고, 바라보고, 그리고 생각한다.

- 롤랑 바르트, 한정식 역, 『카메라 루시다—사진에 관한 노트』, 1998.

문예학에서 말하는 '대화적 관계'라는 것은 두 가지 이상의 언표 사이에서 발생하는 일종의 담론적 층위를 지칭한다. 디카시에서 발생하는 대화적 관계는 시적 진술이 사진의 이미지를 전복시키기도 하고 사진이 시적 진술을 재규정하기도 하는 일련의 이질 음성hétérophonie들의 교환 과정에서 나타난다. 이는 사진과 시적 진술이라는 두 영역 안에서 일대일로 발생하는 것이 아니라, 대화적 관계가 본질적으로 개별적인 단어 사이에도, 언어 스타일이나 사회적 방언에서도 생겨날 수 있듯이(츠베탕 토도로프, 최현무 옮김, 『바흐찐-문학 사회학과 대화이론』), 디카시의 사진 속 모든 오브제들과 시어와 시어들 사이에서 미시적으로 작동한다.

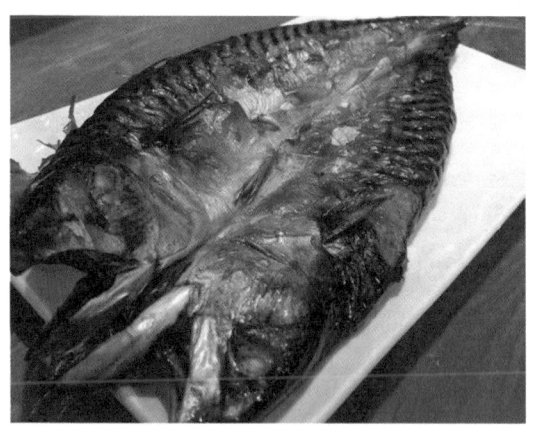

여보게,
내 연인의 굽은 등을 젓가락으로 보듬었더니

바다는 냉골이었으나 물 밑은 얼마나 뜨거웠던지

화상을 입고 말았다네

—「고등어구이」전문

첫 행에서 여보게, 라는 발화에서 알 수 있듯이 이 작품은 내포화자가 내포청자에게 말을 하는 상황을 전제하고 있다. 사진은 물론 노릇노릇하게 잘 구워진 고등어구이다. 사진이 1차 언어의 기능을 한다면 시적 진술은 2차 언어를 구성하여 또 다른 시니피앙을 제시한다. 이 메타적 상황의 특이점은 바다를 헤엄치던 고등어가 고등어구이가 되어 식탁에 오르기까지의 과정을 고등어의 입장을 통해through 진술하는 초점화 방식을 취하고 있다는 점이다.

등 굽은 연인으로 지칭되고 있는 고등어구이는 화자에겐 이미 연민의 대상이다. 그러한 관점에서 화자는 고등어의 입장에서 시적 상황을 진술하게 되는데, 냉골 같은 바닷속을 헤엄치던 고등어에게 처음으로 닿은 '밑'이 불판이었다는 것이다. 그리하여 그 육신이 뜨거운 화기에 화상을 입은 것이 바로 고등어구이라는 것. 더구나 이미 알고 있는 사실을 청자에게 설명하는 뜻을 나타내는 종결 어미인 '-다네'에서 알 수 있듯이 화자에게 이러한 사태는 기지旣知의 사실이지만, 이 메시지의 최종적인 수신자인 독자에겐 미지未知의 사실이라는 점을 떠올린다면, 독자에게 이 작품은 하나의 새로운 발견이자 각득의 순간으로 다가온다.

여기서 이 시의 시적 상황을 재진술하는 것은 췌사다. 이 시의 핵심은 말라 죽은 로즈마리 화분에 다시 물을 준 화자의 기저 심리가 "죄책감"이

옥상 한켠 호흡이 끊긴 로즈마리
죄책감에 날마다 물을 주었다

나와의 결별을 통해
초록의 눈을 가진 별들을 낳았다

— 「별」 전문

고, 그 결과가 "초록의 눈을 가진 별"이라는 사실이다. 그러나 이 말 속에는 가장 중요한 의미 자질이 결여되어 있다. 그것은 초록별을 틔운 것이 화자가 물을 주었기 때문이 아니라 "나와의 결별"에 있다는 사실이다. 그 결별이라는 과거의 아픔 속에는 이미 초록별의 미래가 선험a priori처럼 내장되어 있었고, 화자가 물을 주는 행위는 단지 하나의 촉매였던 것이다. 앞서 말했듯이 그 촉매 행위에 죄책감이라는 윤리가 자리하듯 초록별의 미래를 위해서는 운명의 지침을 돌려놓을 실천적 행위가 수반되어야 함을 이 시는 말하고 있는 듯하다. 새로 돋은 로즈마리의 새순이 초록별이라는 푼크툼punctum으로 화하는 디카시의 연금술은 이 장르의 가치를 더욱 돋보이게 한다.

낮 뜨거운 아침이어도 좋다

원래부터,

생이란

혀를 데였던 숨소리의 기억만으로도

상처 없이 심장을 발굴해 내지 않던가

—「연애의 온도」 전문

앞서 언급한 푼크툼은 롤랑 바르트Roland Barthes가 『카메라 루시다』에서 스투디움studium과 대립되는 개념으로 제시한 것인데, 문화적인 약호 내에서 이해되는 길들여진 감정이 스투디움이라면, 푼크툼은 날카로운 물체에 찔린 상처라는 어원과 같이 응시자의 주관적인 시각을 가리킨다. 물론 바르트는 푼크툼의 가치에 특권을 부여하고 있지만 자크 랑시에르는 "푼크툼과 스투디움의 양극성이 '미학적 이미지'의 '이중적 시학'을 표현"(자크 랑시에르, 김상운 옮김, 『이미지의 운명』)한다고 논박한다. 즉 스투디움이라는 일차적인 문화적 약호가 없이는 이차적인 푼크툼이라는 주관적 시각도 발생하지 않는다는 감각의 정치학이 랑시에르의 미학이다.

우선 사진은 파리의 교미copulation 장면을 포착하고 있다. 사진을 찍은 시점時點은 아침으로, 물론 미물의 대명사로 지칭되는 파리이지만 그 교미의 장면은 화자에게 "낮 뜨거운 아침"으로 다가온다. 무릇 사랑이란 때와 장소가 따로 있는 것이 아니니, 연애의 감정은 기습처럼 와락 다가와 "혀를 데였던 숨소리의 기억"으로도 상처 하나 없이 뜨거운 "심장을 발굴"하게 되는 것이다. 연애의 온도는 이처럼 뜨겁고 격렬하게 단숨에 존재를 포획해 버리기에 심장을 내어주듯 전 존재를 걸게 되는 것이 아닌가. 이처럼 파리의 짝짓기라는 흔하디흔한 스투디움은 낮 뜨거운 연애의 장면으로, 더 나아가 연애의 온도라는 푼크툼의 세계로 화하게 되는데, 이는 푼크툼과 스투디움이라는 양극성의 이중적 시학이 구현하는 의미론적인 영역이라 할 수 있다.

깨 벗고 싶은 날
옹이가 된 염증을 깨트리고 싶은 날

칠 년을 암연에서 침잠하다가
보름을 사는 것들의 소리는 울음이 아니라
목이 쉬도록 내뱉는 웃음

―「우화」 전문

7년 간 애벌레로 땅속에서 살다가 성충이 된 후 보름 동안만 살다 가는 매미의 한살이는 이미 잘 알려져 있을 뿐만 아니라 인고의 의지나 찰나의 생을 뜻하는 메타포로 통용되고 있다. 사진은 이렇게 성충成蟲으로 변태한 매미가 아파트 방충망에 매달려 있는 모습을 포착하고 있다. 7년이라는 유체의 긴 시간에 비하면 우화羽化하여 성체로 사는 보름의 시간은 턱없이 짧기에 이와 같은 매미의 독특한 라이프사이클은 원망을 넘어 저주에 가까운 운명을 감득케 한다.

이렇게 보름을 사는 매미들의 울음소리는 암컷을 부르는 열렬한 소리이겠지만 이미 도시에서는 소음공해로 여겨질 만큼 골치 아픈 대상이 되어 버렸다. 그런데 시의 화자는 이들의 소리가 울음이 아니라 "목이 쉬도록 내뱉는 웃음"이라고 재규정한다. 억울함이나 간절함을 담은 절규(울음)가 아니라 찰나 같은 생의 환희를 만끽하며 내뱉는 환호(웃음)라고 말이다. 조물주가 내린 운명의 사이클에 절망하고 우는 것이 아니라 자신에게 주어진 시간을 능동적으로 웃음으로 만드는 것. 이것이 화자가 허공에 매달려 우는 매미를 통해 우리에게 전달하고 싶은 타전이 아닐까.

무화과가 꽃은 안으로 피운다고
덜 뜨겁게 느꼈다면

내 생은
겉이 파란 멍든 시절을 보냈을 뿐이다

— 「무화과」 전문

꽃이 없이 열매 맺을 수 있을까. 꽃자루 속에 숨어버린 꽃들로 인해 꽃이 없는 과일이라 불리는 무화과는 억울하기도 할 것이다. 그러나 초록의 꽃자루 속에는 붉디붉은 수많은 꽃술들이 들어 있어 꽃의 시절을 감추고 있을 뿐이다. 그러니 사진과 같이 초록의 외양만 보고 무화과의 뜨거운 순간을 없는 것처럼 무시해서는 안 될 것이다. 많은 이들이 무화과를 뜨거운 순간을 생략해 버린 식물쯤으로 오해하듯이, 누군가 화자의 생을 그처럼 여긴다면 화자는 그 푸른 시간을 "겉이 파란 멍든 시절"이라 명명한다. 그 멍든 시간 속에는 감추어진 무화과의 꽃처럼 붉은 피울음이 있을 터이기 때문이다. 그런 의미에서 이 작품은 겉으로 드러난 빛깔과 모양으로만 한 존재의 시간을 예단하는 우리의 경솔함에 대한 감오感悟를 품고 있다 할 수 있다.

시적 순간poetic moment이라는 것이 있다. 무릇 시인이라면 누구에게나 이러한 에피퍼니epiphany의 환희가 찾아오고 그 순간 생은 시로 옮아오게 된다. "시가 온다"는 시인들의 말은 이를 경험적으로 증명한다. 디카시는 이러한 시적 순간을 카메라 렌즈가 포착하고 이와 호응하는 시적 진술이 사진이라는 이미지와 대화적 관계를 맺으며 그 안에서 변증법적으로 의미의 벡터를 발생시키는 기호적 구도를 갖는다. 그런 의미에서 디카시에서 사진과 언어는 모두 하나의 말이고 이때 그 말이 품고 있는 의미는 "말로는 도달할 수 없는 어떤 것에 도달하려는 노력 그 자체"(옥타비오 파스, 김은중·김홍근 옮김, 『활과 리라』)를 가리킨다. 김옥종 시인의 디카시 5편은 이러한 디카시의 장르적 위의를 여실하게 보여주었을 뿐만 아니라 오늘을 사는 우리에게 시적 순간의 희열을 경험하게 하는 데 부족함이 없다. 그가 우리에게 각득의 순간을 선사한 오브제들을 보라. 고등어구이, 로즈마리, 파리, 매미, 무화과. 존재의 진여眞如는 이러한 흔하디흔한 일상의 사물 속에 잠들어 있다. 이를 흔들어 깨우는 자를 우리는 시인이라 부른다.

track 03

귀스도르프의 언어철학과 디카시—
사이-내 존재^{entre-deux}로서의 마술어
: 고경숙 시인의 디카시

"열려라, 참깨!" 모든 말은 과거로부터 미래로 가는 출구를 열거나 문을
나서는 하나의 마술어이다.

- 조르주 귀스도르프, 이윤일 옮김,『파롤』, 2021.

디카시에서 사진과 언어는, 아니 사진 속의 오브제들과 시적 진술 내의 모든 시어들은 사실상 어떤 기관으로 분화할지 알 수 없는 '알'의 형태로 존재한다. 이는 질 들뢰즈가 유기체의 확장과 기관들의 조직화 이전의 상태를 뜻하는 "기관 없는 신체corps sans organs"(질 들뢰즈·펠릭스 가타리, 김재인 옮김, 『천개의 고원-자본주의와 분열증2』)를 명시적으로 가리킨다. 이들은 각각의 언어적 밀도와 강도를 지니며 동시적으로 서로 넘나들며 온갖 변이들을 만들어낸다. 이렇게 무수한 파롤들 간에 형성되는 이음줄 trait d'union(조르주 귀스도르프, 이윤일 옮김, 『파롤』)은 고정되지 않은 채로 능동적인 도주선을 확보해 간다. 그런 의미에서 귀스도르프의 말처럼 모든 파롤은 미래로 가는 문을 여는 하나의 마술어라고 할 수 있다.

　이 과정은 탈코드화decodification와 재코드화recodification라는 기호학적 개념 혹은 탈영토화deterritorialization와 재영토화reterritorialization라는 철학적 개념과 호환될 수 있는 여지를 갖는다. 이러한 의미에서 시인은 자신만의 파롤을 통해 끊임없이 언어적 탈주를 모색하는 자이다. 디카시가 가지고 있는 이러한 역동적인 과정에서 들뢰즈가 말하는 "카오스-리듬" 혹은 "카오스모스Chaosmos"(질 들뢰즈·펠릭스 가타리, 김재인 옮김, 앞의 책)가 발생한다. 이 그램분자적 차원에서 이루어지는 도주의 벡터는 사이-내 존재entre-deux가 빚어내는 대화적 관계에 다름이다. 자기 자신을 포함한 모든 타자에게 말을 거는 이음줄의 연쇄가 그것이다. 이것은 하나의 생성의 블록과도 같이 유목적인 패치워크를 만들어 간다.

문씨는 일을 그만둘 수 없어요
가쁜 호흡으로 죽을 것 같아도
살아있다는 건 기적이니까요

—「여생」전문

이 시에서 사진 속에 등장하는 산소탱크는 어디에 쓰는 물건인가. 무엇을 위한 것인가. 한데 묶여 있는 손수레와는 무슨 관계인가. 이것이 놓여 있는 장소는 어디인가? 누구의 것인가? 이 질문들에 답을 하나하나 내리다 보면 파롤과 파롤들 사이의 이음줄이 서서히 드러나기 시작한다. 우선 순서에 상관없이 답을 해보면, 일단 산소탱크가 묶여 있는 손수레는 '문씨'의 소유이다. 이 손수레가 어시장을 배경으로 놓여 있다는 맥락은 이 물건이 활어에 산소를 공급하며 이를 실어 나르기 위한 도구라는 사실을 알게 한다.

문씨는 어시장에서 활어를 운반하는 일을 하는 사람이다. 그는 먹고 살기 위해 일을 그만둘 수 없다. 그러나 그 다음 이어지는 시행은 이 사태를 의도적으로 혼란스럽게 한다. "가쁜 호흡으로 죽을 것 같아도 / 살아 있다는 건 기적이니까요"라는 진술은 손수레 속의 활어의 상황을 의미하는가, 아니면 생계를 위해 일을 그만둘 수 없는 문씨의 처지를 가리키는가. 이러한 다의적인ambiguity 상황성은 이 시의 제목인 「여생」에서 그 의미가 확연해진다. 손수레 안의 활어가 가쁜 호흡으로 살아 있는 시간은, 문씨가 활어 손수레를 끌며 살아내야 하는 인생과 맞세워져 있기 때문이다. 이 병치에서 발생하는 긴장tension이 이 시의 파롤을 지탱하는 힘이다. 여기서 이 시는 한 발자국 더 나아간다. 살아 있다는 것은 모두 기적이며 이 기적은 찰나와 같은 것이기에 중하고 귀한 것이라는 인식의 지평이 그것이다.

딱히 그럴 맘도 아니면서

나는 자꾸 모로 누웠다

엄마의 눈물이 슬프게 피어났다

—「사춘기」 전문

이 시의 그림 속에 등장하는 항아리는 "아래위가 좁고 배가 부른 질 그릇"이라는 사전적 의미와 전적으로 무관하다. 이 항아리의 배경에는 연보랏빛 꽃이 피어 있는데, 꽃의 이름도 꽃말도 더 나아가 항아리와의 관계도, 사진은 아무것도 말하지 않는다. 이 사진 속의 오브제들의 형태와 위치에 의미를 부여하고 이를 조율하는 것은 시적 진술에 말미암는다. 시행에 등장하는 '엄마', '나', '눈물'은 사진 속 대상 하나하나에 이음줄이 닿는 순간 그 존재값이 정해지기 때문이다.

여기서 큰 항아리가 엄마를 의미한다면, 그 옆에 모로 누워 있는 작은 항아리가 화자인 나가 되고, 다시 그 옆에 연보랏빛으로 피어난 꽃들은 엄마의 눈물이 된다. "시는 등가의 원리를 선택의 축에서 결합의 축으로 투사한다."(로만 야콥슨, 신문수 편역, 『문학 속의 언어학』)는 야콥슨Roman Jakobson의 시적 원리를 생각해 보면, 모성의 메타포인 항아리가 유사성 similarity의 원리로 선택되어 인접성contiguity의 대상인 작은 항아리와 꽃들과 환유적으로 연결된 것이라 할 수 있다. 이처럼 시적 언어의 수사학적 원리는 디카시의 구성적 차원에 적용되어, 성장과정의 한 단계로서의 '사춘기'의 의미를 보다 명징하게 드러내 주고 있다.

똑같은 나이와 똑같은 머리와 똑같은 마음이 걷는다.

씩씩한 작별과 과한 용기가 자꾸 뒷걸음질 친다.

—「입영」 전문

이 시에서 사진은 신병훈련소 입소의 한 장면을 제시하고 있다. 연병장 한가운데는 군악대가 위치하고, 전경에는 사열대 앞을 지나가는 입대자들의 모습이, 후경에는 끊임없이 밀려들어오는 입대자들의 대열이 자리한다. 앞을 지나가는 입대자들은 누군가를 향해 손을 흔들기도, 고개를 돌리기도 하지만, 대부분은 묵묵히 앞을 보며 걸어가고 있다.

입영의 순간은 입대 당사자에게도 이들을 떠나보내는 이에게도 커다란 심리적 부하가 걸리는 일이다. 화자의 눈에 이들은 개별자들로 보이지 않는다. 친자나 가족관계에 있는 특정한 인물이 눈에 밟히는 것도 아니다. 그저 모두가 똑같은 나이와 머리와 마음을 가진 이들로 지칭될 뿐이다. 이러한 진술은 양가적인 파롤의 기능을 지닌다. 이는 입영의 순간부터 개별자의 특수성은 사라진다는 일반론이기도 하면서, 개별자의 이러한 처지가 여타의 다른 존재들과 차이가 없다는 보편론이기도 하기 때문이다. 일반론은 사태에 대한 객관적 진술이지만, 보편론은 동일한 입장에서 기인한 윤리의 발로이기도 하다.

입대자들이 남은 이들에게 주고 간 "씩씩한 작별과 과한 용기"는 화자의 눈에는 "자꾸 뒷걸음질"치는 것처럼 보인다. 그것은 떠나는 자에 대한 연민과 떠나보내는 자의 불안이 결합된 감정의 소산이다. 이처럼 화자는 신병훈련소에 입소하는 모든 청년들에게 골고루 연민과 애정의 눈길을 나누어주고 있다. 다시 말하면 개별자가 아닌 보편자를 지향하고 있다는 뜻이다. 이처럼 "명명한다는 것"은 귀스도르프의 말처럼 "창조하는 것이며, 무에서 끌어내는 것"(귀스도르프, 앞의 책)이기도 하면서 동시에 하나의 정신적moral인 지평을 여는 것이기도 하다.

묘지기견의 다섯 남매 중 하나

유독, 나를 따라옵니다.

넌 사랑을 배우지마라~!

―「보폭만큼의 그리움」 전문

그러나 인연의 경중을 쉬 가리지 못하는 것이 범부의 삶이며 그저 무심하게 오가게 할 수 없는 것이 인연이다. 불교에서 말하는 것처럼, 수천 겁의 인연으로 맺어지는 부부, 부모자식, 형제 등의 천연天緣을 떠올려 보면, 인연을 짓고 마음을 나누는 일은 인간의 의지와 무관한 일에 속한다. 그런 인연이 현세에서 갈라지는 것이 불교에서 말하는 팔고八苦 중의 하나인 애별리고愛別離苦이다. 이는 다시 사이별死離別과 생이별生離別로 나뉘는데, 이 시에서는 바로 사이별에서 별리의 고통을 찾고 있다.

사진에는 순하디순한 표정의 작고 어린 백구 한 마리가 제시된다. 언어적 진술에서 강아지는 모지기견 다섯 남매 중 하나라는 파롤로 명명되며, 그중 한 마리가 유독 나를 따라온다고 언급된다. 여기서 따라온다는 것은 표면적으로는 헤어지기 싫다는 뜻이고, 그러한 감정이 인세에서 맺게 되는 모든 인연의 근원이다. 이미 사이별의 고통을 겪은 화자는 묘지기견에게 말한다. "넌 사랑을 배우지마라"라고. 사랑을 맺는 것도 잃는 것도 모두 고苦의 시작이기 때문이다. 그러나 그것 역시 불가능한 일이니, 사랑을 배우지 말라는 특수한 진술은 사랑을 배울 수밖에 없음에의 보편적 의미를 내포하고 있는 것이기도 하다.

이국에서 시집 온 로미 새댁은

방실방실 탐스럽게 잘 웃어요

수국 한 송이 필 때마다

동네엔 둥근 꽃무늬가 그려지지요

                                ―「동네의 무늬」 전문

이 시의 사진에는 대문 지붕 너머로 여러 송이 탐스럽게 피어 있는 흰 수국이 제시된다. 그런데 이 수국의 이미지는 시행에서는 "방실방실 탐스럽게 잘 웃"는 "이국에서 시집 온 로미 새댁"과 마주놓임으로써 하나의 병치은유diaphor의 구조를 형성한다. 이것이 「동네의 무늬」를 형성하는 구조라면 사진과 시적 진술이 병치적 관계에 놓이는 것과 같이, 1-2행의 로미 새댁과 3-4행 수국은 병치은유의 관계에 있다.

그런 의미에서 흰 수국과 로미 새댁이라는 두 파롤은 '피다'와 '웃다'라는 동사의 주체이지만 이 둘 사이에 이음줄이 놓이는 순간 하나의 공통분모를 갖게 된다. 이러한 증거는 우리말에도 있다. "웃음꽃이 활짝 피다."라고 하지 않던가. 그리하여 수국 한 송이가 필 때마다 동네에 둥근 꽃무늬가 그려지듯이, 로미 새댁이 방실방실 웃을 때마다 동네에는 환하고 둥근 웃음꽃이 피는 것이 아니겠는가.

앞서 나는 디카시를 "사이-내 존재로서의 마술어"라고 명명하였다. 디카시에 존재하는 모든 파롤은 "지층 형성 이전의 충만한 알"의 형태로 제시된다. 자본주의 사회에서는 "심지어 집, 물품이나 물건, 의복 등 사용 대상도 얼굴화"되는데 이는 "얼굴화의 추상적인 기계와 연결접속"(질 들뢰즈·펠릭스 가타리, 김재인 옮김, 『천개의 고원-자본주의와 분열증2』)되어 있기 때문이다. 이것이 슬라보예 지젝Slavoj Zizek이 들뢰즈의 개념을 비틀어 표현한 "신체 없는 기관"의 상황인 것이다. 하지만 시인은 재영토화되어 있는 "파롤에 공명을 되돌려주고, 그것의 효력이 다시 살아나게"(귀스도르프, 앞의 책) 한다. 이것이 곧 디카시가 지니는 '사이의 마술성'이자 '대화의 혁명성'이라고 할 수 있다.

track 04

퐁티의 현상학과 시—사물의 기적을 듣다
: 손음 시인의 시

지각적 어떤 것은 항상 다른 어떤 것 사이에 있으며 항상 장場, champ의 일부를 형성한다. 진실로 동질적인 구역이라 하더라도 지각할 어떤 것도 제공하지 않은 한, 어떤 지각도 주어질 수 없다.

- 모리스 메를로 퐁티, 류의근 옮김, 『지각의 현상학』, 2002.

시어가 품고 있는 귀기鬼氣는 어디에서 비롯하는가. 그것은 화자와 대상 그리고 대상들 간에 수수되는 비의祕意를 건져 올리는 시인의 직관 때문이 아닐까. 그리하여 당연하게도 시는 사물들 그 자체로 돌아간다. 이 말 속에는 대상에 대한 판단중지epoché와 함께 사물의 의식 사태 그 자체에 집중한다는 의미가 담겨 있다. 이에 시는 주문呪文처럼 들리기도 하고 연금술사의 주술呪術처럼 여겨지기도 한다.

잘 알려진 바와 같이, 이는 모리스 메를로 퐁티Maurice Merleau-Ponty 가 말하는 "지식에 선행해 있는 세계"로 되돌아가는 현상학적 환원 phenomenological reductions을 뜻한다. 여기서 환원이란 선개인적pre-personal 인 의식 형태에서 이루어지는 "능동적인 의미부여의 작용active meaning-giving operation"이라 할 수 있다.(메를로-퐁티, 오병남 옮김, 『현상학과 예술』, 1989) 시적 "상상력은 차단되어 있지 않은 대상의 내부로 들어가 그것의 표면적 변화에 무관한 실체를 파악할 것처럼 느껴 그 실체를 상상하는 것"인데, 이는 곧 바슐라르가 물질적 상상력image matérielle이라고 이름붙인 것이기도 하다.(곽광수, 『가스통 바슐라르』)

퐁티에게 있어 의미sens는 "세계와 우리의 원관계 속에 이미 들어 있는 그 로고스"이다. 하지만 "의미는 무의미에 섞여 모호"할 수밖에 없는데 그것은 "환원이 완전한 경우는 결코 없기 때문이다."(피에르 테브나즈, 심민화 역, 『현상학이란 무엇인가-후서를에서 메를로 퐁티까지』) 그는 "세계 위를 비행하고자 하는 유혹"을 물리치고 "우리는 의미 속에서 헤엄치고 역사와 정치적 행동 속에 존재"(위의 책)한다는 점을 강조한다.

현상학이 초월적인 담론이 아닌 "세계와 우리의 관계에 대한 어떤 태도"를 지칭한다는 점에서 퐁티는 "푹신한 내재성의 철학에 종지부를 찍는"(위의 책)다. 따라서 그에게 있어 현상학은 "자연적 태도들의 믿음을 미결 상태로 두어 두는 초월적 철학"인 동시에 세계가 "실제로 영원히 거기에 이미 존재하는 것으로 생각하는 철학"(메를로 퐁티, 류의근 옮김,『지각의 현상학』)이기도 하다. 그런 의미에서 현상학은 "엄밀한 학學일 철학에 대한 야심"이면서 "체험된 공간, 시간 세계에 대한 보고서"(위의 책)이라고 할 수 있다.

손음 시인의 시는 사물에 대한 현상학적 사유를 발생학적 기원으로 삼고, 이를 다시 시적으로 정밀하게 구성하는 방식을 추구한다.

> 햇볕이 담장의 목덜미를 파고든다 여름이 덧니처럼 날카롭다
> 공원이 보이고 우두커니 서 있는 향나무는 오래 보아
> 키우는 짐승 같다
> 나무에는 새 떼들 울창하다 떠나지 못하도록 발목을 죄다 묶어두는
> 사람이고 싶었다 고작 나는,
> 어제는 비가 많이 왔고 시멘트 바닥에는 볼우물이 패었다
> 달팽이는 천로역정 마당을 기어가는 중이고
> 하천에는 거꾸로 처박힌 의자가 있고 물결은 수초를 가볍게 돌아나간다
> 빌라 모퉁이에는 그늘을 평상 깔고 앉은 할머니가 나물을 다듬는다
> 반바지를 입은 소년이 개를 끌며 그 앞을 지나간다
> 진득한 여름의 엉덩이를 미는 것이 있다
> 이 모든 반복은 어디서 오는가
> 숨죽인 듯 권태가 몰려온다

— 「여름의 상자」 전문

이 시에서 여름이라는 계절의 상자에는 무엇이 담겨 있는가? 그 세목細目을 제시하는 번거로움을 이해해 준다면, 다음과 같이 일별할 수 있

다. 우선 화자는 대상을 물질적 이미지로 환원하는데, '햇볕-덧니', '향나무-짐승', '비-볼우물', '새떼-(화자가 묶어두고 싶은 존재들)', '나무-화자', '달팽이-천로역정'의 관계가 그것이다. 이어 '의자=수초', '할머니=나물', '소년=개'가 등가적 이미지로 동일시되며, 마지막으로 이 모든 사물들이 담긴 '진득한 여름'의 상자는 '엉덩이'라는 이미지로 환원된다.

이렇게 환원되거나 동일시된 이미지들은 모두 계열체적paradigmatic 관계에 놓이는 것으로, 논리적 연관성 없이 제시되는 개별적인 대상들이다. 이처럼 등가의 원리로 매개되어 있는 소외의 대상들은 오랜 시간 반복되어 온 사태들이고 우리가 수십 번 겪어온 여름의 일상도 이와 다르지 않다. 여기서 배태되는 감정이 바로 권태이다. 시인이 제시하는 여름의 상자 속의 대상들은 철저하게 개인의 독백 속에 존재하는 개별화된 사물들이며 이 물질적 이미지들은 다발을 형성하지 못하고 모래알처럼 흩어져 권태 속에 내던져져 있다. 이 감정이야말로 모더니즘 문학이 기대어 온 기조 화음이며 여기서 발생하는 멜랑콜리라는 근대의 정서가 이러한 소외의 내면 풍경을 파생시키는 것이다.

주인이 버리고 간 빈집에
넝쿨장미가 피었다
쓰레기가 넘치는 빈집에
장미가 꽃다발을 바친다
집은 아무것도 줄 것이 없는 빈털터리
담장 벽에는 지워지지 않는 것이 있다
××× 죽일 놈!
담장은 뜨겁다 차갑다
먼지와 더러움과 원망에 갇혀

장미는 만들어졌다
빈집은 만들어졌다
아무것도 바라지 않으면서
아무 일도 없었던 것처럼
서로의 긴 고독을 정리 중이다

꿈틀꿈틀 장미가 산다 텅텅 빈집이 산다
장미가 죽는다 빈집이 죽는다
서로의 삶을 바꿔가며 놀아가며
나란히 운다 나란히 웃는다

목 졸리듯 목 졸리지 않으면서
빈집과 장미가
서로의 감옥을 부수려 한다

* 헤르비요르그 바스모의 소설 제목 변용

—「장님 거울 장미가 있는 집*」 전문

　여기 "주인이 버리고 간 빈집"이 있다. 이 "쓰레기가 넘치는 빈집"은
그러나 혼자가 아니어서 넝쿨장미가 피어 "서로의 긴 고독을 정리" 중이
다. "아무것도 줄 것 없는 빈털터리"인 이 폐허 속에 붉은 장미가 화려하
게 피어 있는 이 극명한 대조contrast에 의한 부조화incongruity는 "당장 벽
에 지워지지 않는" "×××죽일 놈!"이라는 분노처럼 뜨거우면서도 차
가운 양가감정ambivalence과 호응한다.
　그리하여 장미와 빈집은 모두 "먼지와 더러움과 원망"의 산물이다.
그러나 어쩌겠는가. 집은 버려졌고 장미도 저 홀로 피었을 뿐 가꾸어주

거나 애정 어린 시선을 줄 이 없을 것이다. 이 둘은 차갑든 뜨겁든 버림받았다는 점에서 같은 운명의 시분을 나눠 가진다. 그런 의미에서 빈집과 장미는 운명공동체로서 "서로의 삶을 바꿔가며 놀아가며" 울고 웃는다. 더 나아가 이 둘은 폐기된 운명이라는 서로의 감옥을 부수려 하는 것이다.

이 시의 제목은 「장님 거울 장미가 있는 집」으로서 주註에도 설명되어 있듯이 헤르비요르그 바스모Herbjørg Wassmo의 소설 『장님 거울 창문이 있는 집The house with the blind glass windows』의 제목을 변용한 것이다. 프롤레타리아 페미니즘 소설로 잘 알려진 이 책은 나치 독일 점령의 비극적 유산인 사생아 11살 토라tora가 겪은 생애 1년의 기록으로서, 양부에게 성폭행을 당하는 고난 속에서 자신과 같은 소수자 여성들과의 자매애sister hood로 스스로를 위로하는 여성 연대의 서사를 그리고 있다. 이 관계는 곧 이 시에서 빈집과 넝쿨장미 사이의 운명적 연대와 호응되는 것으로, 손음 시인의 물질적 상상력은 자신의 목소리를 낼 수 없는 수많은 서발턴을 향한 사회적 지평으로 확장되기도 한다.

어떤 죄가 절을 사라지게 하였을까
아무도 아는 이를 만나지 못하고
오후의 잔흔은 어지럽다

연못은 무성한 풀숲으로 눈을 가린 채
혼자 누워 연민한다
어떤 죄가 저리 많은 것을 폐기하였을까
연못에 빠져 죽은 목련나무와 동백나무
젊고 아름다운 귀신과

검은 물에 비친 이상한 그림자에 대해
어느 밤 사라진 불상에 대해
초승달 목탁 소리에 대해
이 모든 죄에 대해 말하지 말자

오래된 연못은 무엇이든
내게 고백하고 싶겠지만
어두운 낯빛으로 앓아누워 있을 뿐
어제는 고양이 사체가 오늘은 생나무 가지가
연못의 심장을 누르고 있다
슬픔을 숨기느라 비밀을 숨기느라
무엇이든 받아들이는 시간이 따로 있다
나뭇잎 하나가 툭, 돌멩이처럼 떨어진다

집으로 돌아와 세수하고 거울을 보는데
잠깐 연못이 떠오른다
밥을 먹을 때도 잠을 잘 때도
살아 있다는 것의 질문처럼
나는 왜 이런 것들이 오래도록 슬픈가
헛것처럼 앉아 있다가
결국에는
다시 저 연못의 구멍이다

—「폐사지 연못」 전문

모두 4연으로 이루어진 이 작품은 전반부 1·2연에서는 속죄의 형식
으로 폐사지와 그곳의 연못이 제시된다. 어떤 죄가 절을 사라지게 하였

는지는 모르지만 그곳의 연못은 목련나무와 동백나무, 젊고 아름다운 귀신, 이상한 그림자, 초승달과 목탁, 이 모든 폐기의 대상들을 제 몸속에 담고 업karma의 시간을 견디고 있다. 후반부인 3·4연에서는 화자의 동일시 대상인 폐사지 연못이 등장한다. 연못엔 어제도 오늘도 고양이 사체와 생나무 가지가 떨어져 화자의 심장을 누르고 있다. 화자는 연못이 자신에게 무엇인가 고백하고 싶을지도 모른다 생각하지만, 연못은 그저 "어두운 낯빛으로 앓아누워 있을 뿐"이다. 그것은 화자 자신이 그렇듯이 "슬픔을 숨기느라 비밀을 숨기느라 / 무엇이든 받아들이는 시간"이 필요하기 때문이다. 그리하여 화자는 집에 돌아와서도 내내 폐사지 연못을 잊지 못하며, 그 속죄의 시간을 견디는 것에 대해 슬픔을 느낀다. "헛것처럼" 앉아 있던 화자는 결국에는 자신이 "다시 저 연못의 구멍"일 수밖에 없는 사실을 불현듯 느낀다. 속죄의 형식으로 제시된 폐사지 연못에 대한 물질적 상상력은 이처럼 모든 존재를 받아들이며 인고의 시간을 묵묵히 견디는 생의 은유로 이어진다.

누군가 저 피아노를 힘껏 눌렀을 것이다
먼지와 함께 고독과 함께
온몸을 다하여 전 생애를 다하여
힘껏 자신을 눌렀을 것이다
그 집에는 아무도 살지 않고
피아노를 치는 사람도 없다
피아노는 흑과 백의 계단을 가지고 있었지만
몇 개의 계단을 잃어버렸지만
아무도 망가진 계단을 수선하려 하지 않네

가장 무거운 빗방울이 내리치는 저녁

어떤 배고프고 고독한 짐승이

기억을 빠져나와 꿈속을 빠져나와

밖으로 터져 나가지 못한 자신의 숨을

꽝꽝 도끼 찍고 있네

당신의 연주는 멈추지 말아야 할 슬픔이군요

생이란 원망의 힘으로 밀고 나가는 것

미안해요,

운명은 나누어 가질 수 없으니

모두가 잠든 밤

울음 소리인 듯

빗방울은 추락하는 것이 삶 자체인 거죠

당신이라는 한 마리 슬픔을

나도 함께 피아노 쳐요

—「검은 피아노」 전문

여기 다시, '빈집'(「장님 거울 장미가 있는 십」)과 '폐사지 연못'(「폐사지
연못」)에 이어 '(버려진) 피아노'(「검은 피아노」)가 있다. 저 검은 피아노는
한때는 누군가 온몸으로 전 생애를 다하여 건반을 눌렀을 것이지만, 지
금은 자신을 치는 이 없어 몇 개의 건반을 잃어버린 채 방치되어 있다.

화자는 검은 피아노를 "어떤 배고프고 고독한 짐승"이라는 이미지로
환원하여 기억과 꿈속을 빠져나와 "밖으로 터져 나가지 못한 자신의 숨"
을 "꽝꽝 도끼 찍"듯이 견디고 있는 피아노의 육화incarnation된 존재태를
포착한다. 그렇게 도끼를 찍듯 "연주를 멈추지 말아야 할 슬픔"을 알아차
린 화자는 이렇게 말한다. "생이란 원망의 힘으로 밀고 나가는 것"이지만

"미안해요, 운명은 나누어 가질 수 없으니"라고. 버려진 피아노의 운명을 대신 짊어줄 수 없는 것은 미안함의 감정에서 더 나아가 빗방울처럼 "추락하는 것이 삶 자체"인 것을 인정하고 "당신이라는 한 마리 슬픔"을 위해 "나도 함께 피아노를" 치겠다는 연대의 지평으로 나아간다.

현상학에서 말하듯이 모든 존재는 대자적 존재The for oneself이자 대타적 존재The for others이다. "타자가 한낱 공허한 어휘가 아니기 위해서라면 나의 존재는 존재하고 있음에 대해 순전히 나만의 의식으로 환원되어서는 안 되"(메를로-퐁티, 1989)는 것이기 때문이다. 이처럼 상호주관성inter-subjectivity의 맥락에서 대상을 파악하는 손음 시인의 물질적 상상력은 서로의 운명이 동일시되는 지점에서 윤리적 상상력으로 그 외연이 확장된다.

강을 믿고 식당을 차린다 강을 믿고 사람들이 몰려든다 우리가 얼마 만이냐며 고기를 뜯는다 박수 소리가 우거진다 강을 믿고 나무가 자라고 오리 몇 마리가 자랄 것이다
강을 믿고 쪽파와 부추가 자란다 믿을 수 없는 속도로 자란다 물고기가 헤엄친다 무엇이든 헤엄친다 갈대는 서서 걸어간다 평화는 저렇게 조용한 이름들이 만드는 것

강물은 흘러간다 세월은 누가 만든 것이냐며 노인들 트롯을 듣는다 장윤정이 최고야! 구둣발로 딱딱, 박자를 잡는다 과일집 여자는 트럭을 세워둔 남자를 다그친다 오토바이 소리가 여자의 악다구니를 빼앗아간다 평화는 저렇게 시끄러운 구두와 악다구니와 오토바이가 만드는 것
낚시꾼들이 보트를 타고 갔다 그들은 이상하게 발견되었다 그들은 오로지 빨갛게 매운탕을 끓여 먹을 작정이었다 경찰이 다녀갔지만 식당도 쪽파도 과일 집도 떠돌

이 개도 트럭도 그들을 모른다 했다 평화는 떠돌이 개와 매운탕과 여자와 식당과

그들이 만드는 것

2021. 5월 21일 금요일. 나의 하루가 가진 것이 무엇인지 알기 어렵다

—「평화」 전문

그리하여 손음 시인의 윤리학은 존재 상호 간의 '믿음'이라는 차원으로 갈무리된다. 시에 따르면 '식당'은 '강'을 믿고 차린 것이며 '강'을 믿고 '사람들'이 몰려든다. '강'을 믿고 '나무'가 '오리 몇 마리'가, '쪽파와 부추'가 자라며, 물고기든 무엇이든 헤엄치며 갈대는 서서 걸어간다. 이렇게 강에 자신을 맡긴 존재들은 그 품을 떠나서는 살 수 없으며 그 기댐의 행위는 존재론적 믿음에서 나온다.

강 주변에는 트로트를 듣는 노인이 있고 남자를 다그치는 과일집 여자가 있다. 노인의 구둣발 장단은, 여자의 악다구니는, 그 보다 더 큰 오토바이 소리가 빼앗는다. 이처럼 우리의 일상은 서로 간의 소음이 넘나들며 수많은 갈등이 일어나고 또 사라지는 과정 속에서 끊임없이 생성변화한다. 이 요란한 일상의 소음들과 그 상쇄相殺의 과정이 곧 평화를 만드는 것이다.

마지막으로 매운탕을 끓여 먹기 위해 보트를 타고 나선 낚시꾼들은 돌아오지 못한 채 "이상하게 발견"된다. 경찰도, 식당도, 쪽파도, 과일 집도, 떠돌이 개도, 트럭도 그들을 모른다고 한다. 이처럼 생에는 함정이 있고, 끝내 알 수 없는 미궁이 있다. 이 미궁이라는 불가지의 영역 또한 우리 생의 평화를 역설적으로 보장한다. 그리하여 화자는 마침내 스스로에게 이런 말을 남긴다. "나의 하루가 가진 것이 무엇인지 알기 어렵다"고.

그건 믿음이, 일상의 소음들이, 오리무중이 만들어내는 것이기도 한데, 그 외에 우리가 가질 수 있는 평화란 무엇일까. 그 전전긍긍 속에 생이 있고, 문학을 비롯한 예술이 있고, 신앙이 있는 것이 아니겠는가.

손음 시인이 직관한 현상학적 세계 속에, 그 물질적 상상력의 세계 속에, 존재를 앓고 있는 세계의 모습이, 시간의 늪을 건너가는 존재들의 공감과 연대의 모습이 있어, 평화란 이미 여기에서 싹트고 있는지도 모른다. 부디, 평화를 빕니다 Pax tecum.

하이데거의 존재론과 시—존재 망각을 꿰뚫는 통찰의 시들
: 김경미·이운진·홍일표·손음·최광임의 시

"존재"는 자명한 개념이다. (…) 누구나 "하늘은 푸르다", "나는 기쁘다" 등을 이해한다. 그렇지만 이러한 평균적인 이해가능성은 단지 몰이해 성을 증명하고 있을 뿐이다.

– 마르틴 하이데거, 이기상 옮김, 『존재와 시간』, 1998.

하이데거가 『존재와 시간』에서 플라톤 이래 서양철학이 존재자Seiendes
만을 탐구한 결과 존재Sein의 근원적 의미를 사유하지 못한 "존재 망각의
역사"였다고 일갈한 지 100여 년이 지났다. 이미 나타나 있는 존재자의
모습은 존재를 선험적 보편이나 통념으로 규정짓고, 세계-내-존재In-der-
welt-sein로서 존재의 근원적 의미에 대해 질문하는 현존재Dasein의 사유를
방해하기 때문이다.

　　근본 기분으로 명명되는 실존적인 불안Angst에 예민한 시인들은 무
수한 존재자들의 숲에서 존재에 대해 탐문하며 그 본래성을 개시한다.
그런 의미에서 이 시대의 시인들은 자기 자신을 앞질러 가는 마음씀Sorge
에 열렬하게 집중하는 이들이며, 이를 통해 얻어진 개시성은 일상적 비
본래성에 침윤되어 있는 현존재들을 각성케 한다. 이를 위해 시인은 "매
일 수첩을 사고 노트를 산다."

　　　매일 수첩을 사고 노트를 산다

　　　시장에 시금치 사러 갔다가도 사고
　　　구두 사러 갔다가도 사고
　　　옷가게에서 원피스 입어보다말고도 산다
　　　카페에서 케익 먹다가도 산다

　　　나 아프면 친구들이여
　　　꽃다발이나 주스 대신 노트를 한 아름 안고 문병와다오

　　　아참, 와 줄 친구가 있을까
　　　자업자득이니 친구 대여하러 갔다가도 산다
　　　사파리 차창밖 호랑이 줄무늬 보다가도

스프링 줄무늬 노트사러 뛰어나간다

어딘지 길쭉하다가 뭉툭하다가 찢어졌다가
종잡을 수 없는 날에는 바다에 간다

써도 써도 써지지 않는 물 위에서
백지처럼 날아다니는 갈매기들 아래에서

내 과잉을 반성하거나 은폐하기 위해
세상의 과잉을 용서하기 위해

그건 구름을 좋아하는 일과 비슷해서
구름이라는 장르를 닮아서

봐도 봐도 질리지 않지만

한시도 잡히는 일도 없으니
없으니 또
기차에서 뛰어내려 세 권 네 권 또 사러 간다

　　　— 김경미, 「어떤 인간 장르」 전문(『현대시학』, 2022년 3-4월호)

　　이 시에서 수첩과 노트를 사는 행위로 알레고리화되어 있는 시적 계
시의 순간들은 시도 때도 없이 일상의 도처에서 넘쳐난다. 이러한 현실
을 살고 있는 존재자를 시인은 "어떤 인간 장르"로 명명하고 있는데 이는
선택받은 자의 축복이면서 특별한 형벌이기도 하다. 시장, 구둣가게, 옷

가게, 카페, 동물원 어디에서든 시가 오는 화자는 스스로도 "종잡을 수 없는 날에는" 바다에 간다. 그곳엔 "써도 써지지 않는 물"과 "백지처럼 날아다니는 갈매기들"이 있다. 이처럼 화자가 씀과 씀을 위한 번민에 휩싸여 있는 이유는 무엇일까. 그것은 자신의 과잉을 반성하기 위한 것이자 세상의 과잉을 용서하기 위한 것이다.

기실, 일상의 모든 것은 비본래적인 것으로 충만되어 있다. 여기서 말하는 "세상의 과잉"이란 존재 면책 Seinsentlastung을 유발하는 순응적인 존재자들의 일상적인 삶과 연관된다. 이를 반성하고 혹은 용서하기 위한 것은 "구름을 좋아하는 일"로 상징되는 나와 세계의 본래성을 발견하는 일과 통한다. 이는 "봐도 봐도 질리지 않"지만 "한시도 잡히는 일도 없으니" 화자는 다시 노트를 "세 권 네 권 또 다시 사러" 가며 본래적인 것을 향한 기투를 멈추지 않는다. 이처럼 일상 속에서 시적 번민을 거듭하는 화자의 태도는, 시를 쓸 때만 잠시 시인이 되는 것이 아니라 삶 전체를 시와 관계 맺고 이를 통해 잡히지 않는 본래성을 거듭 추구하는 곡진한 시정신을 의미한다고 할 수 있다.

눈 예보가 있는 밤
눈을 기다리며 꽃을 우려낸다

오래전에 가벼워진 것들의 침묵이 물에 녹아나온다

간절한 편지를 썼다가 찢어버린 적이 있는 사람이라면
한 방울의 뜨거움에
꽃잎이 다시 펼쳐지는 일을
열락이라고만 부르지 못할 것이다

아른아른 흔들리는 저 여린 꽃잎이

기억하는 햇살과 바람을

향기라고만 할 수도 없는 것이다

일생을 바쳐

무아無我를 얻는 운명도 있으니

물색을 두른 이 꽃은 전보다 순해진 다른 꽃이겠구나

언제나 무슨 일도 없이 격렬한 나는

느리게 피는 꽃의 시간에 맥박을 맞춰 놓고

눈길로 어루만진다

한 장 한 장

꽃이 열릴수록 적막이 깊어진다

먼 하늘에서는 순결한 것들이 만들어진다

— 이운진, 「꽃차」 전문(『사이펀』, 2022년 봄호)

공동세계Mitwelt 속에서 살아가는 평범한 세인das Man들의 삶은 세속적 기준에 의한 타인과의 차이성 속에 예속되어 있다. 이는 가지고 즐기는 것뿐만 아니라 심지어 최근 유행하는 '비움'이라는 것 역시 경쟁적으로 비우기 위해 그 차이 속에 지배당하는 느낌이다. 이러한 현실 속에서 화자는 "눈을 기다리며 꽃을 우려"내고 있다. 그것은 "오래전에 가벼워진 것들의 침묵"이 물에 녹아나오는 일이어서 뜨거운 물속에서 꽃잎이 다시 활짝 펼쳐지는 일은 결코 "열락"이 아니다. 또한 꽃차 속에 꽃잎이 "기억하는 햇살과 바람" 역시 향긋한 "향기"로 일축할 수도 없다. 꽃차 속의 꽃잎을 열락과 향기로만 판단하는 것이 곧 세인들의 세상사에 대한 평균적인 인식이다.

찻잔 속에서 마른 꽃잎이 펼쳐지는 일은 "일생을 바쳐 / 무아無我를 얻는 운명"과 통하는 것이다. 꽃잎은 뜨거운 물속에서 자신의 색과 향을 모두 풀어내고 결국 무無로 돌아가기 때문이다. 화자는 이것을 "전보다 순해진 다른 꽃"이라 명명한다. 이렇게 이전과는 질적으로 전혀 다른 존재로 화하는 존재자의 모습을 발견하는 일은 세인의 눈이 아닌 꽃의 입장, 곧 대상의 관점에서 바라보았기에 얻어진다. 화자는 "느리게 피는 꽃"에 자신의 맥박을 맞추고 이를 바라보며 깊어가는 적막을 느낀다. 그리고 마침내 먼 하늘에서 "순결한 것들"이 만들어지고 있음을 자각한다. 찻잔 속에서 꽃을 우려내면서 시인은 색과 향을 채우는 일이 아니라 이를 천천히 용해하여 순하고 맑은 자아를 회복하고자 하는 소망을 드러낸다.

하늘을 접어서
어둠의 물통에 집어 넣네

위급한 태양의 둘레에 점점이 쌓이는 소식들
빛의 눈이 닿지 않은 먼 곳으로부터
죄 없이 죽은 자의 이름이 떠오르네

삶이 없는 지상은 공갈빵 같아서
새들은 허공을 고무줄처럼 늘였다 줄였다 하면서
지상과 하늘을 오가며 교신하네

폐허를 삼킨 심장을 이해하지 못하는 우아한 춤의 여신들
지상을 버리고 풍등처럼 날아올라

너, 너희는 달콤한 미문의 흔적만 남기고 떠다니네

내세의 부적을 묻은 모래 무덤 위에서

피안을 지우고 대지를 숨 쉬는 방식

여러 개의 몸으로 흩어져 걸어가네

결심하지도

맹세하지도 않고

수억 광년 악몽의 트랙을 검은 얼굴로 떠돌고 있네

태초로 돌아간 하늘이 땅의 희박한 호흡을 증언하네

— 홍일표, 「일식」 전문(웹진 『같이가는기분』, 2022년 봄호)

　신성한 것이 사라진 밤의 시대다. 시인은 일식이라는 우주 현상을 통해 신성한 것과 단절된 지상적 삶의 어둠에 대해 말하고 있다. 하늘의 태양이 "어둠의 물통"에 갇히면 "위급한 태양의 둘레"엔 "죄 없이 죽은 자들의 이름"이 점점이 쌓인다. 진실한 삶이 없는 "공갈빵" 같은 지상의 존재들을 대신하여 전령조傳令鳥들이 지상과 천상의 교신을 시도하지만, 이미 여신들은 지상을 버리고 "풍등처럼 날아올라", 이제 구원은 "달콤한 미문의 흔적"으로만 남는다. 이제 지상의 삶이란 "피안을 지우고" 오로지 폐허의 대지를 견디는 것일 수밖에 없다. 천지창조 이래 모든 생명들이 파국을 향한 묵시의 존재들이라면, 우주의 역사란 "수억 광년 악몽의 트랙을" 돌고 돌아 세계의 종말apocalypse을 향해 가는 것이라 할 수 있다. 그리고 다시 태초로 돌아간 하늘만이 심판으로 산산이 조각난 "땅의 희박한 호흡"을 증언할 것이다.

　이처럼 장엄한 심판의 묵시록으로 펼쳐지는 홍일표 시인의 '일식'의 상상력은, 구원으로부터 영영 멀어진 타락한 지상적 존재자들과 그 세계 고를 둘러싼 짙은 어둠을 악몽처럼 펼쳐 보이고 있다. 그리하여 이 시는 이제 파국의 순간이 그리 멀지 않았음을 알고 있으면서도 끊임없이 이를 망각하고 타락의 길로 직행하고 있는 지금-여기의 존재자들의 삶을 되비춘다.

버려진 화분에 비가 내린다

누군가의 두개골 같은 화분에

비가 내린다 전속력으로 내린다

델 것 같이 뜨겁게 내린다

손톱을 거꾸로 세우고

비가 내린다 불이 내린다

마당 한가운데 오로지 화분에게만

도착하는 비

투명한 머릿결이

화분 속으로 곤두박질친다

비가 자란다 수북수북 비가 자란다

저곳은 내가 모르는 비의 서식지

쏟아지는 비가 화분을 키운다

화분이 자란다 속성으로 자란다

이미 뜨거워진 씨앗의 신장을 관통했구나

저 화분이 가진 것

저 빈집이 가진 것

화분이라는 이름을 뒤집어쓰고 종일 비를 맞는 저,

— 손음, 「화분」 전문(『발견』, 2021년 봄호)

이 시에는 비를 맞고 있는 버려진 화분이 등장한다. 화자는 2행에서 바로 "누군가의 두개골 같은 화분"이라고 명명함으로써 화분에 단순한 관찰의 대상 이상의 의미를 부여하고 있다. 잘 알려진 바와 같이 하이데거는 존재자를 전재자前在者, Vorhandenes와 용재자用在者, Zuhandenes로 구분하였다. 전자가 '눈앞존재자'로서 사물 그 자체를 지칭한다면, 후자는 '손안존재자'로서 도구로서의 사물을 가리킨다. 세상의 모든 존재자는 애초에는 모두 전재자이지만 현존재의 행위 속에서 그 세계를 구성하는 용재자의 지위를 갖게 된다. 여기서 화자는 비를 맞고 있는 화분이라는 용재자의 처지와 감정을 대변하는 자리에 있는데, 이는 "전속력으로 내린다", "뜨겁게 내린다", "손톱을 거꾸로 세우고" 내린다, "불이 내린다"라는 발화로 증명된다. 그런 화자에게 비는 "오로지 화분에게만 / 도착하는 비"일 수밖에 없다.

이렇게 화분 위에 "투명한 머릿결"의 비가 끊임없이 곤두박질치다보면, 어느새 화초를 키우는 도구라는 화분의 선험적인 사용 사태Bewandtnis는 "수북수북 비가" 자라는 "비의 서식지"로 변모한다. 더 나아가 비는 화분을 키우고 화분 그 자체를 자라게 하는데, 화자의 이와 같은 자가당착적인 진술은 그 안에 새로운 존재 진리의 개시를 내포하고 있다. 그것은 내리는 비가 화분이라는 "저 빈집이 가진" "뜨거워진 씨앗의 심장을 관통"했으리라는 사실을 가리킨다. 결국 화분은 "화분이라는 이름을 뒤집어쓰고" 종일토록 비를 맞으며 자기 안에 품은 씨앗을 키우고 있었던 것이다. 모든 생명이 내리는 비를 받아 대지에서 움트는 것이듯, 이 시에서 화분은 단지 버려진 채 비를 맞고 있는 것이 아니라 씨앗이라는 우주적 존재 사건을 품은 존재자였던 것이다. 인간을 포함한 모든 포유류의 생의 첫 보금자리인 자궁도 이 화분이 갖는 근원적 의미와 같은 이치다.

하지만 이 시가 가지는 의미망은 하나의 연으로 독립된 마지막 시행에서 비로소 완성된다. 화분은 종일토록 "화분이라는 이름을 뒤집어쓰고" 비를 맞고 있다. 이처럼 화분이 갖고 있는 생명의 집으로서의 이미지는 피투被投 Geworfenheit의 차원에서 묘사된다. 실존적 차원에서 화분이라는 이름의 '뒤집어씀'은 제도화된 개념과 질서로 갈라진 세계의 한 축에 내어던진 여성성과 호응하며 이에 대한 새로운 기투企投 Entwurf는 반점(,) 이후의 말줄임 속에 내포된 가능성으로 열려 있다.

2월 볕이 바람을 피해 담벼락에 늘어 붙은
붉은 슬래브지붕 아래 빨래가 널렸다
분홍 내복 한 벌과 빨간 내복 한 벌
몇 장의 낡은 수건을 빨래집게가 앙다물고 있다

빨랫줄에 가린 초록 나무대문은 늘푸른넓은잎나무
시절을 추억이라도 하듯, 굳게 닫혀있다
군락의 동백 꽃잎 나비같이 날리다가
다정큼나무 아래에서 자울거리다가
후박나무, 돈나무, 생달나무⋯ 해안가에 서식하는
초록의 전생을 찾아 파도처럼 철썩이다가

봄을 벗은 옷들도 이듬해 겨울을 기약할 수 없을지 모른다
노인은 내복을 내 복쯤으로 여기고
겨우내 언 햇살의 얼굴을 닦고 내복을 입히는 것은 아닌지
비가 오지 않아야 할 텐데
대문 옆 알루미늄 쪽문에 잠그지 않은 자물쇠가 대롱거린다
노인이 찾아갈 전생은 있는 것일까

초록 나무 군락지로 이미 가버린 것은 아닐까

소중한 것이 하나 늘면 세상 삶은 더 조심스러워지는 법,

노인은 가까운 친척 하나 없는, 야생에서 멸종위기에 처한

두충나무라 하였다

— 최광임, 「나무 노인」 전문(『다층』, 2022. 봄)

대지Erde가 더 이상 새로울 것이 없는 관행과 행위에 의해 유지되는 '감싸는 것'을 의미한다면, 세계Welt는 이러한 대지의 폐쇄성으로부터 벗어나 또 다른 무엇인가를 '열어 보이는 것'이다. 전자가 도구의 신뢰성에 기반한다면 후자는 도구성 속에 은폐되어 있는 가치를 스스로 정립한다. 이와 같은 대지와 세계의 대립으로 예술을 설명하는 하이데거의 관점에서 보면, 시어의 본질도 바로 이 둘 사이의 긴장에서 발생한다.

이 시에서 붉은 슬래브지붕 아래 널린 분홍 내복과 빨간 내복, 빨랫줄에 가린 초록 나무대문은 시의 문맥 속에 데려와짐으로써 전혀 다른 세계를 열어 보인다. 빨랫줄에 걸린 내복들은 "이듬해 겨울을 기약할 수 없을지 모"르는 노쇠한 노인의 삶을, 초록 나무대문은 "초록의 전생을 찾아 파도처럼 철썩이는" "늘푸른넓은잎나무 시절"을 상기시킨다. 초라한 내복 몇 벌이 이승에서의 내 복福일 뿐인 노인에게, 찾아갈 전생은 있는 것일까 하는 화자의 연민은 푸르른 시절을 추억하는 초록 나무대문과 대비된다. 이처럼 대지에 속한 이 시의 모든 대상은 시의 영역에서 새로운 세계를 세워stellen 보이는 것이다.

"소중한 것이 하나 늘면" 생은 "더 조심스러워지는 법"이다. 하여 초록 나무대문 집 노인은 소중한 것을 하나 둘 덜어내고 생의 시간을 완성하려 한다. 근척近戚 하나 없는 노인의 노경老境은 "야생에서 멸종위기에

처한 두충나무"에 비유되면서 "나무 노인"이라는 이 시의 표제가 거느린 의미망을 완성한다. 하나씩 덜어내고 비워내며 달려온 생의 궁극은 소중한 것에 대한 미련이나 회한이 아니라 올차고 견결한 단독자적 삶의 완성에 있다. 두충나무는 야생의 시간을 잃어버렸을지라도 밀도 높은 목질의 본질만큼은 잃지 않아 참나무보다도 소나무보다도 무겁다 한다.

서양철학사의 존재론적 전회를 이룩한 하이데거의 명저 『존재와 시간』의 중심 개념을 통해 100여 년 후 지금-여기의 시를 읽어 보았다. 그의 철학적 사유가 지닌 혜안이 오늘날의 문학과 이를 둘러싼 세계상을 이해하는 데 빛을 던져주고 있다면, 두충나무와 같은 단단함을 지닌 밀도 높은 오늘의 시는 미망迷妄의 대지 위에 세워진 언어의 신전神殿으로 그 빛을 되쏘임하고 있다.

track 06

사르트르의 존재론과 시─부재를 견디는 두 겹의 노래
: 장정욱 시집 『넓은 겨울을 혼자 썼다』

.

인간존재는 먼저, 결여로서, 자신이 결여하고 있는 전체와의 직접적이
고 종합적인 연결에 있어서 존재한다.

– 장 폴 사르트르, 정소성 옮김, 『존재와 무』, 2009.

'사라지다', '빠져나가다', '없다'와 같은 부재 혹은 상실을 의미하는 시어들이 즐비하다. 서둘러 아픔을 말해 버리는 것을 용서해 준다면, 장정욱 시인의 고통을 나는 이미 "무지개가 늘어지지 않도록"(「빨랫줄 저편」) 바지랑대를 높이 세운 빨랫줄의 저편에서 읽었다고 말할 수밖에 없다. 그리하여 그 "질긴 죄목"이 여기까지 더 질긴 그림자를 드리우고 있는 것을 본다. 아니 그보다 전, "내일이 없는 서로의 하루를 어떤 방식으로 보내줄까" 절망하던 「달의 옆모습」에서도 나는 보았다. 그러나 우리의 삶에 있어 유재는 부재 없이 있을 수 없고 부재 역시 유재 없이 있을 수 없다. 이는 음악에서 휴지pause가 단지 소리 없음을 뜻하지 않고 멜로디와 똑같은 악곡 전개의 한 중요한 요소인 것과 같은 이치다.

부재의 현존: 혼자 풍경

장 폴 사르트르Jean-Paul Sartre는 인간의 실존적 본질을 결핍에서 찾았다. 여기서 결핍, 무는 "존재의 고유한 가능성"이자 "유일한 가능성"(장 폴 사르트르, 손우성 역, 『존재와 무』)으로 존재한다. 그에게 인간이란 자신의 무nothingness를 의식하는 대자존재Being-for-itself이다. 이 결핍을 의식하기 때문에 인간은 자기충족적인 즉자존재Being-in-itself가 아닌 결여의 존재인 것이다. 앞서 말했듯이, 이 결핍은 존재를 어디론가 나아가게 하고 마침내 변모시킬 수 있는 가능성을 함께 지닌다. 이를 그는 의식의 지향성으로 설명하는데 계속해서 자신을 초월해 즉자존재로 스스로를 정립코자 하지만 자신을 초월하려는 의지와 방향으로 인해 즉자존재로서의 자신을 포착할 수 없다. 따라서 대자존재는 자기 자신의 관계 속에서 결핍이 발생될 수밖에 없으며 이 결핍은 항상 존재를 따라다니게 된다. 그것은 즉자이면서 동시에 대자일 수 없는 기투 실현의 불완전성 때문이다.

라디오를 켰다

찻잔을 빠져나간 온기처럼

나는 사라져버렸다

늙은 의자만 남아

창밖 시끄러운 눈발을 들었다

가끔 굽은 등을 삐걱거리며

아무 의미도 없는 노래를 중얼거렸다

푹 페인 오후는 이미 편안해졌다

전화벨 소리가 들려왔지만

그것은 어제의 일,

거울 속에서 계절이 한꺼번에 지나갔다

꽃이 피더니 이내 눈이 내리고

아이가 뛰어가더니

절룩거리는 그림자로 되돌아왔다

아무도 돌아보지 않지만

아직은 향기로운 숨에 기대어

나는 나를 기다리는 중이다

오늘의 노래는 더 아득해졌다

—「노래는 흘러나오고」 전문

이 시에서 라디오를 켬과 동시에 화자는 사라져버리고 "늙은 의자만 남아 / 창밖 시끄러운 눈발을 들"이고 있다. 이어 화자는 라디오에서 흘러나오는 노래를 아무 의미도 없이 중얼거린다. 그러다가 거울 속에는 "계절이 한꺼번에 지나"가는데, "꽃이 피더니 이내 눈이 내리고 / 아이가 뛰어가더니 / 절룩거리는 그림자로 되돌아"온다. 이렇게 거울 안의 시간은 거울 밖의 현실 세계와는 다른 상대적 시간 속에 존재하는데, 이것은 화자의 무의식에 가라앉은 도저한 삶의 무상성과 부조리를 가리킨다. 여기서 화자는 "나는 나를 기다리는 중"이라고 말한다. 이것은 결핍에서 벗어나 또 다른 가능성의 나를 향해 자신을 내어던지는 것을 의미한다. 이 내어던짐이란 것이 나로부터의 벗어나ex- 서있기-sist를 기도하는 것exist 이기에 오늘의 노래는 아득해질 수밖에 없는 것이다.

지루한 심부름이었다
아이들은 추락하면서 매일 태어났다
숲에 가려진 창문은 긴 머리를 깎은 지 오래다

언니는 사흘이면 온다고 했지만
나는 사흘이 진력났다

간간이 빗물을 받아먹으며
혼자 늙은 버드나무는 웃어본 적이 없다

그날 언니는 초록색 약을 들고 어디로 갔던 것일까

삐죽 솟아난 슬픔을 밟지 않으려
매일 철길 위 침목을 세며 걸었다
손엔 작은 보자기를 들었을 뿐인데

달은 기울어져 저기 휘어진 기찻길만 지나면
손을 놓친 달빛을 만날 수 있을 것 같았다

두 갈래 철길은 어디쯤에서 서로의 손을 맞잡을 수 있을까

이슬 내린 심부름은 축축하고 무거워졌다

스르르 잠이 밀려들었다

젖은 눈꺼풀 사이로 흐르고 흘러가는

수만 겹의 사흘

—「혼자 풍경」 전문

이 혼자의 풍경 속에서 화자에게 맡겨진 사흘이라는 시간은 주관적이다. 언니는 초록색 약을 들고 집을 나가 사흘이면 온다고 했지만 화자에게 사흘은 진력이 날 만큼 지루한 "수만 겹의 사흘"이다. 화자는 애써 "슬픔을 밟지 않으려 / 매일 철길 위 침목을 세며" 버티지만, 두 갈래로 갈라진 철길처럼 서로가 손을 맞잡는 일은 요원하기만 하다. 이슬이 내리자 화자의 기다림은 축축하고 무겁기만 하고, 이윽고 잠이 밀려든다.

여기서 돌아온다는 약속으로만 존재하는 언니가 화자의 또 다른 자아이자 분신이라면 그것은 기다림으로만 존재할 수밖에 없다. 이는 즉자와 대자가 일치할 수가 없는 것과 같은 이치인데, 화자가 결핍을 건디며 또 다른 나를 찾아 철길의 침목을 하나둘 세어 걷는 행위, 그 자체가 함의하는 운동성만이 즉자존재의 가능성을 품은 대자존재를 현시하기 때문이다. 이처럼 인간은 선택할 자유는 있지만 자유 자체를 선택할 수는 없는 "선고된 자유" 속에 존재할 수밖에 없다. 이를 두고 사르트르는 "이미 전까지 가득 채워놓은 그릇 속에서 빈자리를 찾는 일이나 마찬가지"라고 말한다. 인간의 "자유는 인간 존재의 무"(위의 책)이기 때문이다.

이름을 잊어버렸다

약봉지도 놓쳤다

교회 종소리는 12월보다 길었다
저 아늑한 곳의 기도는 내일도 죽지 않는 것일까
예배당 창이 반짝거렸다

나를 잃어버린다면 어디쯤이 좋을까
슬픔에 둔한 플라타너스 뒤라면
물 위에 떠다니는 버들잎 곁이라면

물소리를 세며 나를 불렀지만
나는 세계를 잊었다

기도에선 흙냄새가 났다
기도가 바람에 섞여 사라질 때까지 기억은 자주 뒤척였다

헌 그리움을 보내는 일
물결의 뒷모습으로 살겠다고 다짐하는 일
기도문은 입김 안에서 자꾸 빠져나가려 했다

아이들은 얼음 십자가 위에 올라가 신발로 깨며 놀고 있다

웃음과 울음이 섞인다
남들은 웃는 거냐 우는 거냐 묻지만
오래전부터 같은 감정이라 생각했다

귀가 잘려나간 듯 밤은 조용한 눈발로 날린다

주머니 속 사탕 봉지 소리만 남았다

얼음 풍경을 베고
쓰디쓴 눈송이를 한입에 털어 넣으면
나는 다시 깊어졌다

— 「다정한 기분을 만났다」 전문

그리하여 이러한 대자존재로서의 실존은 "헌 그리움을 보내는 일 /
물결의 뒷모습으로 살겠다고 다짐하는 일"과 통한다. 앞서 화자는 "이름
을 잊어버렸다"고 말하는데 이는 자신을 거대한 '텅 빔'(무)으로 인식하
는 것을 의미한다. 이에 화자는 즉자이자 대자일 수 있는 유일한 존재인
신을 향해 기도를 올리지만 그것은 기억을 뒤척이는 일일 뿐이어서, 결
국 화자는 기억 속의 자신을 보내고 그 물결의 뒷모습으로 살겠다고 말
한다. 물결을 앞질러 갈 수는 없다. 그 한계를 알기에 화자는 영원한 결여
의 상태로 흘러갈 뿐이다.

이에 타자들은 "웃는 거냐 우는 거냐 묻"는데, 이때 타인과 관계맺고
있는 대타존재Being-for-Others로서의 화자는 "오래전부터 같은 감정"임
을 말하며 웃음과 울음 어느 한쪽에 동화되기를 거부한다. 생이란 이 양
가감정 속에 존재하는 것이며 어느 하나를 강요한다는 것은 곧 타자라
는 시선의 폭력이기 때문이다. 사르트르는 스스로가 자신의 즉자존재를
인지할 수 없으므로 타인의 시선 앞에 대상화됨에 따라 규정된다고 말
한다. 이렇게 대자존재와 대타존재가 타인의 시선에 의해 분열됨에 따라
발생하는 감정이 바로 수치honte이다. 이것은 타인에 의한 타율적 낙인에
그 원인이 있고 이는 타인은 감옥이라는 그의 실존적 명제의 심리적 근

거가 된다. 시 속에는 이러한 수치는 "귀가 잘려나간 듯 밤은 조용한 눈발"로 날리며 "주머니 속 사탕 봉지 소리"만으로 남았다는 것으로 비유된다. 따라서 "다정한 기분을 만났다"는 시제詩題는 대타존재의 맥락에서 타인의 감옥에 갇히게 되는 익숙한 경험을 반어적으로 지칭하는 것이라고 할 수 있다.

부재의 근원: 불어터진 빗줄기

지금-여기의 부재의 기원은 과거-저기에 뿌리를 두고 있다. 그것은 가족이라는 이름 속에서 경험해야만 했던 지워지지 않는 상처와 아픔으로 제시된다. 이 "가족이라는 이름의 병"下重暁子은 단란해야만 한다는 가족의 환상을 산산조각내며, 그 병이 한 개인에게 미치는 정신적 트라우마가 얼마나 지독할 수 있는가를 보여준다. 그것은 부모-자식-형제라는 운명적이고도 근원적인 자리에서 발생하는 것이므로 차라리 치명적인 것에 가깝다.

> 주머니에 두 손을 넣은 채 아버지가 먹구름을 끌고 왔다 어제와 내일의 비가 모두 오늘의 비로 내리고 있었다 종기처럼 부어오르던 저녁, 빗물이 스며들기 시작한 아궁이엔 소소한 온기마저 사라지고 없었다 말수가 적은 그의 손이, 빗물 속으로 엄마의 화장품을 모두 던져 버렸지만, 빨간 입술만은 지워지지 않았다 밤새 알아들을 수 없는 기도문이 떠다녔다 우물 속 그림자들이 하나둘 출렁이며 사라졌다 전염병처럼 침묵이 퍼져나갔다 잠을 자려 양말을 벗으면, 내 발목엔 빗물의 나이테가 새겨져 닦아도 닦아도 지워지지 않았다 우리는 영원히 줄어들지 않는 구름을 그림자처럼 매달고 있었다

> ─「장마의 가족」전문

이 장마 속 가족의 풍경을 보라. 아버지가 먹구름을 끌고 집으로 오자 집안엔 비가 내리고 소소한 온기마저 사라져 버리고 만다. 그는 "엄마의 화장품을 모두 던져" 버리는 폭력을 행하고 집안엔 "알아들을 수 없는 기도문이" 떠다니다 마침내 "전염병처럼 침묵이 퍼져"나간다. 화자는 억지로 잠을 청하려 하지만 발목엔 "빗물의 나이테"로 상징되는 고통이 켜를 이루어 지워지지 않는다. 이렇게 "영원히 줄어들지 않는 구름"이라는 아버지로부터 비롯된 가성사의 암운暗雲은 이두운 그림자처럼 오래오래 이들을 짓누른다. 이 근원적인 트라우마는 오늘에 끊임없이 개입해 그 아픔은 과거완료형의 시제를 부여받지 못한다.

알아들을 수 없는 겨울이 흘러들었다
귀마개를 두른 그림자가
자주 눈 밑을 오갔다

바람 거울을 들여다볼 때면
울음을 그치지 못한 영혼들이 서 있는 듯했다

입김으로 얼굴을 지우려 하면
하얗게 쏟아지는 골목

그중 하나는 신발을 끌면서 걷는데
반걸음 늦는 소리가 동생 같았다

뒤축이 닳아버린 저녁
기울어가는 달빛

딱딱한 목에
흰 목도리를 두른 인형이 자주 꿈속에 나타났다
캄캄한 몸은 어디에서 환해질는지
거울은 휘청거릴 뿐 아무것도 알려주지 않았다

엄마는 골목의 문을 잠갔고
나는 밤새 불 켜진 십자가에 마음을 다 주었다

—「바람 거울」 전문

이렇게 상처 어린 눈으로 바라보면 세상은 온통 슬픔뿐이어서, 화자에게 겨울은 해독불가능의 상태로 다가오고, "바람 거울" 속에는 "울음을 그치지 못한 영혼들이 서 있는 듯"하다. 하얀 입김이 쏟아지는 골목엔 "반걸음 늦는" 동생의 신발 끄는 소리가 들리고, 화자에게 이는 뒤축이 닳아버린 저녁의 풍경이 된다. "캄캄한 몸"으로 상징되는 짙은 어둠은 환해질 줄 모르고 바람 거울은 아무것도 알려주지 않는다. 이 겨울 속 우울한 가족의 풍경 속에서 오로지 엄마만이 골목의 문을 닫는 행위를 통해 최소한의 울타리가 되어주지만, 화자에게 엄마는 넉넉히 기댈 수 있는 그런 존재가 아니다. 화자는 오로지 "불 켜진 십자가"에 마음을 다 주며 외로운 마음을 견딘다. 이 기도의 행위는 '빎'의 내용보다는 그 형식에 의미가 있는 것으로 이는 곧 단독자적 인내의 표지라 할 수 있다.

마당에 걸어둔 국수가
소나기에 다 젖었다

자주 끊기는 국수를 말아 먹으며
아버지는 나에게 아무것도 가르친 것이 없다
나는 아무것도 배운 것이 없다

그해 여름
국수 공장은 삐거덕거렸고
국수 가락은 펄럭이지 않았다

우리에게 남겨진 것은
휘어진 침묵이거나
끊어진 노래

비가 내린다
국숫발처럼

돌아보면 흰 골목 같은
아버지의 먼 눈빛 같은

불어터진 빗줄기는 추억보다 길다

―「7월」 전문

　　화자의 여름의 풍경은 어떠한가. 먹구름을 끌고 들어왔던 아버지라
는 존재는 화자에게 "아무것도 가르친 것이 없"으며, 화자 역시 "아무것
도 배운 것이 없"는 단절과 거부의 대상으로 제시된다. 마당에 걸어둔 국
수가 소나기를 맞아 자주 끊기는 국수를 말아먹을 수밖에 없었던 불행의

전조前兆처럼 그해 여름 아버지의 국수 공장은 위기를 맞는다. 그리하여 가족들에게 남겨진 것은 국수처럼 "휘어진 침묵" 혹은 "끊어진 노래"뿐이다.

성장기에 겪은 이러한 가족사의 절망은 지금도 짙은 그늘을 드리우고 있다. 그해 7월처럼 국숫발 같은 비가 내리는 것이다. 비 오는 골목은 국숫발이 내걸리던 흰 골목처럼, 아버지의 먼 눈빛처럼 느껴진다. 그리하여 화자에게 "불어터진 빗줄기"로 상징되는 국수 공장의 몰락기는 추억보다 길고도 질기게 화자의 기억을 옭아맨다.

두 겹의 노래: 얼음의 맥박

그리하여 화자에게 성장기 가족사의 고통은 "연못이 얼면 그 속을 헤엄치던 시간"(「얼음 연못」)이 정지되는 것처럼 얼음 연못 속에 갇혀 버린 듯하다. 그 아픔은 너무도 견고해서 안부를 물어도 그 속에는 "이미 닫혀버린 귀"만이 존재할 뿐이다. 그러나 얼어붙은 연못 속에 갇혀, 닫혀 버린 귀는 분명 겨울을 살지만, 이 귀는 "봄 쪽으로 뻗은 소리를 안고" 있다.

   물결이 들어오다
   그만 얼어버렸다

   나의 맥박은 잎맥도 없이
   긴 잠에 갇혔다

   금 간 풍경은
   몇 개의 길이 되어 겨울 끝을 이어붙였다
   간간이 나뭇잎 빠져나간 자리엔

돌들의 숨소리가 들려왔다

심장이 녹아내려
몇 겹의 어둠이 젖어 들었다

새로운 얼음이 덧대어지고
오후가 되면 물컹, 너의 입김이 언 자리를 녹였다

나뭇잎 하나가
지느러미도 없이 얼음 속을 헤매고 있었다

—「얼음의 맥박」 전문

이 얼음 속 풍경은 또 어떠한가. 얼음이 얼자 나의 맥박도 "긴 잠에 갇"혀 버렸다. 금간 풍경은 "겨울 끝을 이어붙"이고, 끊임없이 "새로운 얼음이 덧대어지"는 엄동의 시간이다. 그러나 "오후가 되면 물컹, 너의 입김이 언 자리를 녹"인다. 여기서 물컹 다가온 입김이란 얼음을 녹이는 물결로서 이는 얼음의 긴 잠을 깨우는 존재로 제시된다. 물결은 얼어붙어 얼음이 되지만 오후의 따뜻한 물결은 얼음을 녹인다. 그러자 나뭇잎 하나가 "지느러미도 없이" 얼음 속에서 움직이기 시작한다. 기형도가 자신의 시 「위험한 가계 1969」에서 "썰매를 타다 보면 빙판 밑으로는 푸른 물이 흐르는 게 보였다. 얼음장 위에서도 종이가 다 탈 때까지 네모반듯한 불들은 꺼지지 않았다."라고 읊조렸듯이, 얼음의 맥박은 굳어버린 겨울의 시간 속에서도 멈추지 않으며 그 시간은 반드시 봄 쪽으로 뻗어 있다.

우물을 들고 일어섰다

밑 빠진 죄가 물처럼 흘렀다

갚아야 할 구름은 몇 개나 될까
벗꽃잎을 세어 주머니에 구겨 넣어도
엄마 손을 잡은 나는 엄마보다 반이나 작았다

거리와 하늘을 채운 까마귀의 자세가 귀족스러웠다
까만 입술은 슬픔과 거짓말의 중간쯤이라지

절름발이 고양이는 자신보다 먼저 내려가는 봄을 밟으며
자신도 저렇게 따뜻해지기를 바랐다
빚을 낸 수염이 까슬까슬 마음을 쓰다듬어 주었다

빈털터리 엄마는 고개를 넘다 말고 까마귀들에게 돌을 던졌다
역시 봄은 믿을 수가 없어
화병에 빠진 엄마를 굴리며
가파른 오르막길에서 하마터면 손을 놓칠 뻔했지만
내리막길에서 그래도 나는 이 세상이 싫지 않았다

봄은 오래도록 까맸다

* 인천시 남구 용현동

—「독쟁이 고개*」 전문

그리하여 장정욱의 시는 뼈아픈 기도企圖이면서 애끓는 기도祈禱이
다. 「독쟁이 고개」에서 "빈털터리 엄마는 고개를 넘다 말고 까마귀들에
게 돌을 던"지며 믿을 수 없는 봄을 탄식하지만, 화자는 "내리막길에서

그래도 나는 이 세상이 싫지 않았다"고 말한다. 여기서 타자로서의 엄마의 시선은 희망을 부정하는 존재론적인 힘으로 나타나지만 화자는 그런 시선을 거부한다. 이처럼 대타존재로서 인간은 타자와의 끊임없는 시선 regard 투쟁을 통해 존재론적 지위를 확보하게 된다. 이를 통해 화자는 생을 긍정하는 데에 이르러, 모든 것이 얼어붙은 엄동의 시간을 녹이며 부재의 순간을 관통해 나아간다. "절름발이 고양이"가 "자신보다 먼저 내려가는 봄을 밟으며 / 자신도 저렇게 따뜻해지기를 바"라는 것처럼 말이다.

두 손으로 바람을 쓸듯
어제와 오늘이 똑같은 우리는
검은 갯벌에 서 있네

물이 들고 난 자리
저 모습은 우리의 대화 같은 것

역광을 좀 봐
순간이 캄캄할수록 새들은
빛나는 자세로 날아가네

물에 빠진 햇빛은
자신의 눈이 머는 줄도 모른 채
되돌아온 길을 더듬거리네

엉킨 물결을 풀려 하지만
끝을 찾을 수 없어 멀고 먼 수평선

겹겹의 날개를 날려 보낸 오후는
묵은 그림자를 끌며 집으로 돌아가고 있네

지워진 물살이 넘실거릴 때
얼굴 없는 목소리에 서로를 비비며
우리는 환한 비린내를 마시네

―「소래 포구」전문

이 시의 주어는 '우리'이다. 사르트르는 대타존재의 차원에서 타자
와의 시선 투쟁을 제시하고 있지만 개인들 간의 상호주체성에 기반하여
"우리들nous"의 대안을 제시한다. 가령, 사랑이란 대자존재와 대타존재
사이의 간극을 함께 열어감으로써 얻어지는 것이다. 대타존재의 맥락
속에는 끊임없는 시선 투쟁만이 존재하는 것이 아니라 서로가 획득하고
자 하는 자유가 서로에게 녹아들어 있을 때 우리들의 모습은 비로소 나
타난다.

우리의 생이 부재의 캄캄한 순간을 지나간다 해도, 역광 속에서 "빛
나는 자세로 날아가"는 새들처럼 무언가를 향한 지향을 가져야 하듯, 시
인에게 시 쓰기란 역광 속 캄캄한 어둠을 빛나는 자세로 비상하는 미학
의 한 지점에 상응한다. 그의 시가 「산후풍」의 "이슬람 사원의 종소리"처
럼 "혀가 꼬부라져 알아들을 수 없"어, 넓은 "겨울을 혼자 쓰"는 것이 될
지라도, 그것이 "목련을 등진 달력"의 겨울을 묵묵히 인내하게 하는 것이
다. 그리하여 그의 시는 "아이 옷자락을 찢어 굴뚝 꼭대기에 매달"듯 부
재의 여기를 감당케 하고 저기를 향해 기투케 하는 갸륵한 겹의 노래다.

track 07

들뢰즈의 도주선과 시—'시의 삶-되기', '삶의 시-되기'
: 김미옥 시집 『목련을 빚는 저녁』

도주선들은 영토성 안에 탈영토화와 재영토화의 운동들이 현존함을 증언해 주면
서 영토성을 완전히 가로질러간다.

- 질 들뢰즈·펠릭스 가타리, 김재인 옮김, 『천개의 고원-자본주의와 분열증2』, 2001.

본질적인 의미에서 예술의 임무는 "감각적 경험의 정상적 정보들을 중지시키는 것"(자크 랑시에르, 주형일 옮김, 『미학 안의 불편함』)에 있다. 이 말이 다소 거창하게 들린다면 당연히 혹은 반드시 그 무엇이어야 하는 랑그의 체계에서 벗어나 지금껏 존재한 적이 없었던 새로운 지시체계를 발명하는 것이라고 부언할 수 있겠다. 이 낯선 발화는 마치 수학의 체계처럼 규율화되어 모든 것을 점의 형태로 종속시키는 거대한 존재자Seiendes의 세계에 하나의 이견으로 자리한다. 이것이 시가 동력으로 삼고 있는 메타포의 존재론적 의미라 할 수 있다. 일상은 끊임없이 우리를 무감각하게 한다. 이 길들임의 과정이 곧 언어적 질서가 지배하는 상징계의 원리라면 이에 맞서는 이견적 발명은 이 규율체계를 위반하며 끊임없이 감각의 위계를 전복시킨다. 이것이 화석처럼 굳어진 존재자의 세계에 길항하는 시의 위상학적 자리다.

발명의 시학

이는 김미옥 시인의 방식으로 말하자면 만두가 목련으로 호명되는 세계라 할 수 있다. 전자가 일상의 세계라면 후자는 예술의 세계이고, 전자가 존재자의 세계라면 후자는 새롭게 접합된 존재Sein의 세계. 이러한 "예기치 않은 소통"으로서의 "바꿔 연결하기"(아즈마 히로키, 안천 옮김, 『관광객의 철학』)는 삶—미학을 매개하는 미학적 실천이라고 할 수 있다.

목련을 빚는 겨울이 있다

겨울은 모서리가 지워지고
찜 솥에는 활짝 핀 목련들이 가득 들어 있다

눈은 분분이 내려
꽃을 빚는 저녁

젖은 햇빛 몇 줌과
붉게 지는 노을과
칼칼한 저녁 냉기와
들락거리는 바람을 꾹꾹 눌러 넣고
한 장 한 장 꽃잎을 일으키면

눈송이가 눈사람이 되듯
만두가 목련이 되는 밤이 있다

어딘가에서 목련은
차가운 꽃망울의 잠을 견디고 있고

이 저녁, 만두는 터질 듯 부풀어 올라
당신이 모르는 꽃이 된다

—「목련을 빚는 저녁」전문

    이 시에서 화자는 "모서리가 지워지"는 늦겨울의 저녁 어느 날 만두
아니 목련을 빚는다. 여기서 만두를 빚는 과정은 목련을 피워내는 자연
물의 그것과 동일시되어 있다. 이는 단순한 색체와 모양의 유사성에 기
반한 것이 아니라는 데 이 시의 놀라움이 숨어 있다. 먼저 꽃잎의 재료는
분분이 내리는 눈으로, 그 속에 "젖은 햇빛"과 "붉게 지는 노을"과 "칼칼
한 저녁 냉기"와 "들락거리는 바람"이라는 소를 "꾹꾹 눌러 넣"어 "한 장

한 장 꽃잎을 일으키면" 만두는 하얀 목련으로 태어난다.

목련은 그저 시기에 맞추어 피는 게 아니다. 잘 알려진 서정주의 「국화 옆에서」와 같이 한 송이 꽃을 피워내기 위해서는 전 우주가 참여해야 하는 것이다. 목련은 어딘가에서 "차가운 꽃망울의 잠"이라는 인고의 시간을 견디며 봄을 기다리고 있다. 화자는 눈 내리는 차가운 겨울 만두를 빚으며 "터질 듯 부풀어" 오를 목련의 봄을 기다리고 있는 것이다. 봄은 그저 오는 게 아니다. 이 갸륵한 기다림이 곧 봄을 잉태하는 겨울의 노심勞心이기 때문이다.

벽지에서 지평선이 벌떡 일어설 때가 있다

사슴 한 마리 홀로 풀을 뜯는 들판
뜯어 먹힌 풀이 그의 속눈썹으로 자라는 과정과
길고 아름다운 그의 다리가
언덕을 떠나지 않는 이유에 대해 생각해본다

사슴 눈을 한 그가
사슴 따위는 되고 싶진 않다고 말할 때
나는 문득 물구나무로 걸어보고 싶었다

손바닥이 발이 되면
잠자던 근육들 단번에 일어서고
심장은 두리번거리고 발은 두근거리겠지

누군가 숨어서 거꾸로 걸어가는 나를 넘어뜨린 건지
낯선 풍경들이 어지럽게 펼쳐졌다 사라진다

사라진 풍경들 위로 휘청이는 몸,

꿈틀거리는 벽,

더듬더듬 꿈속에서 걸어 나와

아무도 발 딛지 않은 지평선의 푸른 핏줄 속으로

─「시계공의 사색」전문

도주선의 맥락에서 보면 "손은 탈영토화된 과기의 앞발"(질 들뢰즈·
펠릭스 가타리, 김재인 옮김, 『천개의 고원-자본주의와 분열증2』)이다. 같은 이
치로 인간의 입이 음식물과 소음이 아닌 말로 채워진 것도 마찬가지다.
그리하여 인간의 사유는 진화된 신체성의 지배를 받게 되기 마련이다.
그러나 이 시는 "손바닥이 발이 되"는 순간 새로이 열리는 낯선 풍경에
대해 노래함으로써 신체성의 전도顚倒를 꾀하고 있다.

이 시에는 제목과는 달리 '시계공'은 등장하지 않는다. 시계공은 의
자에 앉아 작업대 위에서 눈에 확대경을 끼고 손으로 일한다. 좁은 공간
에서 더 좁고 미세한 공간 속의 부품들을 손질하는 시계공에게 손은 절
대적이다. 그런 화자의 눈에 "벽지에서 지평선이 벌떡 일어설 때가" 있는
데, 그 풍경은 "사슴 한 마리가 홀로 풀을 뜯는" 목가적 들판으로 제시된
다. 사슴의 눈을 가진 사람이 있다. 그러나 그가 풀밭 위의 사슴이 상징하
는 바와 같은 평화로운 자적自適의 삶을 원치 않을 때, 화자는 "문득 물구
나무로 걸어보고 싶었다"고 말한다.

그렇게 철저하게 탈영토화된 손이 원래의 영토인 대지에 가닿으면,
화자는 잃었던 몸의 감각을 되찾는다. 그런 의미에서 물구나무서기란 시
계로 상징되는 문명의 세계(손)에 대한 거부이자 대지의 세계(발)로의 전

복을 의미한다. 이를 통해 그동안 잠자던 근육이 일어서고 심장은 두리 번거리고 발은 거꾸로 일어나 두근거리게 된다. 그러나 그 지속은 길지 못하다. 다시 손이 일하는 세계의 현실로 되돌아올 수밖에 없기 때문이다. 그러면 낯선 풍경들은 사라지고 화자의 꿈도 깨어진다. 그러나 그의 의식만큼은 "아무도 발 딛지 않은 지평선의 푸른 핏줄 속"으로 걸어간다. 손이 발이 되는 물구나무서기를 통해 시인은 전도된 낯선 풍경을 발견하고 그 속에서 자신만의 자유를 발명하는 것이다.

시인의 이러한 인식론적인 발명은 "뺨 한대 갈겨버리고 싶"거나 "내 지르고 싶은 말을 삼켜 버린 날들"(「그날의 묵비권」)에 대한 미학적 응전이다. 이처럼 침묵을 강요하는 세상에서 시인은 발견을 통해 발언권을 얻고, 발명을 통해 그 상징적 표석을 놓는다. 이처럼 시적 연금술이란 우리를 가두고 길들이는 공리계의 규약으로부터 벗어나 이에 찢고 틈을 여는 미학적 실천이라 할 수 있다.

슈퍼라는 이름의 성소聖所

시가 아무리 현실에 뿌리를 두고 있는 것이라 할지라도 자전적 상황을 시적 현실에 직접 대입할 수 없다. 이는 시를 왜곡하는 길이기도 하며 시를 현실에 복속시켜 그 형해만을 전시하는 꼴이 되고 말기 때문이다. 여기서 드러나는 슈퍼마켓 주인의 삶과 그 속에서 바라다 보이는 세계의 모습은, 위에서 언급한 시계공의 그것과 다를 바 없다. 그런 의미에서 손의 자유가 구속된 채 한 곳에 눌러앉아 미세한 세계에 몰두하는 시계공처럼 이 시편들의 화자는 그렇게 서 있다 할 수 있다.

훨훨 날아
이 꽃 저 꽃 옮겨 다닌 나비씨
꽃 세상에 빠져 꽃놀이를 즐기다가
 결제해드리겠습니다

나비씨의 옆구리를 긁어도
오늘의 당신은 결제할 수 없습니다, 라고 뜬다

지갑에서 몇 개의 카드를 더 꺼내도
나비는 더 날 수 없는
한도초과

나비 한 마리가
수십 종의 꽃에 앉았다 가는 날엔
텅텅 비어가는 신용에 식은땀이 흘러
지불할게 많아 스스로에게 손사래를 칩니다

꿈을 결재할 수 없듯
눈부신 해변을 결재할 수 없듯

오늘은 길어진 당신의 골목만 결재하겠습니다.

— 「당신을 결제할 수 없습니다」 전문

여기, "꽃 세상에 빠져 꽃놀이를 즐기"며 "이 꽃 저 꽃 옮겨 다닌" 나비씨가 있다. 그런 이유로 아무리 "옆구리를 긁어도" "텅텅 비어가는 신용"에 결제를 할 수 없다는 메시지만이 그의 오늘을 쓸쓸하게 증명한다.

몇 개의 카드를 꺼내도 마찬가지인 한도초과, 라는 신호는 그를 더욱 절망하게 만들지만, 이를 바라보는 화자의 시선도 그의 심정과 크게 다르지 않다.

화자는 그를 나비로 상징했거니와 더 날 수 없는 그의 현실을 단순하게 구매력을 상실했다는 즉물적인 상황으로 표상하지 않는다. 그것은 "꿈을 결제할 수 없듯 / 눈부신 해변을 결제할 수 없듯"이라는 말로서 그의 현실을 누구나 얻을 수 없는 구매의 한계로 치환하고 있다. 그리하여 화자는 그의 절망을 대신하여 "길어진 당신의 골목"만을 결제하겠다며 그의 초라한 현실을 위로하는 것이다.

거인이 발을 쿵쿵 찍으며 온다 슈퍼를 울리며 온다 그가 도착할 때까지 그녀는 파르르 떨리는 벽에 나비를 그린다 백만 마리의 나비를 모을 생각이다

벽 너머에서 오는 거인이 걸을 때마다 문짝이 흔들리고 커피포트가 나둥그러지고 술병들이 부딪쳐 부서지고 와르르 과일 탑이 쏟아지고 거꾸로 매달린 건어물들이 바닥에서 헤엄치는 동안 꽃 속에서 그녀는 아프다

거인은 그녀에게 나비 그리는 일을 당장 멈추라고 한다 꽃을 빠져 나가면 꽃의 언어는 쓸데가 없다고 열매도 없이 떨어져 버린다고 하지만 나비 그리는 일을 멈출수는 없지 꽃 피우는 일을 놓을 수 없지 구름에 떠밀리 듯 낭떠러지 같은 슈퍼에서 갇혀 살 수는 없지
그녀는 시든 꽃잎 속에 또다시 나비를 그려 넣는다

벽을 열고 나가버리는 거인의 등 뒤에서 몸을 일으키는 그녀
불러도 닿을 수 없는 이름으로 다시 나비를 그리는 일 나비로 집을 짓는 일 만질 수 없는 허공을 그리듯 온몸으로 그려내는 나비, 나비, 나비

벽 허물고 날아가는 소리 들리지 않니?

—「슈퍼 속의 거인」 전문

 길어진 누군가의 골목을 대신 결재해 주는 따뜻한 연민의 화자는, "백만 마리의 나비"를 모을 생각으로 나비를 그리는 일에 열중하는 슈퍼우먼, 그녀로 등장한다. 이는 분명 시작詩作의 행위에 대한 알레고리일 것인데, 이 혼자만의 "외로운 사업"(이성, 「기울」)은 기인으로 상징되는 현실의 압박 속에서도 절실하게 지속된다. 슈퍼는 현실적으로는 상업의 공간이지만, 그녀에게는 나비를 그리는 공간이다. 거인이 벽 너머에서 들어올 때마다 나비를 그리는 화실인 슈퍼는 만신창이가 되고 그녀는 끝내 아프다.

 더욱이 상업의 공간인 슈퍼에서 거인은 그녀에게 "나비 그리는 일을 당장" 중단할 것을 요구한다. 거인은 이 슈퍼라는 공간에서 "꽃의 언어"는 쓸모없으며, 그것은 "열매도 없이 떨어"지는 실속없는 것임을 분명히 한다. 이는 예술에 대한 대중적인 편견이지만, 기실 예술은 무용성 uselessness에 기반한다. 진정한 예술이란 "현실의 교환 원칙exchange value에 순응하지 않는 손상되지 않은 사물들의 대변인"(테오도르 아도르노, 홍승용 옮김, 『미학이론』)이기 때문이다.

 현실적으로 아무리 나비 그리는 일이 하찮고도 쓸모없는 일이라 할지라도 그녀는 "꽃 피우는 일"을 멈출 수 없다. 이때 슈퍼마켓은 물건을 파는 세속의 공간이면서 그녀를 이로부터 초월케 하는 성소로 변모한다. 나비를 그린다는 것은 "구름에 떠밀리 듯 넝떠러지 같은 슈퍼에 갇혀" 사는 그녀가 그릴 수 있는 유일한 꿈의 지도이기 때문이다. "불러도 닿을 수 없는 이름으로", "만질 수 없는 허공을 그리듯" 그리는 그녀의 나비가 마침내 벽을 허물고 날아갈 것이라는 것을 열망하면서 말이다.

성오省悟의 시간

물건을 담아주는 검을 비닐 봉투가 "썩지 않을 슬픔"(「고래의 눈동자」)으로 고래의 숨통을 막는다는 사실에 가슴 아파하는 "미옥이네 슈퍼마켓"의 화자는, 이제 세상의 "모든 죽어가는 것을 사랑"(윤동주, 「서시」)하는 연민과 성찰의 시간에 가 닿는다.

소의 눈물이 보인다
그 속에서 함께 울어주는 나도 보인다

S자 갈고리에 걸린 주검이 있다
저 생은 왜 걸려 있을까

등짝에 붉은 혹은 푸른 도장이 찍혀 있다
일등급 투 플러스를 찍었다고
가장 화려한 생은 아니었을 것이다

목심 등심 채끝 양지 사태 우둔 설도
부위별 무게는 저울추에 달아 팔 수 있지만
저 한 생의 무게는 어떻게 달아 팔아야 하나

피어난 마블링
그 침묵의 덩어리를 떼어내어 저울 위에 올린다

몇 그램이 모자란다고 더 얹거나

몇 그램이 넘친다고 잘라낼 때마다
몇 그램의 죽음을 옮기게 된다

아무도 모를 것이다
그 속에 내 삶의 무게도 조금씩 섞어 파는 것을

주검의 무게를 잴 때마다
내 삶의 무게도 같이 잰다

아득한 소의 눈물을 생각한다
커다란 눈 속에 분홍 패랭이꽃이 피었다 지는

―「무게」 전문

흔히 고기meat라고 부르는 음식의 재료는 사실상 짐승의 사체dead body이다. 화자는 S자 갈고리에 걸린 고기를 주검으로 지시하며 소의 생을 연상한다. 그러나 소고기는 육질에 따라 등급이 구분되고 부위별로 무게를 달아 판매되지만 화자는 "저 한 생의 무게를 어떻게 달아 팔아야 하"나 아득해 하며 "그 속에 내 삶의 무게도 조금씩 섞어 파는 것을" 아무도 모를 것이라 말한다. 이렇게 고기를 '주검'으로 '한 생'으로 변용시키는 생소화生疎化의 원리는, 모든 존재의 뒤안에 감춰져 있는 눈물을 생각하는 갸륵한 연민으로 이어진다.

초파리들로 온 집안이 비상이었다
가족들은 파인애플 껍질이 원인일 거라 했다

구석구석 에프킬라를 뿌려도
죽어가면서 종족 번식을 위해 고군분투했는지
다음날에도 그 다음날에도 여전히 집안은 초파리 세상이다

베란다에 빨래를 널다가
한구석에 놓여 있는 호박에서 바글바글한 초파리를 본다

낌새가 이상했다

꼭지를 들어 올리자
물이 주르륵 흐른다

호박이 초파리들을 위해 물컹물컹해진 거다
자기 몸을 조금씩 드러내며
저들에게 젖을 물리고 있었던 거다

호박은
한 모금이라도 젖을 더 물리려는 어미처럼
바닥에서 잘 떨어지지 않았다

간신히 호박을 들어내자
초파리들이 새까맣게 떼로 따라왔다

— 「어떤 장례식」 전문

존재의 슬픔을 속 깊게 이해하고 있는 시인은 '자기를 내어줌self-
giving'이라는 고귀한 사랑의 의미를 성찰한다. 종교적 차원에서의 내어

줌과 받아먹음이 신과 피조물 사이에서 발생한다면, 이를 우리의 삶에서 구체적으로 증거하는 것은 바로 어미와 자식의 관계이다. 이 시에서 집 안에 바글바글 들끓는 초파리는 어디서 생겨난 것일까? 그것은 베란다 한 구석에 놓여 있는 호박에서 시작된 것이다. 이미 물러질 대로 물러진 호박을 보며, 화자는 이것은 "초파리들을 위해 물컹물컹해진" 것이며 호박이 "저들에게 젖을 물리고 있었던 거"라고 인식한다. 자신의 몸을 아낌 없이 내어준 호박이 어미라면 초파리는 호박을 먹고 자라난 자식일 것이 다. 그리하여 "한 모금이라도 젖을 더 물리려는 어미처럼" 호박은 비닥에 서도 쉽사리 떨어지지 않는다. 이윽고 호박을 떼어냈지만, 초파리들은 어 미를 따라오듯 새카맣게 떼로 좇아온다. 그것이 곧 수백의 초파리를 먹 여 키운 호박이라는 어미의 장례식인 것이다. 이처럼 사소한 일상에서 숭엄한 사랑의 장면을 포착하는 시인은 언제나 움켜쥠에 익숙한 우리 삶 에 각성을 요구한다.

더 나아가 이러한 성오의 시간은 「붕어의 집」에서와 같이 추운 겨울 "마음의 아득한 벼랑"을 잡고 버티며 무쇠 빵틀에 붕어빵을 굽는 여인의 삶을 향한 위로와 격려로 이어진다. 가난하고 남루한 현실 속에서도 이 에 치열하게 맞서 버티는 우리네 장삼이사들의 삶은 이 붕어의 집과 다 를 바 없는 고단하지만 위대한 하루하루다.

시의 삶-되기, 삶의 시-되기

슬픔의 자리에서 세계의 이면을 들여다보는 일에 익숙해지면 세속적 가 치관과 점점 멀어져가는 자신을 발견할 때가 있다. 세상은 바야흐로 만 화방창하고, 같은 무리들 속에서도 환한 자리가 있기 마련이다. 사람들은 화려한 곳을 찾고, 환한 맛을 한 번 본 자들은 다시 그 빛 속에 들어서기 위해 열망하기 마련인데, 화자는 그 반대편 아무도 보지 않는 그늘진 구석 자리에서 소외의 감정을 견디며 서 있다.

> 그날
> 화려한 조명 아래 나는
> 낯선 말들이 오가는 귀퉁이에 서 있었네
>
> 어울리지 않은 옷을 걸쳐 입고
> 불쑥 올라오는 말을 끝내 누르고
> 고요한 사람이 되었네
>
> 즐거운 말과 꽃들이 즐비한 파티장
> 찬 어둠을 들이켰네
>
> 카메라 플래시가 터질 때마다
> 내 안의 구석들이 환하게 보였네
>
> 마술처럼 사라지고 싶었는데
> 대리석 바닥에 발목이 붙들려 있었네
>
> 어떤 열망으로
> 거룩한 파티장에 머물렀을까
> 거룩한 말과 더 거룩한 말이 끝날 줄 모르던
> 그날의 그림자
>
> 낯선 말들이 오가는 귀퉁이에서
> 나는
>
> —「소용돌이치는 그림자」 전문

화자는 화려한 파티장의 한 구석에 있다. 누가 "낯선 말들이 오가는 귀퉁이에" 화자를 머물러 "고요한 사람"이 되게 했는가. 이것은 단지 화자의 자의식 때문일까 아니면 "즐거운 말과 꽃들이 즐비한 파티장"이라는 공간이 화자를 구석진 자리로 내몬 것일까. 낯선 말들과 폭죽처럼 터지는 플래시와 끝날 줄 모르는 "거룩한 말과 더 거룩한 말"은 화자를 주눅들게 한다. 그리하여 "찬 어둠"을 들이켤 수밖에 없는 그는 "마술처럼 사라지고 싶"은 마음을 긴 인회 건디머 "때리서 바다에 박놈이 붙삼혀" 자기 안의 깊은 구석들을 응시한다.

누구나 한번쯤 주목받는 생이고 싶다. 그러나 대부분은 환한 스포트라이트 바깥에 자리한다. 부나방처럼 빛나는 곳을 향해 달려가는 이들도 있겠지만, '진정한' 시인이란 세상의 한 귀퉁이에서 찬 어둠을 마시며 그보다 더 깊은 자기 안의 어둠을 응시하는 존재가 아니겠는가. 그 안에 소용돌이치는 내 그림자를 보며 저 휘황한 세상을 향해 한 줄기 어둠으로 반성을 요구하는 것이 아니겠는가.

오늘의 바람은
안으로 말리거나 뭉개져 어두워져요

뿔 달린 짐승처럼 불쑥불쑥 치받는
사납게 울부짖다가 꽃이라도 만나면 모가지를 떨어뜨리는
오늘의 바람

비닐봉지가 새처럼 날고
측백나무 울타리가 거친 파도를 타고
소나무의 팔 하나쯤 부러뜨리는 것은 일도 아닌

저 나선의 바람을 좀 보세요

영산홍 꽃잎을 들추는 것이
계집아이 치마를 들추던 것이
봉긋한 가슴에 쉴 새 없이 들락거리는 것이
구두의 뒤꿈치를 따라오는 것이
바람이었다고요

오늘의 바람으로
연습 없는 삶이 자꾸 곤두박질쳐요
그런데도 뿌리칠 수 없는 바람이네요.

저 바람도 허기져
허공에서 잠들 날이 있을까요

— 「차차차」 전문

　"세상은 바람 불고 고달파라"(이제하, 「모란동백」)라고 했던가. 그 바람
은 젊은 시절 "계집아이 치마를 들추던 것"이기도 "봉긋한 가슴에 쉴 새
없이 들락거리는 것"이기도 "구두의 뒤꿈치를 따라오"듯 살랑살랑한 것
이기도 했으나, 이윽고 닥치는 세상의 풍파는 그리 호락호락한 것이 아
니어서 "뿔 달린 짐승처럼" "사납게 울부짖"어 "소나무의 팔 하나쯤 부러
뜨리는 것은 일도 아닌"듯 삶을 송두리째 무너뜨리기도 한다. 그리하여
그 바람이 우리에게 그에 맞설 힘과 지혜를 주지만 "연습 없는 삶"은 바
람 앞에 속수무책 곤두박질치기도 한다.
　그것이 나그네 길을 걸어가는 우리 생의 모습이기에 바람은 "뿌리칠

수 없는" 우리 생 그 자체이기도 하다. 여기서 화자는 말한다. "저 바람도 허기져 / 허공에서 잠들 날이 있을까요"라고. 시인은 우리 생에 불어오는 바람을 이처럼 타자화시켜 이를 대하는 방식으로 세상을 다시 연민한다. 다시 말하면 피동적으로 다가오는 바람이 아니라, 그것이 세상사 그 자체이며 그것 역시 지쳐 잠들 날이 있으리라, 눈물어린 시선으로 바라보는 것이다.

"만두를 빚으면서도 자꾸만 시를 생각"(「만두 빚는 시인」)하는 시인에게 시는 세상사를 건너게 하는 방패이며 상이다. 누구나 자기만의 시옥은 있기 마련이다. 그 자리에서 빚어낸 목련과 같은 시편들은 자폐적 미학에 탐닉하는 우리 시단의 한 경향과는 반대로, 구체적인 삶의 자리에서 길어올린 생의 진여를 담은 시편들로서 '시의 삶-되기, 삶의 시-되기'를 구체적으로 형상화하고 있다. 목련의 만두-되기, 만두의 목련-되기를 이제 당신들이 목격할 차례다.

track 08

벤야민·베르그송·라캉·보드리야르·드보르의 철학과 시
: 문정희 시집『오늘은 좀 추운 사랑도 좋아』

인간은 '시간성'이며 변화이고, '타자성'이 그의 고유한 존재 방식을 구성한다. 인간은 타자가 될 때, 스스로를 채우고 완성한다.

– 옥타비오 파스, 김홍근·김은중 옮김, 『활과 리라』, 1998.

대문자 히스토리에 전유된 허스토리를 복원하기 위해 문정희 시인이 추구한 모성의 언어와 그로부터 호출된 생생한 관능과 생명의 언어는 여성성의 한 구성요소로 표상되거나 흡수되지 않는 단독성을 지닌다. 시인이 그려낸 "목숨하고 만세하고 / 바구러"(『아우내의 새』) 간 유관순의 삶이 단지 여성만의 것으로 국한되지 않는 것처럼 그의 여성성은 남성성과의 이항대립 위에 존재하는 것이 아니다. 그것은 재현불가능성으로서 재현되는 서발터니티subalternity의 육성을 찾는 과정이었으되 최종적 기의에 봉인되기를 거부하는 자리에서 잉태된 생명의 목소리다. "자유로운 상상력으로 / 인간을 더 깊이 써야 해"라고 말하는 그의 시는 이념과 같은 집단의 도쥐나 센티멘털이라는 감정의 오류 모두를 부정하며 사랑이라는 이름의 "지옥에서 온 개"(「작가의 사랑」)를 좇아 강렬하면서도 활달한 언어로 이를 묘파해왔다. 그리하여 그의 시는 나·너·그·우리로 확대되는 전인칭의 지평을 거느리며 여성성이라는 이름의 광활한 대지와 의지의 몽상을 추구한다.

나에겐 나

누구에게나 대체불가능한 절대적 존재인 자신의 내면은 쉽사리 열리지 않는다. 이것은 자신의 의식 자체가 하나의 풍경이 되기 때문이며 그 풍경이 성립되면 이는 견고한 자의식으로 굳어버리기 때문이다. 그러나 시인은 자신의 내면을 뚫고 들어가 그 의식의 지층을 탐색하는 지질학자가 되길 멈추지 않는다. 그의 이러한 내관內觀은 주로 자신의 시인됨과 시인됨을 지탱해 왔던 생의 시간에 대한 성찰에 바쳐진다.

요즘 내겐 슬픔이 없어

무엇을 사랑을 하고 시를 쓰지?

슬픔? 그 귀한 것이 남아 있을 리 없지

창가에 걸어 두고 흐린 달처럼

조금씩 흐느끼며 살려고 했는데

슬픔이 더 이상 나를 안아 주질 않아

멍할 뿐이야

행복도 불행도 아니야

서양 사람처럼 어깨를 으쓱 들었다 놓아

말하자면 폭망한 것 같아

슬픔은 안개 속에 서걱거리는 강철

그것으로 50년이나 시를 썼으니

내가 나를 뜯어 먹었으니

당연히 망하지

가시도 뼈도 없어

상처도 딱지 진 지 오래

베레부렀어

손에는 허망을 쥐려다가 찔린

핏방울…… 오오…… 향기롭고 독한

그 이상은 나도 몰라

내가 본 것이 본 것이야

슬픔? 나를 두고 어디로 갔지?

아니, 슬픔이 뭐야

시? 망한 사랑 노래야

— 「망한 사랑 노래」 전문

화자는 지금까지 시를 써온 반백의 생을 "내가 나를 뜯어 먹"은 시간이라 말한다. 그렇다면 그 시간의 동력은 무엇이었을까. 그것은 바로 "슬픔"이다. 이는 발터 벤야민Walter Benjamin이 말하는 근대의 환등상 이면에 놓인 멜랑콜리melancholy와도 통하는 것으로, 이 슬픔이 곧 자아와 세계를 통찰하는 출발점이 될 뿐만 아니라 예언적 명상의 길을 열어준다.(발터 벤야민, 최성만·김유동 옮김,『독일 비애극의 원천』) 멜랑콜리는 '검은 담즙'이리는 어원 그대로 현존재의 불인을 담지하니 시금-여기가 뒹글어 있을 뿐 아니라 어느 곳에서도 어떤 안식도 얻을 수 없다는 비극적 인식에 기인한다. 그러나 이는 단순한 우울의 감정과는 다르다. 우울은 정신병리적 입상에서는 피농석 성격을 지니지만, 멜랑콜리는 현실 인식과 심미성의 필수적 요소라는 측면에서는 일종의 각성 기제로 가능한다.

　　이는 수전 손택Susan Sontag이 벤야민의 멜랑콜리를 기술할 때 비유한 바와 같이 "가장 느리게 공전하는 별, 우회와 지연의 행성"인 "토성의 영향 아래 놓인under the sign of saturn"(수전 손택, 홍한별 옮김,『우울한 열정』) 기질을 말한다. 프랑스인들이 벤야민을 가리켜 '슬픈 사람un triste'이라 부르며 그의 '심오한 슬픔'을 언급하는 것도 이러한 정서가 "모든 시선을 규정하고, 인식을 형성시키고, 수사를 주조하며, 이미지를 창조하는 일종의 기조 화성"(김홍중,『멜랑콜리와 모더니티』)으로 기능하고 있기 때문이다.

　　화자는 "슬픔이 더 이상 나를 안아 주질 않아"라고 절망한다. 오랜 시작詩作의 행위로 슬픔의 동력을 잃어버렸다는 망연자실의 감정을 화자는 "베레부렀어"라는 전남의 방언으로 대체한다. 그러면서 자신의 시를 "망한 사랑 노래"라고 자학하지만, 이는 오히려 지난 시간 자신의 내면을 찢으며 고뇌하며 상투에 길들여지지 않은 시어를 빚어냈던 시력詩歷을 증명하는 것이기도 하다.

이름도 무엇도 없는 역에 도착했어
되는 일보다 안 되는 일 더 많았지만

아무것도 아니면 어때
지는 것도 괜찮아
지는 법을 알았잖아
슬픈 것도 아름다워
내던지는 것도 그득해

하늘이 보내 준 순간의 열매들
아무렇게나 매달린 이파리들의 자유
벌레 먹어
땅에 나뒹구는 떫고 이지러진
이대로
눈물나게 좋아
이름도 무엇도 없는 역
여기 도착했어

―「도착」 전문

그리하여 시인은 지금-여기에 "도착"했다고 말한다. 그곳은 "이름도 무엇도 없는 역"이다. 이 세상에 피투된 우리는 실존적인 의지로 미래의 시간에 스스로를 내어던지는 기투를 수행하는 것이기에 미래는 약속된 것이 아니다. "되는 일보다 안 되는 일이 더 많았"고 그런 과정에서 "지는 것도 괜찮아 / 지는 법을 알았잖아"라고 말하며, "순간의 열매"와 "이파리들의 자유"를 떠올리며 "떫고 이지러진 이대로"의 지금을 긍정한다.

여기서 생의 순간 찾아온 열매와 이파리를 수식하는 관형어는 그 비유의 대상보다 더 중요한 의미를 지닌다. 열매는 어디에서 왔는가? "하늘이 보내 준" 것이다. 이파리는 어떻게 매달려 있는가? "아무렇게나"이다. 결국 화자는 생의 시간을 아무렇게나 매달린 이파리들의 자유를 행하고 하늘이 내어준 순간의 열매를 잊지 않으며 무명의 역에 도착하여 "슬픈 것도 아름다워"라며 지난 시간을 비로소 수긍하고 있는 것이다.

　그것은 평생을 "시시!하던 내가"(「시시」) 어느 직업군에도 없는 그리운 이름 하나 "시인"이려고 발버둥쳤던 시간과 통하며, "앞으로 날면서 머리는 돌려 뒤를 보고 난다는 / 신화 속의 새 필리스틴처럼" "기억을 꺼내 시를 쓰며"(「여기까지 나를 싣고 온 것은 무엇인가」) 비정상의 세계에서 정상이려고 애면글면했던 내성의 시간과 연결된다. 따라서 그에겐 "희귀종의 새처럼 / 아직 울고 있는 시인이 / 박제된 천재보다 반갑"(「희귀종」)게 다가올 수밖에 없다. "장사꾼들과 기회주의자로 뒤덮인 거리"와 같은 세상에서 이와 떨어진 곳에 "고독의 혈족"인 시인이 있으니, 그 어리석음이 이 기만의 세계를 지탱하는 한 축이라는 것을 화자는 힘주어 말하고 있는 것이다.

너에겐 나

이제 시인은 너에게 나를 묻는다. 이는 동일자와 타자의 이분법에 의한 것이 아니라, 너라는 타자를 통해 나를 타자화시키는 것으로, 자아 역시도 타자성의 한 부분임을 전제한 시적 발상법이다.

　　그해 겨울 네가 가지고 간
　　나

잘 있니?

처음 만나 하얗게 웃던 치아들

바람 속에 빛나던벌거숭이 나무들

온몸으로 휘달리는 눈펄 속에

지금도 기다리고 있니

깊은 계곡을 배회하는 산짐승 소리로

찾아 헤맸지만

무슨 새가 와서 쪼이먹어

빗살무늬토기처럼 상처만 무성한 나

어디까지 데리고 갔니

처음 그날부터 지금까지

어떤 옷도 걸치지 않아

늘 추운 나

네가 가진 나는 누구였니?

어느 의자에 앉아 건너 숲을 보고 있니?

깊은 눈망울 속에서 나 어떻게 사라져 가니?

— 「나 잘 있니」 전문

　화자는 너를 향해 나의 안부를 묻고 있다. 보다 정확하게 말하면 너의 기억 속의 나의 자취를 수소문하는 것이다. 이 작품에 따르면 이별이란 단순한 헤어짐이 아니다. 그것은 서로의 기억을 마음속에 품고 돌아서는 것. 그렇게 서로의 기억이 천천히 퇴색해 가기도 할 것이고 잊지 못할 기억은 응어리처럼 남기도 할 것이다. 화자는 묻는다, "그해 겨울 네가 가지고 간 나", "지금도 기다리고 있니"라고. 그렇게 너에게서 나를 찾아 헤맨 화자는 "빗살무늬토기처럼 상처만 무성"한 채로, 나를 어디까지 데리고 갔느냐고, 네가 가지고 간 나는 과연 무엇이었을까 묻고 또 묻는다.

사실 기억이란 완벽하게 공유될 수 없다. 기억은 경험의 흔적으로 극히 주관적으로 저장된다. 항시 기억은 타자(혹은 타자화된 자아)에 의해서 발생하고, 그것은 서사적 재구성과 윤색, 그리고 망각의 과정을 거칠 수밖에 없다. 따라서 타자의 기억 속에 존재하는 나의 모습은 타자화된 자아의 또 다른 측면이기도 하다. 그런 의미에서 타자의 기억 속에 나의 안부를 묻는 행위는 단순한 그리움이라기보다는 기억에 대한 탐문이다.

앙리 베르그송Henri Bergson에 따르면 기억이란 이미지를 통해 포착된 지각에 의해서 구성된다. 이러한 기억은 물질세계의 단순한 반복과는 달리 반복을 통해 자이를 낳는다.(앙리 베르그송, 최화 역, 『물질과 기억』) 그런 의미에서 이 시에서 제시된 너의 기억 속의 나에 대한 탐문은 너의 마음 속에 남은 나의 이미지에 대한 물음이기도 하다. 그와 동시에 그 물음은 나의 기억 속에 남은 너의 모습과 겹치며, 이러한 과정을 통해 과거는 끊임없이 재현되고 재구성되는 것이다.

처음 만났는데
왜 이리 반갑지요
눈송이 당신
처음 만져보는데
무슨 사랑이 이리 추운가요
하지만 오늘은 좀 추운 사랑도 좋아요
하늘이 쓴 위험한 경고문 같아요
발자국도 없이 내 곁에 온
하늘의 숨결
눈송이 당신

슬며시 당신을 좀 먹고 싶어요

당신의 눈부심을

당신의 차가움을 혀로 핥고 싶어요

이윽고 당신의 눈물과 함께

깊이 땅속으로 녹아들고 싶어요

—「눈송이 당신」 전문

이 시에서는 화자는 눈송이를 당신으로 호명하며 이를 관능의 대상
으로 매개하고 있다. 반가운 마음에 만져보자 그 차가움에 "무슨 사랑이
이렇게 추운가요"라고 말하지만 이내 "오늘은 좀 추운 사랑도 좋아요"라
고 수긍한다. 보통 사랑은 뜨거움이라는 감각과 연결되는데, 이 시는 이
러한 상투성을 거부하며 "하늘이 쓴 위험한 경고문"처럼 "발자국도 없이
곁에 온 / 하늘의 숨결"인 눈송이 당신과의 차가운 사랑을 꿈꾼다. 당신
의 차가움을 긍정한 나는 이윽고 너를 먹고 싶다 말하며 "당신의 눈부심
을 / 당신의 차가움을" 핥고 싶다는 농밀한 육감(肉感)을 표한다. 이윽고 당
신이 나에게 녹아 눈물이 되면 "땅속으로 녹아들"어 하나의 몸이 되는 것
이다. 대지의 생생화육하는 모든 물생들이 하늘에서 내리는 눈비에 젖어
그와 하나되어 생명을 유지하는 것 역시 화자가 눈송이와 맺고 있는 관
계와 유비적인 자리에 놓인다.

검투사의 신발을 신고

당신이 초청 시인 북 토크에 나타났을 때

대뜸 알 수 있었어요

당신은 반복되는 일상에 잡아먹히지 않으려고

피투성이로 싸우고 있다는 것을

언어로 자신을 파서

핏방울로 솟아나는 용설란 가시

그 뾰족함으로

상투에 길들지 않으려고

작두를 타고 불협화음을 만들며

자신에게 마구 덤비고 있었어요

날선 검을 휘두르는

검투사, 내가 만난 첫 여시인

당신을 처음 만난 날

아, 나두 시인해야지!

내 손에 불끈 솟는 칼날을 보았어요

—「나의 검투사―젊은 시인 K의 편지」 전문

"젊은 시인 K의 편지"라는 부제에 주목해 보면, 이 시의 담화구조에서 화자는 젊은 시인 K이고 그 사연의 기록자는 K에게 검투사로 지칭된 시인 자신이다. 시인이 어느 날 초청시인으로 북 토크에 나타났을 때, K에게 시인은 "반복되는 일상에 잡아먹히지 않으려고 / 피투성이로 싸우고 있"는 검투사의 모습으로 다가온다. "핏방울로 솟아나는 용설란 가시"처럼 "언어로 자신을 파서" 그 예각화된 감각으로 "상투에 길들지 않으려고 / 작두를 타고 불협화음을 만들며" 자신에게 맞서 싸우는 시인의 모습이 그것이다.

진정한 시인은 "사회와의 협화음이 아닌 불협화음으로 생명을 부지"(테오도르 아도르노, 홍승용 옮김, 『미학이론』)한다. 작두를 탄다는 것은 그 어떠한 합습도 있을 수 없다는 도저한 부정의 정신과 통하며, 이는 불협화음이라는 이질음성을 만들어내어 자기 자신은 물론 세계와 끊임없이 싸우는 검투사의 그것이다. 그런 시인을 처음 만난 젊은 시인 K는 비로소 "아, 나도 시인해야지!"라며 시인詩人에의 꿈을 시인是認하게 된다. 그러자 K의 손에도 바로 칼날이 솟으니 또 하나의 검투사의 후예가 태어나는 순간이다.

나에겐 그(들)

시인에게 세계 속의 그(들)는 무수한 존재자Seiendes이다. 상징계의 권력이 지배하는 우리의 세계는 바로 이러한 존재자들로 이루어진 질서와 규범의 세계이다. 이러한 존재자들의 세계에서 새로운 존재의 발화(여기 있음)는 받아들일 수 없는 이질음성이다. 시인은 무수한 존재자들의 숲에서 불협화음을 발화하는 존재이고, 이러한 발화의 욕망은 존재자의 세계에 균열을 만들어 내게 된다.

> 옷을 다 만든 후
> 가위로 겨드랑이에 구멍을 낸다
> 소매를 짝짝이로 만든다. 그는
> 그때부터 디자이너 Y다
> 인간이란 미흡한 존재
> 인간이 만든 사랑은 위대하지만
> 인간은 미흡한 그대로 아름다워
> 그의 손으로 만든 옷은
> 완벽해서 안 되는 것 같아
> 치마의 길이를 앞뒤 다르게 자르고
> 조끼도 한쪽은 뒤집어 놓는다

흔한 옷은 불편해

진부한 시집처럼 던져 버리고 싶어

상투어, 무난한 진술, 이미 다 아는데

혼자만 아는 것처럼 으스대는 자아도취

청승 혹은 낭만을 가장한 시골뜨기를

설익은 지적 사기를 유난히 못 참는다

나는 너와 다르다

오직 하나인 옷

다 만든 옷을 잘라 미완성을 만든다

그것이 그의 완성이다.

완성을 향해 가고 있는

그 언어만이 시라고 생각한다

Y를 유난히 편애하는 나는

지난 3년 동안 쓴 시를

다시 자르고 고치다가 다 망가뜨렸다

위기의 주소에서 진땀을 흘리다 말고

나는 환호작약했다

아마 여기까지 나는 시인이다.

—「디자이너 Y」전문

    옷을 다 완성한 후 가위로 겨드랑이에 구멍을 내거나 소매를 짝짝이로 만드는 디자이너 Y의 행위는 새로운 존재의 모습으로 발화된다. 이는 완벽한 대칭과 균형으로 하나의 옷을 완성하는 모든 존재자들의 세계를 거부하는 새로운 발화이다. "흔한 옷은 불편해", "진부한 시집처럼 던져

버리고 싶어"라는 대목에서 드러나듯이, 화자는 치마의 길이를 다르게 자르고 조끼의 한쪽을 뒤집어 놓는 디자이너 Y에게서 예술의 전복성과 반역을 읽어낸다.

이처럼 화자는 "상투어, 무난한 진술", "혼자만 아는 것처럼 으스대는 자아도취", "청승 혹은 낭만을 가장한 시골뜨기", "설익은 지적 사기"를 참지 못한다. 미완성이 완성인 혹은 완성을 훼손해 미완성으로 완성하는 디자이너 Y처럼, 시의 완성도 완성을 향해 가는 미완성인 도정 그 자체에 있다. 화자는 지난 3년간 쓴 시를 고치다 망가뜨리고 망연자실해 하다가 디자이너 Y의 행위를 떠올리자 일순 환호작약한다. 이 망가짐 속에 드러난 미완성이 곧 완성이기 때문이다. 완성이란 이미 규정된 존재자에 대한 또 다른 복제, 이하동문의 상투이다.

유사 이래 혀들이 이토록 노골적으로
자본의 인질이 된 적이 있을까
요즘엔 부엌신들마저 거리로 나가
상술과 조미료를 섞어
집 밥을 길에서 팔고 있다
아귀아귀 아귀들을 위해
퀵 배달까지 가세했다
끝없이 채워야 살 수 있는 위와
식탐을 부르는 혀
모셔 둔 냉장고에는
전국 팔도 특산품
바다 건너온 온갖 이향의 소스가 담겨 있다

원조할매, 엄마솜씨, 이모집, 고모집

세자매 뚱땡이 욕쟁이 시아버지 밥상

족보에 없는 모계가 총출동하여

길에 나와 앞치마 두르고

혀를 부른다

부패는 위대한 자연이라지만

감히 자연과 대결하고 있다

과잉의 넌더리, 넘치는 욕망들

이윽고 정체 모를 전염병 시대

냉장고는 냉혈 자궁 백신까지 품고 있다

― 「냉혈 자궁」 전문

또 다른 너(우리)는 화자에게 "자본의 인질이 된" 존재자들의 세계
로 나타난다. 이는 "부엌신들마저 거리로 나가 / 상술과 조미료를 섞어"
모두의 혀를 자본의 인질로 삼는 거대한 속물의 세계를 가리킨다. 이 "식
탐을 부르는 혀"는 자본에 종속된 존재자들의 모습을 상징한다. "원조할
매, 엄마솜씨(……)" 등 "족보에도 없는 모계"가 길거리에 나와 가족의 이
름으로 혀를 부르는 형국이라니! 자본의 교묘한 상술이 융단폭격하는 소
비자본주의 사회에서 모든 것은 상품화되고 교환의 대상이 된다. 이처럼
"과잉의 넌더리, 넘치는 욕망"으로 상징되는 현대사회에서 결국 소비란
"허구의 기호를 소비하는"(장 보드리야르, 이상률 옮김, 『소비의 사회』) 것일
뿐이다. 이렇게 자본에 장악된 우리의 욕망은 길거리 음식점 간판으로
내걸리고, 부패를 모르는 냉장고에는 팔도진미는 물론이거나와 물 건너
온 이향의 소스까지 담겨 있으며, 전염병으로부터 우리를 지켜줄 백신까

지 품고 있다. 이처럼 지칠 줄 모르는 싱싱한 자본의 욕망은 냉장고의 탐욕과 같이 우리의 혀를 길들이고 욕망의 사슬로 무덤에서 요람까지 우리를 꿰어낸다.

처음 전쟁은 불꽃 놀이로 다가왔다
세 살 아이의 발아래 지뢰가 묻히고
한참 후 휴전이라는 이름으로
철조망이 생기고 해골 표지의 이데올로기가
나를 겁주었다
반공과 DMZ라는 잉글리시를 익히며
제복을 입고 학교를 다녔다
남자애들은 군대로 가서 고통을 배웠고
여자애들은 일찍이 결혼에 덜미 잡혔다
한 번뿐인 것들이 가뭇없이 사라졌다

그런데 오늘 아침
초등학생 같은 언어를 쓰는 사내들이
DMZ를 웃으며 그 선을 넘으며
몇 발자국을 오고가며
내 생명의 지뢰 철조망을 육십 몇 년 만에
간단한 이벤트로 만다는 것을 TV로 본다
시 쓰던 손 그만 잘라 버릴까
감자나 먹다 죽을까

그 사이의 형이상학은 없어*
텅 빈 해골, 어디에 대고

무엇을 울어야 할까

2019년,

여기 사우스 코리아에서

시를 쓴다는 것! 이제 모두 뭐지?

추시: 2년도 못 가서

그 사내들 다시 서로 이 갈고 돌아섰다

그 사이에서 우리는 쓸개를 삼키고

세계는 역병이 돌아

모든 입에는 마스크가 씌워졌다

* 페르난도 페소아.

—「해골 노래」 전문

시인에게 정치 혹은 정치인의 모습은 이렇게 다가온다. 파시즘은 정
치를 예술화한다(발터 벤야민, 반성완 옮김, 「기술복제시대의 예술 작품」)는
말을 떠올린다. 때는 2019년 남북정상회담으로 모두의 이목이 판문점으
로 집중되던 시기. 화자는 "초등학생 같은 언어를 쓰는 사내들이 / DMZ
을 웃으며 그 선을 넘으며 / 몇 발자국을 오고가며" 이를 "간단한 이벤트
로 만드는 것을 TV로 본다"고 말하고 있다. 수십 년의 분단의 역사가 이
렇게 단 한 순간의 해프닝으로 무너질 수 있다고 생각하는 것 자체가 난
센스가 아닐까. "휴전이라는 이름으로 / 철조망이 생기고" "반공과 DMZ
라는 잉글리시를 익히며" "제복을 입고 학교를 다"녔고, 남자는 군대로
여자는 결혼으로 생의 고통과 덜미가 주어졌던 그 지난한 세월에 비추어
보면 이러한 정치인들의 행위는 하나의 공허한 구경거리에 불과한 것일
수밖에 없다.

이처럼 역사의 고통을 한 순간의 이벤트로 '순삭'해 버리는 어처구니없는 정치인들의 모습에, 화자는 "시 쓰던 손 그만 잘라 버릴까", "감자나 먹다 죽을까" 하는 절망에 빠지게 된다. 그도 그럴 것이 추시에 제시된 것처럼, 그 후 그 사내들은 2년도 못 가서 "다시 서로 이를 갈고 돌아섰"기 때문이다. 이는 그들 스스로 그 행위의 공허함을 증명한 것인데, 이는 분단의 오랜 고통의 시간을 단숨에 뛰어넘을 수 있다는 순진한 발상에서 기인한 것일 수도, 공허한 환상으로 피지자들을 길들이고 현혹시키기 위한 정치적 술수였을 수도 있겠으나, 성치를 스펙터클화했다는 혐의로부터는 결코 자유롭지 못하다.

"가능한 어떤 역할의 이미지를 자신 속에 집약하고 있는 스타—살아 있는 인간의 스펙타클적 표상—"(기 드보르, 유재홍 옮김, 『스펙타클의 사회』)에는 이미지의 정치를 수행하는 정치인도 마땅히 포함된다. 기 드보르Guy Debord는 이러한 스타의 조건을 "가상적 경험의 특화—깊이 없는 가상적 삶과 동일시되는 대상—"(위의 책)으로 규정한다. 이 과정에서 스펙터클은 "자아와 세계 사이의 경계를 소멸"시키고 "사아는 세계의 현전-부재로 에워싸여 진압"된다. 결국 스펙터클은 "진실과 거짓의 경계를 소멸"시키며 "가상의 조직이 믿게 하는 허위의 실질적인 현전 아래 경험된 모든 진리는 억압"(위의 책)되고 만다. 이러한 관점에서 "국정 운영의 이벤트화, 자화자찬의 중독, 도덕적 독선"(강준만, 「'이미지 정치'의 황혼」)으로 요약되는 정치 행위로서의 스펙터클의 실체는 "정의·평등·공정"을 한갓 "소품으로 전락"시킨 "거대한 극장"(위의 글)의 판타지에 불과한 것이라 할 수 있다. 시를 쓰던 손을 잘라버리고 싶다고 말하는 화자의 심정이란 곧 이러한 드라마틱한 정치적 스펙터클이 진실을 엄닉하고 질식시켜 버리는 상황에 대한 절망감을 가리킨다.

그(들)에겐 나

마지막으로 그에게 비친 화자의 모습은 타자에게 호명된 시인의 자화상이라 할 수 있다. 이는 자신도 미처 알지 못하는 자아의 내면을 발견하는 위로의 순간이거나 자신의 본디 모습을 발견하는 각득의 순간이 되기도 한다.

머리카락으로 허공에 매달리는 마술을 하는
루마니아 집시**가
내 머리칼을 만지며 말했어
생각이 많으면 머리카락이 가늘어져요.
당신은 그리움과 슬픔이 너무 많아

그녀는 달그림자 같았어
머리칼로 허공에 매달리는 그녀가
원시림처럼 우거진 내 머리칼을
점자를 더듬듯이 느리게 만졌어
내 머리칼 속을 흐르는 여울물 소리
별들이 돌돌이 흐르는 고향 버드나무 길
가늘고 길게 난 길을 따라
아침저녁 솟아오르는 안개를 따라갔어
이윽고 먹구름을 품은 나무들
뿌리 쳐들고 휘날리는 바람을 만졌어

당산의 머리칼은 너무 가늘어요
당신의 머리카락으로 허공에 매달리는 것은
허공이 되는 것은

그 때문이에요.

** 아글라야 페터라니, 배수아 옮김, 『아이는 왜 폴렌타 속에서 끓는가』(워크룸프레스, 2021).

—「머리카락」 전문

　　루마니아 곡예사 가족이 난민의 처지가 되어 여러 나라를 전전하며 공연을 하는 이야기를 담고 있는 아글라야 페터라니의 소설 『아이는 왜 폴렌타 속에서 끓는가』에 등장하는, 머리카락으로 천장에 매달리는 곡예를 하는 어머니가, 바로 이 시의 루마니아 집시다. 소설 속의 그녀가 화자의 머리칼을 만지며 "생각이 많으면 머리카락이 가늘어져요 / 당신은 그리움과 슬픔이 너무 많아"라고 말하는데, "달그림자" 같은 그녀의 이 말은 무녀의 공수처럼 화자에게 깊은 공감을 불러일으킨다. 그녀가 "원시림처럼 우거진 내 머리칼"을 만지자 화자는 머리칼 속을 흐르는 여울물 소리를 들으며 고향 버드나무 길을 걸어 안개를 따라간다.

　　소설 속의 인물이 현실의 화자와 연결되는 이 메타적 상황은 이 둘 사이의 존재론적인 유사성에 기인한다. 허공에 매달린다는 것은 지상적 삶으로부터 떨어져 있지만 초월과 연결되지 못한 중간적 상황을 의미한다. 이는 시인의 존재성과 등가의 관계에 놓여 있다. 그리움과 슬픔의 힘으로 허공에 전존재를 매달고 마침내 허공이 되어 노래하는 자가 바로 시인의 표상이기 때문이다.

　　저는요, 시인님 고향에서
　　30년 동안 집배원으로 일하고 있어요.
　　시인님처럼 시를 쓰고 싶어요.

네, 우체부이시라구요? 반갑네요

혹시 일 포스티노라는 영화 보셨나요

파블로 네루다에게 편지를 나르는 우체부

아니요. 못 보았어요(그는 말을 살짝 더듬는다)

그럼 미국 서점에서 제일 많이 도둑맞은 시집을 쓴

찰스 부코스키라는 시인은 아세요?

그는 LA 지역 우체부로 일하며 시를 썼지요

네, 저는요, 시인님의 고향집 주소를 알아요

거기 벽에 그려진 시인님의 낙서도 보았어요

산길과 들길을 자전거를 타고 다녀요

햇살에 얼굴이 까맣게 탔지요

요즘 군수님이 돈을 잘 못 받아

감옥에 갔다지요

네. 다른 군은 조용한데 걱정이어요

참, 시인님이 직접 전화를 받아서 놀랐어요

비서가 먼저 받을 줄 알았나요

나에겐 아내도 없잖아요

하지만 유명한 시인이신데

내일 시인님 고향집이랑 역이랑 지나가는데

사진 찍어 카톡으로 보내 드릴게요

빈집이 된 지 오래 되었죠

네, 감나무는 그대로 있어요

고향 우체부 시인과 전화통화를 마치자

그사이 유식함을 열거한 시인은

장사꾼보다 빠르게 그것을 시로 쓴다

원고료도 받고 이름도 더 낼 수 있으리라

— 「장사꾼 다이어리」 전문

이 시에서 시인의 고향에서 30년 간 집배원을 하고 있다는 사람의 전화를 받은 화자는 그에게 무엇을 말하는가? 더욱이 자신도 시를 쓰고 싶다고 말하는 그에게 말이다. 그 말인즉슨, "파블로 네루다에게 편지를 나르는 우체부"의 이야기인 영화〈일 포스티노〉를 보았느냐, "LA 지역 우체부로 일하며 시를 썼"다는 찰스 부코스키를 아는지 따위의 유식함이다. 그러나 그는 화자가 언급한 것을 보지도 알지도 못한다.

오히려 그는 자신이 시인님의 고향집 주소를 안다며 벽에 그려진 시인의 낙서도 보았으며 산길과 들길로 다니느라 얼굴이 탔다는, 경험에서 우러나오는 진솔한 자신의 사연을 전한다. 게다가 자신이 내일 시인의 고향집과 역을 지나가는데, 사진을 찍어 보내드리겠다며 고향에 대한 화자의 향수를 먼저 이해하는 속 깊은 미음을 표한다. 통화를 마치자 시인인 화자는 "장사꾼보다 빠르게 그것을 시로" 옮긴다.

관념으로 지은 공허한 유식함과 경험에서 우러나오는 진실한 순박함이 내비되는 이 시는, 고향의 집배원을 통해 화자 자신의 시인됨을 반어적으로 성찰하고 있다. 장사꾼보다 빠르게 옮긴 시로 "원고료도 받고 이름도 더 낼 수 있으리라"는 진술이 그것인데, 이것을 화자는 "장사꾼 다이어리"라고 명명하며, 영화나 시로 상징되는 먹물의 유식함이 지니고 있는 백면서생白面書生의 한계를 적시하고 있다.

문정희 시인의 시집 『오늘은 좀 추운 사랑도 좋아』는 원숙한 생의 경지에서 자신의 시인됨과 당신들에게 비친 나의 존재와 우리 모두와 관계하고 있는 세계의 현실을 성찰하는 전인칭적 시선을 품고 있다. 그가 그토록 경멸하는 상투성과 징징거림과 철저하게 거리를 둔 채, 나를 포함한 무수한 존재자들을 탐사하고 이를 통해 건져올린 명징한 이미지들은 이 시집에 압정처럼 박혀 시를 읽는 우리의 가슴을 따갑도록 성찰케 한다.

track 09

동서양의 우주론과 시—일즉다 다즉일 即多 多即 의 우주론
: 김세영 시인의 우주서정시

> 시공간은 아래가 뾰족한 컵에 비교할 수 있다. (……) 컵의 바닥은 원자
> 핵 붕괴의 시작이다. 시공간의 가장 밑바닥에 있는 최초의 순간으로, 어
> 제가 없는 오늘이다. 어제가 존재할 공간이 없기 때문이다. (조르주 르
> 메트르, 『원시원자』)
>
> - 존 파렐, 진선미 옮김, 『빅뱅-어제가 없는 오늘』, 2009.

서양철학사의 맥락에서 구조주의는 모든 존재의 본성이 실질substance을 가지고 있는 것이 아니라 구성 요소들 간의 '관계'에 있음에 주목하였다. 프랑스를 중심으로 1950·60년대 커다란 조류를 형성한 구조주의는 당대의 실존주의의 편만한 주관성을 대체하며 억압적 사회현상의 항수恒數로서의 심층구조deep structure를 파악하는 데 중요한 철학적 토대를 마련한다. 그러나 구조주의가 가지는 이항二項적 개념에 근거한 논리는 공허한 보편성이라는 비역사성을 노정할 수밖에 없었고, 미하일 바흐친이 말하는 다성성polyphony이나 이어성heteroglossia과 같은 인간존재의 무정부주의적 가치와 주체의 역동성으로 대표되는 탈구조주의적 시각이 맹아를 틔우게 된다. 이어 데리다의 탈구축, 바르트의 저자의 죽음, 들뢰즈의 유목적 사유로 상징되는 철학적 전회가 이루어진 것이 지난 세기말의 철학적 지형도였다.

이러한 맥락에서 서구의 철학에서 이항적 가치가 깨지고 로고스 중심주의logos-centrism가 해체되면서 점차 동서양을 가르는 사유의 경계 역시 허물어지기 시작하는데, 가령 불교의 공空사상, 연기緣起사상, 불이不異·不二 사상이 바로 이러한 철학적 사유의 접점을 형성한다. 이는 아리스토텔레스의 논리학 이래 끊임없이 지속되어 온 서구 형이상학의 에피스테메가 비판의 단두대 위에 서게 되었다는 점에서 중요한 의미를 지닌다. 이를 통해 서양과 동양의 사유가 만나고 그 교호성 안에서 인간의 존재는 보다 근원적인 맥락으로 접근할 수 있는 탈주로를 확보할 수 있게 된다.

김세영 시인이 "불교와 기철학에서 이미 상상적 직관만으로 인식한 우주 개념이 현대 물리학과 유사한 엄청난 크기의 시공간을 표현하고" 있다고 말하며 "우주에 대한 현대 천체물리학적 사실 인지와 이것을 바탕으로 한 세계 현실의 인식과 감성으로 쓰인 시"(김세영,「우주서정시-자연서정시로서의 우주시」, 2020)를 의미하는 이른바 '우주시'의 시사적 의미를 강조하는 것도 이러한 철학사의 전회를 거시적인 후경後景으로 하고 있다. 일례로, 신라의 고승 의상대사가 중국에서 화엄경을 공부한 뒤 그 핵심 사항을 7언 30구의 게송偈頌으로 적은 법성게法性偈를 보면 양자론적 우주관과 일맥상통하는 놀라운 사유체계가 담겨 있음을 확인할 수 있다. 그것은 자연이 하나의 관계의 망nexus으로서 상보성의 원리로 관계성relationship, 전체성wholeness을 그 근본으로 삼는다는 현대양자물리학과 화엄사상이 공통적으로 가지는 사유의 기반을 가리킨다.

1초도 멈출 수 없는 초침바늘처럼
팔랑이는 날갯짓이 일으키는 공명의 바람이
확성기처럼 숲의 그늘을 흔든다

온종일 제 몸 틀을 찾아
꽃들을 기웃거리는 방황의 끝,
멈추어 선 자리, 언제이든가
낯설게 보이지 않는 저 자리!
그늘 속 흰빛의 편린,
기억 저편의 체취!

어두워지기 전, 허둥지둥
꽃잎에 날개의 문양을 맞추어 보고
오랜 섭생의 침낭인양
그의 혼령이 스며든다

오목렌즈의 초점처럼 한 점에 모아져 있는

그 향기의 깊숙한 속이

네 꿈과 생의 발원 점이었지

심저의 특이점特異點*인가?

두툼한 환생의 갈피 속에 자리한

한 가닥의 기파,

오랜 탐색의 끝에 재회한

거듭나는 생의 몸틀,

데자뷰의 요람일 거야.

*singularity: 빅뱅우주의 최초점

―「어느 흰나비의 자리」 전문

이처럼 시인은 꽃을 찾는 나비의 수분授粉 활동에서 우주의 빅뱅을 본다. 나비의 날갯짓은 하나의 공명의 바람으로서 기氣의 파동이라고 할 때, 제 몸피에 맞는 틀을 찾아 꽃을 기웃거리는 것은, 자신이 공명할 우주적인 기연機緣을 찾는 행위를 의미한다. 나비가 찾는 꽃향기의 깊숙한 속이 "꿈과 생의 발원점"이자 "심저의 특이점"이라면 우주의 삼라만상과 모든 연緣은 이러한 각자의 빅뱅의 순간을 관통한 것이라 할 수 있다.

이는 법성게의 한 구절인 "일미진중함시방一微塵中含十方"의 현현이라 할 수 있는데, 자신의 기파에 맞는 꽃을 찾는 나비의 생리(한 작은 티끌) 가운데 온 우주적 기연(시방세계)이 들어 있음을 발견하기 때문이다. 이처럼 하나 중에 일체가 있고, 일체 속에 하나가 있으니 一中一切多中一 꽃은 바로 "생의 몸틀, 데자뷰의 요람"이라 할 수 있다. 따라서 극미極微와 극대極大는 곧 하나일 수밖에 없다는 시인의 우주관은 모든 존재의 생이 우주적

크로노토프를 유추적으로 거듭하는 끊임없는 데자뷰의 순간들임을 말해준다.

칠십 년 이상 공기를 마시고 사는 탓에
육신이 풍선처럼 부풀고 있다
팔 할이 공기가 되고 있다

피부 껍질이 투명해지고
근육이 육포처럼 얇아지고
뼈가 바람 든 무처럼
구멍이 숭숭 뚫리고 있다

피복이 벗겨진 노후 된 전선처럼
신경초가 벗겨진 감각신경이
외부 자극에 민감해 진다
가벼운 터치나 스킨십에도
찌릿찌릿하게 정전기 스파크가 생긴다

감성지수가 높아져서
칠순이 지난 나이에 때 아닌 사춘기이다
세상욕심을 내려놓으니 영육이 가볍다
만화방창 춘몽과 월하독작 몽상에 취해 산다
취중에 뱉어내는 넋두리를 시라고 읊조린다

육신이, 믹스기로 갈은 듯 미세입자가 되고
정신이, 오르가슴의 신열에 기파로 증류되고 있다

드라이아이스처럼 기체로 서서히 승화되고 있다

틀에서 벗어난 기파의 양자도약으로
어느 때 어디에나 직방 닿을 수 있다
영성자유, 기화가 된다.

—「기화氣化가 되다」 전문

이 시에서 화자는 "칠십 년 이상 공기를 마시고 사는 탓에" 육신의 "팔 할이 공기가 되고 있다"고 말한다. 피부의 껍질이 얇아지고 뼈에 구멍이 숭숭 뚫리는 일은 세월에 풍화되어 공기가 되어가는 것에 다름 아니다. 그런 의미에서 늙음이 낡음으로 받아들여지고 이를 애써 지연하기 위하여 안티에이징을 육신의 과업처럼 생각하는 우리 시대의 문화적 풍속도는 거역할 수 없는 우주의 시간을 거부하려는 초구草狗들의 헛된 몸짓이라 할 수 있다.

육신이 얇고 투명해진다는 것은 무뎌진 감각들이 살아나 스파크가 튀고 감성이 고양되어 또 다른 사춘기를 사는 일이라고 화자는 말한다. 그리하여 "만화방창 춘몽과 월하독작 몽상"에 젖어 살 수 있는 것이고, 이러한 홀황惚恍의 시간들은 육신은 미세입자로, 정신은 기파로 증류되는 순간이니, 이는 색色이 공空으로 화하는 기화의 시절인 것이다. 이러한 실체의 사라짐은 물질적 현상을 떠나서는 존재할 수 없으며, 물질적 현상 또한 실체를 떠나서는 생각할 수 없는 것이다. 이때 사라짐은 또 다른 존재를 위한 예비이며 존재는 다시 또 다른 기연에 닿게 되는 것이다.

(전략)
수천의 시공을 건너온 아로*의 소맷자락에
향나무가지가 흔들리는 소리,
손바닥 흔드는 소리, 상여 노랫소리…

수천의 억새 떼가 살다간, 플랫폼에는
계주 트랙의 배턴 체인지 선수들처럼
한숨을 시나리는 혼백들이
한생이 차례를 기다리는 혼령들이
쓰다 남은 자투리 시간을
바람개비로 돌리고 있다

바람개비와 풍차의 회전수가 같아질 때
공명의 회오리가 일어나서
풍력발전기 타워의 전자기력이
낮달의 선미를 당겨 플랫폼에 세운다

동행의 대기 환승객을 호명하는 소리에
생이 기억들, 기파 덩어리들이 승선한다
만선이 된 흰 우주선이,
운동장의 하늘을 가득 채운
닻줄 풀린 풍선처럼
대항해의 방주처럼
떠올라 간다.

* 신라의 시조 혁거세 거서간의 딸이며, 여제사장으로서 시조묘의 제사를 주관하였다.

—「하늘공원 역」전문

시인은 삶과 죽음, 그리고 환생이라는 우주적 순환을 만장이 휘날리는 '하늘공원 역'의 풍경을 통해서 환상적으로 그려내고 있다. 이 역은 종착역이 아닌, 거미줄처럼 무수한 곳으로 뻗어나가는 인타라망(因陀羅網) 위에 존재하는 환승의 역이다. "계주 트랙의 배턴 체인지 선수들처럼 / 환승을 기다리는 혼백들"이 차례를 기다리고 있다. 이어 "환승객을 호명하는 소리에 / 생의 기억들"이 승선한다. 이때 이 기억을 화자는 "기파의 덩어리"라고 명명한다. 생의 기억들은 이 우주적 에너지로 응집되어, 기파가 만선한 "대항해의 방주" 같은 "흰 우주선"이 떠올라 어디론가 날아간다. 불교에서는 세상의 삼라만상을 인연생기의 결과로 이해한다. 여기서 삶과 죽음이라는 것은 만유의 한 현상일 뿐, 그 실재의 불변적 가치란 없는 것이다. 결국 우주적 시간 안에서, 산다는 것은 죽어가는 것이고 죽는다는 것은 다시 산다는 뜻일 수밖에 없다. 온갖 삶과 죽음이 뫼비우스의 띠처럼 뒤엉켜 있는 우주의 풍경은 "태허와 태극의 순환이 바로 우주의 순환"(김세영, 「기철학의 우주론과 우주시」)이라 이해하는 김세영 시인의 세계관이 환상적으로 투영된 것이라 할 수 있다.

시인은 우주 탄생의 과정을 기철학의 맥락에서 다음과 같이 설명한다.

우주가 생성되기 전 기가 무한히 흩어져있는 상태를 태허라고 본다. 서양철학에서 케이오스(chaos)라고 부르는 상태이다. 우주의 기저바탕(back ground)이라고 할 수 있다. 기가 서서히 모여들어서 기가 응결된 상태 아직 양과 음이 분화되지 않은 상태를 태극이라고 한다. 이것이 바로 우주생성의 본체(core)이다. 이것이 극한으로 응축된 상태인 우주알(cosmic egg)이 대폭발한 것이 빅뱅이다. 기가 팽창하면서. 일부 기가 응결되면서 우주가 생성되었다고 본다.

— 김세영, 「기철학의 우주론과 우주시」, 『포에트리슬램』 2018년 3호

우주알 이론은 잘 알려진 바와 같이 벨기에의 로마 가톨릭교회 사제
이자 천문학자인 조르주 르메트르Georges Henri Lemaître에 의해서 주장된
것이다. 그는 압축된 원시 원자의 형태인 우주알이 빅뱅에 의해서 깨어
지면서 물체가 시공간 속에 퍼져나간 것이 우주의 시작이라고 본다. 이
빅뱅 이론은 초기에는 지지를 받지 못하다가, 러시아 태생의 미국인 물
리학자 조지 가모프George Gamow가 빅뱅의 열기가 수십억 년이 지나도
배경 빛기로 존재한다는 것을 생각했고, 1965년에 실제로 마이크로파 우
주배경복사가 발견됨으로써 학문적인 보편 지지를 획득하게 되었다.

이러한 빅뱅의 순간을 우주석인 스케일의 상상력을 통해 환상적으로
형상화한 작품이 바로 시인의 「독생獨生」이다.

뻥튀기가 공중에 토해낸 튀밥들,
어둡고 막막함 속에 낱낱으로 던져졌다

난막을 뚫고 쏟아져 들어오는
항성의 무영등을 바라보면서
갓 부화한 새끼 문어들이 뛰쳐나왔나
어찌 하라는지, 무얼 하라는지
오로지 할 수 있는 것은
태허의 모음母音을 흉내 내어
외계인처럼 신생의 소리를 지르는 것

천지사방 흩어져 홀로 된다는 것
생겨나서 사라질 때까지
그저 태생적 본태의 모습이 아닌가?
두려워도 홀로 있는 자유가 좋은가?

중력의 올가미로 포박 당하기 싫은가?

때로는 알 수 없는 힘의 얼개로
기류의 동행을 만난다는 것은,
궁륭의 천정에 잠시나마 함께
별자리 이야기를 그릴 수 있다면
그저 신화 같은 행운일거야

쓰나미 파가 몰아쳐
시야가 흔들리고 어두워질 때는
두려움과 속박 속에서 뒤척이다
행려가 되지 않으려는 본능으로
빛의 끈을 무의식적으로 움켜잡는다

끝없는 전자기력의 파동 속에서
무한 공간 너머 기파의 등대가 있는
영성의 시원에서 보내오는 당김을 향하여
기파의 돛을 펼치고 나아간다

— 「독생獨生」 전문

"우주음악의 기본인 율려"(김세영, 2020)는 모음母音이었다. 이는 파동
의 형태로 나타나는 것으로 "신생의 소리"다. 빅뱅의 순간 "뻥튀기가 공
중에 토해낸 튀밥"들은 "천지사방 흩어져" 비로소 "홀로 된다". 이것이
시인이 말하는 실존적 독생獨生을 가리킨다. 그리하여 막막한 우주 공간
에서 수많은 "기류의 동행"을 만나고 "궁륭의 천정에 잠시나마 함께" 있
어 "별자리 이야기"를 만들게 된다. 우주 탄생의 순간 존재는 내던져짐이

라는 피투被投의 상황에 놓인다. 그러한 의미에서 모든 존재는 독생을 감내하고 미래의 시간으로 스스로를 능동적으로 내던지는 기투企投를 감행하게 되는 것이다. "행려가 되지 않으려는 본능으로 / 빛의 끝을 무의식적으로 움켜잡는"것이 바로 그것이 아니겠는가. 다시 이는 '일미진중함시방'의 논리에서 보면, 모체에서 떨어져 나와 형언할 수 없는 오욕abjection을 딛고 미래에로 기투하는 인간 존재의 실존태와 부합한다.

붉은 모래바다 위를
대나무 마디 무늬의 검은 뱀이
나선의 곡선으로 건너간다

그림자놀이를 하듯
뱀의 그림자 옆구리에 붙어서
등짐 진 낙타대상이 따라간다

해독할 수 없는 발굽의 행렬 대신
캐터필러 문양의 그림자가 사막의 영토에서는
바람에 지워지지 않는 소통의 주역이다

건기에 자주 굳어버리는 혀의 활판 대신에
그림자 토막들의 행렬 영상이
그림자 무언극을 보여준다

한 번도 악기 소리로 담아보지 않은 음률들이
사구 골짜기에 가득 고인 그림자 호수에서
선사先史의 흑백 정경을 비미보며
원시의 알몸으로 유영해 본다

사막의 베두인 유목인들이
그림자 오어시스에서 안식을 구하듯이,
영성 기파의 주파수 공명을 위해
어릿광대 팬터마임으로
유체이탈의 그림자놀이를 예행연습 한다

―「그림자 무언극」 전문

　　시인은 사막을 건너가는 대상의 무리에서 유체이탈의 순간을 발견한
다. 그것을 화자는 "그림자 무언극"이라 명명한다. 등짐을 진 낙타 대상
무리의 그림자가 "악기 소리로 담아보지 않은 음률들"로 태초의 율려律
呂처럼 울려 퍼지는 공감각적 장면에서 화자는 태초의 우주적 파동을 느
낀다. 이러한 유체이탈의 "그림자 놀이를 예행연습"함으로써 본무생사本

無生死라는 영겁회귀의 우주론적 존재의 가치를 감득하는 것이다.

다시, 일즉다 다즉일─卽多 多卽─이라 하였으니, 빛의 끈으로 이어진 우주의 수많은 별들과 그 안에서 생멸을 거듭하는 모든 존재들은 등짐 진 낙타 대상의 무리들처럼 붉은 모래바다 위를 걷고 또 걸으며 우주적 시공간을 유영하는 것이다. 우리가 살고 있는 지금-여기의 고통과 번민 이란 이 광대무변한 우주의 시공 안에서 얼마나 덧없는 것인가, 시인의 그윽한 우주적 상상미에 비하면 우리 인미 홀홀한 산상이 헛여울 얼마나 왜소한 것인가, 문득 생각해 보는 지금이다.

track 10

미학의 정치성에 관한 두 가지 시선─不二 혹은 不異의 세계

(삶정치적 사건은—인용자) 파롤la parole이 사건으로서 개입하여 랑그la langue를 파멸시키는 동시에 그것을 넘어서 언어적 발명의 계기가 되는 것이다.

- 안토니오 네그리·마이클 하트 지음, 정남영·윤영광 옮김, 『공통체』, 2014.

환대와 사랑의 공통체를 위하여
─오민석 산문집 『나는 터지기를 기다리는 꽃이다─먹실골 일기』

오두막 '인피니튜드'를 지어준 팔순이 넘은 'K'의 아버지는 40년에 걸쳐 아름다운 조경으로 먹실골을 낙원으로 가꾸어놓은 분이다. 이곳에 깃들어 사는 시인은 그를 아버님처럼 섬기고 그 역시 시인을 깊은 배려심으로 대한다. 그의 아들 'K' 역시 목수로서 시인과 친구로 지내며 마음을 나눈다. 가끔 시인의 딸과 사위가 이곳에 찾아올 뿐, 그는 이 단조로운 관계 속에서 망처의 상실을 달래며 이들과 밥과 술을 나누고 새벽이 올 때까지 글을 쓴다.

인피니튜드가 나 시어실 무렵의 5월부터 가을이 깃든 그해 9월까지 그가 기록한 '숲속 일기'는 스스로를 치유하며 얻은 내성內省의 기록이자 이웃과의 따뜻한 관계맺음을 통해 우리 세계의 비극을 통찰한 외성外省의 결과물이다. 사실 이러한 모든 시간이 가능했던 것은 "빛의 창검에 노출되지 않"은 깊은 어둠이 그를 감싸고 있기 때문이며 이곳에 온갖 의미를 품고 있는 "무한성이 숨어 있"(「오두막을 짓다」)는 까닭이다. 그런 의미에서 그의 진정한 벗은 먹실골의 자연이다.

사람들은 자연을 아름답다 말한다. 그러나 자연의 모든 것은 결코 미학적 의도를 지니지 않으며 그것은 자연을 단지 전원의 개념으로 전유했을 때 가능한 관념일 뿐이다. 그리하여 우리는 세상을 바라볼 때, 그저 피상적으로 그 처지를 판단해서는 안 된다. 겉으로는 "자연은 멈춘 풍경 같지만, 들여다보면 그 안에도 노동과 생계, 생로병사에 평등하게 시들어가는 몸"(「멈추어 있는 것은 없다」)이 있기 때문이다. 이처럼 시인은 시정市井을 떠나왔지만 오히려 더 훤히 나와 세상을 투명하게 바라본다. "풍경이란 하나의 인식틀이며, 일단 풍경이 생기면 곧 그 기원은 은폐"(가라타니

고진, 박유하 옮김, 『일본근대문학의 기원』)되기에 그 풍경의 기원을 발견하기 위해서는 풍경 안에 머물지 않은 인식의 원근법을 필요로 한다. 그 장소가 바로 먹실골이며 거기서 바라본 것은 먹실골의 자연 풍경이 아니라 '나'이자 '우주'이자 이 모든 것 위에 깃든 '신성'이다.

시인은 깊은 고독 속에서 사소함 속에 깃든 결코 사소하지 않은 진리를 발견한다. 가령, 난로에서 장작이 오래 타게 하기 위해서는 불과 상극인 물이 필요하니. 물에 젖은 장작을 넣음으로써 "불이 물을 이기는 동안 난로의 온도가 일정하게 유지되면서 젖은 장작도 천천히 불덩어리가"(「경계에서」) 되는 것이다. 이렇게 "모든 경계에서 '사선'이 일어난다."는 발견은 모든 것이 둘일 수 없으며不二 그 대립되는 양자는 결국 다르지 않다不異는 인식과 통한다.

시인은 『공통체commonwealth』(안토니오 네그리·마이클 하트, 정남영·윤영광 옮김)를 곳곳에 인용하고 있다. 그것은 개인이 사회적으로 "'존재'가 아니라 '소유'에 의해 정의되기 때문인데, 근대 자본주의가 바로 공통재The common의 사적 소유를 무한정 인정함으로써 시작된 것이다. 이를 국유화를 통해 극복하고자 했던 현실 사회주의는 붕괴했고, 이제 네그리Antonio Negri와 하트Michael Hardt는 공(국가)과 사(자본)의 사이에서 어느 것으로도 환원되지 않은 공통의 부를 다시 탈환 혹은 창출하고자 한다. 여기서 다중multitude의 삶–정치의 힘은 무엇으로 작동하는가. 그것은 권력에의 적대, 가난에 대한 분노, 사랑이라는 이름의 협동적 충만(안토니오 네리그리, 정남영 옮김, 『혁명의 시간』)에 의해 형성되고 이를 통해 공통적인 것의 구축이 가능해진다.

그리하여 시인은 "'에센셜 임플로이Essential-employee'들이 무너지기 시작하면, 그들 없이는 생존할 수 없"고 이들 위에서 거만을 떨던 상위 계급도 쓰러질 것이며 결국 모든 것이 파국에 이를 것임을 경고한다.(「사랑의 위력」) 이러한 멸망으로부터 우리를 구원할 수 있는 힘은 무엇일까. 그것은 바로 "나를 매일 깎아내며 조금이라도 더 사람답게 만드는 할아버지의 '숭고한 대패'"(「나는 매일 작아진다」)와 같은 '겸손'과 '환대'이다. 그리하여 시인은 먹실골의 자연의 품에서 그 자연을 닮은 사람들을 만나고 나누며 그 "환대의 작은 공동체 안에서 나는 우주같이 거대한 행복을 느낀다."(「나무의 속살에 들다」)라고 말하는 것이다.

이는 소유에 길들여진 정신을 비워내는 데에서부터 출발한다. 그는 헤밍웨이의 소설 『노인과 바다』에서 노인 산티에고가 ""미안하구나, 내가 너무 멀리 나왔어. 내가 우리 둘을 파멸시킨 거지"라고 고백할 때" 그의 소설이 "교만한 '근대성'의 문턱을 이미 넘어서고"(「사유의 출발점」) 있다는 사실을 강조한다. 이처럼 사랑이란 철저한 자기 욕망에 대한 성찰에서 출발하며 이러한 사랑의 "감염력 때문에 그나마 이 세상이 돌아가는 것"(「여름의 산방」)이다.

자본주의는 대칭적 교환의 원리에 의해서 작동되며 이때 그 교환이란 사적 소유의 메커니즘에 다름 아니다. 그러나 인간은 언제 고귀해지는가? 인간은 "자기가 얻은 것보다 단념한 것에 따라 자신에 대한 존중이 생겨"(히라카와 가쓰미, 남도현 옮김, 『고양이 마을로 돌아가다―나쁜 자본주의와 이별하기』)나는 것이다. 그리하여 욕망을 스스로 규제함과 동시에, (의사의 진료행위와 교사의 교육행위의 원초적 목적이 그렇듯이) 대칭적 교환의 원리를 넘어서는 '증여적 교환'이 발생할 수 있는 것이다.

세계고를 짊어진 시인에게 신은 "'가벼운' 시간을 결코 오래 허락하지 않는다."(「나는 평안하다 미안하다」) 시인은 자신이 지닌 사랑으로 끊임없이 "타자 되기"(「신성이 녹아든 토마토잼이여」)를 경험한다. 이 사랑의 동력은 기본적인 생활이 보장되고, 상호간의 평등한 관계가 이루어지며, 공통적인 것에 대한 자유로운 접근이 가능한 네그리의 공통체적 유토피아를 지향한다.

이제 시인은 가을의 품에 들어 "커튼을 내린 책상 앞 창문을 쳐다보며 저 너머에 앉아 글을 쓰고 있는 나를 쳐다본다."(「가을은」) 마음의 감옥에서 자기 자신을 꺼내고 이를 객관화시켜 바라볼 수 있는 여유를 지니게 됐나니 尺이티. 그는 여기서 돋이 틀 때까지 집필을 멈추지 않으며 기분 좋은 피로감과 함께 침내에 든다. 그러면시 우리에게 미지막으로 이렇게 말한다. "우리는 어쩌다 한 배를 타고 한정된 생애에 이렇게 무한한 사랑을 나누게 되었을까."(「우리는 어쩌다 무한한 사랑을」)라고. 사랑만이 세계를 구원한다. 그리고 그 사랑이 신성에 닿아 마침내 우리 사는 "상처와 절망과 고통"(「하찮음 속에 장엄함이 있다」)의 생에 다시 은총처럼 내리면, 우리 사는 세상도 나아질까. "형제들을 꾸준히 사랑하십시오. 나그네 대접을 소홀히 하지 마십시오. 나그네를 대접하다가 자기도 모르는 사이에 천사를 대접한 사람도 있었습니다."(히브리서 13: 1-2) 내어주는 것이 받는 것으로, 받는 것이 다시 내어줌으로 이어지는 먹실골의 소중한 불이(不二/不異)의 정신이 우리 삶의 공통적인 것의 구축으로 확산되기를 소망한다.

시적 윤리로서의 미학의 지평—임동확 산문집 『시는 기도다—임동확 산문집』

미적 자율성과 미학의 정치성 사이의 해묵은 논쟁은 무의미해 보지만, 기실 이 둘 사이의 대립과 긴장은 지난 세기 예술 미학을 이끌어온 동력학적 축이었던 것도 사실이다. 적어도 국내의 문학장의 조건 속에서는 문지 대 창비로 대별되는 그 시선의 축을 따라 문인들은 서로 패거리를 지었고 반목했으며 갈등했다. 그러나 이를 둘러싼 근본적인 논의의 기원을 추적하면 그것은 예술의 예배적 기능의 상실과 함께 나타난 근대 미학의 자율성의 문제에 가 닿는다.

테오도르 아도르노Theodor Adorno에 따르면 르네상스 이전에는 예술은 과학과 종교와 함께 통합되어 있었는데 근대 이후 예술은 그 자명성을 상실하고 이성과 휴머니티를 기반으로 자율성을 획득하게 된다. 그러나 예술의 자율성은 "맹목성의 계기를 유발"하게 되는데 이것은 예술의 "무반성적 성격", 즉 "미학적 목적의 불확실성과 결합"(테오도르 아도르노, 홍승용 옮김, 『미학이론』)하게 된다. 이처럼 예술이 경험적 세계로부터 완벽하게 분리된 자기규율적 독자적 세계를 구축한 어떤 존재자인 것처럼 군림하게 된 것은 근대예술의 자명성 상실의 조건과 이어져 있다.

잘 알려진 바와 같이 자크 랑시에르에게 미학은 "감각적 세계 안에 몸이 기입"(자크 랑시에르, 주형일 옮김, 『미학 안의 불편함』)되는 것이다. 즉 예술에서 미학이 일종의 과잉excess의 형식을 빌려 공동체의 지배적 감각과 다른 감각이 출현될 때 미학의 정치성이 발생하는 것이다. 그런 의미에서 미학은 결코 칸트 식의 "이해득실에서 벗어난" "사회성을 거부"하는 최적의 장소가 될 수 없다.(Pierre Bourdieu, *La Distinction: Critique sociale du jugement*) 그러나 "문학이 '자동적으로' 정치"로 화하는 것이 아니라는 점은 분명하게 짚고 넘어가야 한다. 그것은 문학이 "정치적 제약 속에서, 그리고 그 제약을 '자기문제화하는 단련 속에서만, 또 다른 정치를 지향할 수 있"(손유경, 「프로문학의 정치적 상상력」)기 때문이다.

그렇기에 문학은 고통과 상실의 현실을 넘어서고자 하는 고통 어린 기도企圖가 될 수 있다. 이는 피투된 기투의 형식을 취할 수밖에 없는 인간의 실존적 조건에 기인하며 그 미학적 발현태로서의 시는 그 기투를 미학적 기도 안에 담아낸다. 그러나 여기서 끝나는 것이 아니다. 시인은 이를 다시 종교적 함의를 지니는 기도祈禱의 형식과 연결시킨다. 그것은 시가 단순한 외침이 아니라 하늘을 향해 가지를 흔들며 서 있는 나무들 처럼 진리의 길을 묻는 간절한 기도이기 때문이다. 따라서 "시의 말은 결코 '외침'이 아니"며 "'외침이 터져 나오는 자리'에서 들려오는 무언 의 말이자 기도가 한 편의 시"(「시가 터져 나오는 자리-시는 기도다」)인 것 이다.

시가 자율성의 성채 안에서 미적 딤닉이라는 낭만의 축배를 드는 것 도, 반대로 사회적 현실 안에서 정치성에 함몰되어 아지프로agi-pro가 되 는 것도, 모두 거부한 자리에서 자신을 미래의 시간으로 내어던지는 企 圖이자 간절한 간구의 형식으로 비손하는 祈禱가 곧 시다. 이를 위해 반 드시 필요한 것이 있으니 시인은 이를 "자기규율"로 명명한다. 그는 이를 윤동주의 「서시」에 기대어 "'잎새에 이는 바람에도 괴로워'하며 스스로 들에게 "주어진 길"로 들어서게 하는 자기규율의 도덕률"(「잎새에 이는 바 람에도 괴로워하는 이유-자기규율로서 시적 윤리와 '서시'의 길」)로 정의한다. 이에 진정한 시인이란 "'스스로가 미치거나自體發狂' '스스로 빛을 내며 自體發光'"(「근원상실 시대와 자체 발광(發光, 發狂)으로서 시쓰기」) "위대한 혼 자"로 살아갈 수밖에 없다. 요컨대, 한 그루 나무처럼 외로이 서서 企圖하 고 祈禱하며 「序詩」의 도덕률로 아프게 發狂하며 스스로 發光하는 존재 가 되라, 이것이 임동확 시인의 시론의 요체다.

이러한 맥락에서 시인이 전범으로 삼고 있는 또 한 명의 시인이 있으 니 그가 바로 김수영이다. 김수영은 "생의 고비마다 '괜찮다'를 남발한 서정주"(「'이만하면'과 '괜찮다' 사이-김수영이냐, 서정주냐」)와 대립되며 자 신의 "잔학성과 가학성"마저도 정직하게 부각시키는 「죄와 벌」과 자신의 "부도덕한 모습까지도 과감하게 보여주는"「性」과 같이 도저한 자기 성찰에 기초한 정직성과 "준엄한 내면적 용기"(「풀은 더러 바람에 움직이지 않는 놈조차 있다」)를 시적 윤리의 표상으로 제시하고 있다.

개별자로서 시인의 실존적·윤리적 자세가 이러하다면, 이를 가능케 하는 보편자로서의 정치적 무의식의 기원에 해당하는 역사적 사건은 바로 광주항쟁이다. 광주는 신구부세력의 군홧발에 짓밟힌 수난의 역사이지만 그 "역사적 악몽마저 끌어안은 채 되레 그걸 축복으로 만들려는"(「역사적 진리와 개체적 진실 사이」) 노력 속에서 끊임없이 미래를 향해 갱신되는 희망의 역사이기도 해야 한다. 그런 의미에서 시인은 자신의 시집 『매징시편』이 나올 딩시, "이세 부활시넌을 써야너요"라는 김쌍规 시인의 말에 대해 "광주 5월이 4·19처럼 회고 대상이 되지 않도록 하겠습니다"라고 화답한다. 혁명의 죽음은 그 시간이 미래로 열리지 않을 때 발생한다. 단지 역사적 기록으로 달력에 박혀 기념이 되는 순간 혁명의 정신은 단절되고 기념비화-monumentalisation될 뿐이기 때문이다.

이러한 광주에 대한 역사적 의식은 시인의 미학을 구성하는 핵심적인 요소로 기능하는데, 그것은 세월호 참사와 같은 대재난 속에서 예술은 과연 무엇인가 하는 현재적 문제에 끊임없이 개입하게 된다. 이는 앞서 말했듯이, "근대사회를 거쳐 오면서 예술의 영역과 멀어져간 참眞과 착함善의 가치"(「비극은 어떻게 예술이 되는가-4·16 대재난과 미적 혁명」)를 미적 윤리로 되살려, 미적 가치가 주관적 미의식의 충동으로 탄생한다는 근대미학의 한계를 불식시키려 하는 데 모아진다. 이는 자크 랑시에르의 말처럼 "진정한 해방의 사유는 또한 역사의 방향에 대한 환영들과 역사의 종언에 대한 긍정을 거부"는 자리에서 시작되며, "현재는 계속해서 발명"(자크 랑시에르, 양창렬 옮김, 『정치적인 것의 가장자리에서』)되어야 한다는 사실과 통한다.

시인은 자신의 시편들이 탄생한 자리를 되짚는 '시작노트'를 통해 그의 미학관을 보다 구체적으로 설명한다. 시인은 길이란 "목적론적 질서에 통합된 어떤 전체를 가리키지 않는다"고 말하며 신의 의지에 따른 정해진 길이나 역사발전의 합법칙성이라는 지난 시절의 유토피아 모두를 거부한다. 시의 길은 오로지 "맨몸의 정신"(「다함 없는 비밀과 불가해한 미기의 세계로-시작 노트 1,「길을 찾아 그 길을 그리워하다」)으로 얻어낸 의지의 길로서 이는 앞서 말한 企圖이자 祈禱인 시와 통한다. 선사의 企圖가 수평적 차원의 실존적(사회적) 고투를 뜻한다면, 祈禱는 수직적(초월적) 차원의 간절한 구원에의 기망을 의미하며 더 나아가 우주와 영성의 길로 열려 있는 것이기도 하다. 당연한 말이지만, 그 시적 의지는 어느 가수처럼 "유리 술잔을 깨뜨"릴 정도의 "벼락같은"(유리잔이 깨지는 '시적인 것' -시작노트 2,「가수의 노래에 술잔이 금가고」) 목소리를 가진 시인의 언어를 통해서만이 가능하다.

그 목소리란 난지 옥타브의 높이와 소리의 크기에서 결정되는 게 아니다. "심혼心魂 Seele의 움직임에서 나오는 게 부끄럼"(「보이지 않는 것들이 이 세상을 움직여간다」)이라 했을 때, 그것은 통절한 자기성찰에 근거한 시적 윤리의 날카로운 벼리에 의해 추동된다. 가령, 광주라는 뜨거운 항쟁의 기억 속에서 "끝까지 싸우지 못했다는 부끄럼과 죄의식"(「늙은 원시인의 부싯돌 소리가-시작노트 6,「안개 속에서」」)은 평생 잊을 수 없는 상흔이면서 동시에 그 무참과 원죄의 의식은 시인에게 올곧은 양심의 목소리를 견인하기 때문이다. "고통스럽고 비참한 세상과 인간의 슬픔과 고통을 외면하지 않는 '선한 심장'"(「5월이 온다」)은 그가 일구어온 『매장시편』이래 37년 간의 시력이 증명하고도 남음이 있다. 이제 그의 곡진한 企圖가

절실한 祈禱와 만나 뜨거운 부활의 노래가 되길 빈다. "그리스도께서 다시 살아나지 않으셨다면 우리가 전한 것도 헛된 것이요 여러분의 믿음도 헛된 것일 수밖에 없을 것입니다."(고린토 15: 14)

track 11

언어의 외전外典, 존재자의 저편
: 홍일표 시집 『조금 전의 심장』

83
시인, 산 자의 무한한 얼굴들을 보존하는 사람.

– 르네 샤르, 심재중 옮김, 「히프노스 단장」, 『격정과 신비』, 2023.

내가 나를 통해 나에게서 해방될 수 있을까. 인간이 죄를 통해 죄의 사슬에서 벗어날 수 있을까. 언어가 언어를 통해 언어 저편으로 갈 수 있을까. 이는 자비와 사랑과 영감으로 그 한계를 뚫고 나아가기에 언제나 가능태로 존재하며, 해탈과 구원과 도약이라는 궁극을 가능성으로 전화하려는 안간힘에 의해 그 초월성은 증거된다.

시인이 언어를 통해 제시하는 이미지의 세계는 옥타비오 파스Octavio Paz의 말대로 "'~이다'이지 '~이 될 수 있다'가 아니"(옥타비오 파스, 김은중·김홍근 옮김, 『활과 리라』)다. 이러한 시적 언어의 동일시는 우리를 '여기'가 아닌 '저기'로 인도한다. 이때, 여기는 존재자Seiendes의 세계를, 저기는 존재Sein의 자리를 가리킨다고 할 수 있다. 마르틴 하이데거가 "존재에 대한 물음이 오늘날 망각 속에 묻혀버렸다"(하이데거, 이기상 옮김, 『존재와 시간』)고 말한 것은 감각적 경험의 대상인 존재자의 세계에 갇혀 존재의 본질적 의미에 대한 철학적 회의懷疑를 상실하고 있음을 지적한 말이다.

이러한 전거를 언급하는 것은 시적 언어의 기능에 대한 일반론에 사족을 붙이기 위함이 아니다. 이는 홍일표 시집 『조금 전의 심장』(민음사, 2023)이 언어를 통해 다다를 수 있는 언어 저편을, 어둠을 밝히는 등대처럼 "빛의 긴 혀로 먼 곳을 핥으며 / 차가운 몸 하나"로 "오래 불타고"(「등대」) 있음을 말하기 위함이다. 그는 이 시집을 통해 나의 바깥, 언어의 바깥, 존재자의 바깥을 향해 응시를 보내며 다다를 수 없는 아득한 불가능성의 지평에 언어의 그물을 던진다. 그 열쇠에 해당하는 시어가 바로 "조금 전의 심장"인데, 이는 에농세énoncé의 차원에서 언어의 바깥이라 할 수 있다.

눈을 감아 봐
빗소리를 데리고 비가 오잖아
비가 그치면
빗소리는 어디 가나

눈을 떠도
여기는 칼바위 오르는 길
ㅗㄹ 선이 닙강
조금 전의 빗소리와 함께
북한산 어디쯤

산 아래 초등학교 앞에서
솜사탕으로 빚은 구름 한 송이
한입 한입 베어 먹는 아이들
와와, 훗날은 점점 부풀어 올라
달콤해지지
기어코 구름이 아이들을 삼키는 날이 오지

여기가 어디냐고 묻지 마
너는 밤마다 망명 중이라고
반딧불이처럼 어디론가 깜박깜박 신호를 보내는 중이라고
몸의 불을 끄고
어둠도 몰라보는 어둠이 되는 순간
너는, 너의 미래는 반짝 눈을 뜨지
김수영이 끌고 가던 더럽고 냄새나는 골목 어느 귀퉁이에서

크고 둥근 하늘이 타전하는

빗방울 문자들

사방으로 흩어져

방금 스쳐간 공중의 인기척처럼

빗소리와 더불어 총총히 사라지는

—「외전外傳」 전문

이 시에서 '비'가 물길이라면 '빗소리'는 파동이다. 비가 그치면 빗소리도 사라지지만 화자는 빗소리의 행방을 묻고 있다. 같은 맥락으로 칼바위 오르던 "조금 전의 심장"은 빗소리와 마찬가지로 과거가 되어 있다. 존재의 변화 자체가 시간이며 시간 속에서 만물은 고정되지 않기 때문이다. 그런 의미에서 "하늘이 타전하는 / 빗방울의 문자들"은 "공중의 인기척처럼" 빗소리와 함께 사라진다. 시인이 여기서 빗방울을 문자에, 빗소리를 문자의 발화에 비유한 것은 에농세의 차원에서 존재(여기 있음)의 의미는 항시 사후적으로 결정되며 의미는 오로지 흔적traces으로만 남을 뿐 항시 결핍을 낳게 된다는 사실을 가리킨다.

이와 같은 언어의 욕망 체계는 이 시집을 관통하는 하나의 근본적 토대인데, 시인은 규정된 존재자의 세계 밖의 존재에 대한 현상학적 탐구를 지속하며 이를 이미지로 구현하고자 한다. 이러한 시인의 언어적 팔루스는 「서쪽」에서 "빛을 탕진한 저녁노을은 누구의 혀인지" 물으며, 사전과 같은 거대한 존재자의 감옥인 "모국어를 버리고", 노을을 "맨발로 걸어와 불을 밝히는 장미"로, 구름을 "비누 거품 같은 바람의 살갗"으로 명명하며 새로운 존재의 자리로 우리를 인도한다. 이는 "입술이 보이지 않아" 아득하다는 말이 더욱 또렷한 허공 속의 찌르레기의 휘파람 소리와 같이, 입술로 상징되는 언어적 표상(조음)이 소거된 여기 있음이라는 본원적인 존재의 자리를 가리킨다.

그리하여 시인은 "종이 무덤"이라 지칭되는 책의 역사에서 존재 망각의 시대를 살고 있는 지금-여기를 증언하고 있다.

그는 밤의 제왕이지요
아름답고 달콤한
너무 달콤해서 밤이 사라지는 줄노 모르는

훗날 발굴될 문장의 놀란 표정들이 보입니다

누가 밤을 읽고 있나요?
페이지마다 앞을 보지 못한 심장들
툭, 툭 건드려 봐도 입 다문 꽃들은 피어나지 않지요
꽃은 꽃 속으로 사라졌지요
흔적만 남은 폐사지에서 혼자 중얼거리는 돌조각들

밤은 온몸이 까막눈이라 볼 수가 없지요
그게 밤이 몰락하는 이유라고
새벽별 하나가 마지막까지 남아 증인하지요

밤을 뒤집어 봐도
이미 밤의 피부가 된
흰 눈의 감정들

아무도 의심하지 않는 오늘의 기후가 화창합니다
청동의 녹처럼 눈먼 시간이 폐허를 완성하는 중입니다
땅속에 죽은 해를 서둘러 매장합니다
밤의 지층이 두꺼워지고 있는데

아주 오래전 일이라고
머나먼 제국의 일이라고

고개를 내젓고 있는
잠시 반짝이다 제 빛에 실명한 얼굴들

귀 없는 글자들이 검은 수의를 입고 줄줄이 종이 무덤에 묻힙니다

—「증언」 전문

물론 "훗날 발굴될 문장의 놀란 표정"은 말 그대로 사후적인 것이고, 시름은 아서산 밤의 시내나. 이 맘을 읽고 있는 페이지 속에는 "앞을 보지 못하는 심장"이 있을 뿐이다. 이러한 존재 망각의 현실은 "꽃은 꽃 속으로 사라졌지요"라는 말로 비유되면서 "흔적만 남은 폐사지에서 혼자 중얼거리는 돌조각"이라는 사물화된 존재자로 표상된다.

그리하여 "아무도 의심하지 않는 오늘의 기후"라는 무지의 세계는 바야흐로 화창하다. 그러나 이 만화방창하는 현실의 휘황함은 "폐허를 완성"하는 길이어서 "밤의 지층"은 날로 두꺼워진다. 이 종이와 책으로 상징되는 문명사는 "머나먼 제국의 일"이 되었고, 존재를 응시하지 않은 거대한 망각의 세계는 "검은 수의를 입고 줄줄이 종이 무덤" 속에 묻히게 된다. 하여 이 증언은 지옥의 아포칼립스apocalypse에 가깝다.

이 어둠의 묵시를 걷어내고자 시인은 끊임없이 언어의 외전外傳을 탐사한다. 이를 위해 시인은 호명interpellation이라는 지칭 행위와 호명 이전의 미지칭의 관계를 통해 존재자와 존재의 문제를 해명하고 있다.

너머에 숨은 얼굴이 있다

이름도 없고
기호도 없는
그를 뭐라고 불러야 하나?

이곳의 표정을 지운다
이곳의 표지판을 삭제한다

컵은 문을 기억하지 않고
물은 컵의 형태를 고집하지 않는다

잠시 지상에 어른거리다 사라지는 물안개를 따라간다
바깥의 바깥까지 가면
컵이 없다
바위도 없다

어제의 결심이 있던 자리에 드라이아이스가 있다
마이크가 있던 자리에 파꽃이 흔들리고 있다
결정되지 않고
텅 비어 있던 너는
잠시 무정형의 리듬이 된다
바깥에서 무한으로 출렁이는 노래가 된다

외진 구석에서
밀정처럼 숨은 얼굴이 나타난다

어디선가 새로 태어난 봄을 호명하는 소리가 들렸다

—「미지칭」 전문

"이름도 없고 / 기호도 없는"것은 아직 호명되지 않은, 상징계의 자리에 배치되지 않은 존재를 의미한다. 이때 배치라는 것은 절편화된 구조로서의 사회적 규약을 의미하는데, 기호라는 이름값으로 호명된 존재는 감각의 위계 속에서 자리를 부여받게 된다. 하지만, 컵이라는 형식이 물을 기억하지 않고, 물이 컵의 형태를 고집하지 않는 것처럼, 시인의 인식은 사후적으로 자리매김된 의미의 공백, 결여, 틈으로부터 벗어나고자 한다. 이렇게 언어적 팔루스는 존재를 향한 지향을 멈추지 않는다. 이에 화자는 "텅 비어 있는"나이자 "무정형의 리듬"이자 "바깥에서 무한으로 출렁이는 노래"가 된다. 하지만 다시, "밀정처럼"이를 규정하려는 "숨은 일굴"이 나타나면 "새로 태어난 봄"은 나시 호명뇌며 존재는 손재자의 모습 속에 은폐된다.

이러한 과정에서 시인은 끝없이 존재자의 틈새를 파고들며, 그물에 걸리지 않는 바람처럼 여행을 떠난다. "파도는 포획되지 않는 바다의 감정들"(「여행」)이라고 했을 때, 바다의 기의에 구속되지 않은 변화무쌍한 파도라는 기표는 곧 "언어 밖으로 사라진 표정"이며 시인은 바로 이러한 지평을 열기 위해 언어의 공백을 파고든다. 이에 "분명하고 단단할수록 거짓"(「눈사람 유령」)이라는 시구는 공고한 존재자의 숲에서 벗어나고자 하는 시인의 언어적 팔루스를 명시적으로 가리킨다.

그리하여 그는 자리와 위계로 상징되는 의미의 도구성에서 벗어난 '고물상'의 물건들을 통해 존재를 해명한다.

맨얼굴이 뒹굴고 있다
이름을 벗어 버린 물건들
본연의 표정을 찾아 찰랑이는 기원들

천방지축 뛰노는 아이들 눈에 성큼성큼 걸어 들어온다

부서져서 여러 조각으로 뒹구는 금요일
망가져서 처음의 자리로 돌아간 감정들

겁 없이 뛰쳐나가던 파도의 머리통은 어디로 갔나

아무도 모르는 곳에서 튀어 오르는
아이들이 하느님의 눈으로 찾아낸다
오래 잊고 있던 표表성을
몸에 남아 있는 희미한 맥박을

끼우고 맞추고 세워서
뜻밖의 자리에
뜻밖의 시간에
사물을 낳는다
죽음이 울창했던 몸속에서 오래된 집이 빠져나간다

트럭이 지나갔다
누군가 쇠붙이의 낯선 이름을 불렀다

―「고물상」 전문

　이 시에서 고물상은 더 이상 소용에 닿지 못하는 폐품들이 버려져 쌓이는 곳이 아니다. 그곳은 용재자用在者라는 도구성을 비로소 벗어버린 물건들이 "본연의 표정을 찾아" 기원origin을 되찾는 공간으로 제시된다. 이렇게 되돌아온 무수한 물건들이 다시 "끼우고 맞추고 세워져" 뜻밖의 시공간에 새로운 사물로 태어나기 때문이다.

　이렇게 "죽음이 울창했던 몸속" "오래된 집"으로 상징되는 존재자의 세계는 고물상이라는 자리에서 존재의 기원을 되찾으며 신생新生의 유목적 지점을 낳는다. 존재자의 사후성으로부터 벗어나 그 기원으로서의 "조금 전의 심장"을 재생하는 그의 시적 탐구는, 소모적 미적 울혈 상태와 자폐적 감상성에 경종을 울리며, 올차고 견결한 시-철학의 지평을 보여준다는 점에서 뚜렷한 의의를 지닌다. 그리하여 그의 시는 "인간이 붙여 준 이름을 던져 버리고 / 유일한 사건이"(「동사動詞」) 되는 "갑자기"라는 말 속에 사는 "고라니"처럼, "느닷없이"라는 말 속에 사는 "멧돼지"처럼, 해석을 거부하며against interpretation 지닝석 노약을 삼삳다.

참고 서지

단행본

김우동, 『대하적 상상력-바효친의 문학이론』, 문학과지성사, 1999.

오민석, 『나는 터지기를 기다리는 꽃이다-먹실골 일기』, 뒤란, 2022.

이상옥, 『앙코르 디카시』, 국학자료원, 2010.

_____, 『디카시 창작 입문』, 북인, 2017.

임농환, 『시는 기노나-임농환 산분십』, 쑤튼사상, 2023.

가라타니 고진, 박유하 옮김, 『일본근대문학의 기원』, 도서출판b, 2010.

아즈마 히로키, 안천 옮김, 『관광객의 철학』, 리시울, 2020.

히라카와 가쓰미, 남도현 옮김, 『고양이 마을로 돌아가다-나쁜 자본주의와 이별하기』, 이숲, 2016.

Adorno, Theodor, 홍승용 옮김, 『미학이론』, 문학과지성사, 1997.

Agamben, Giorgio, 양창렬 옮김, 『장치란 무엇인가?-장치학을 위한 서론』, 난장, 2010.

Barthes, Roland, 한정식 역, 『카메라 루시다-사진에 관한 노트』, 열화당, 1998.

Baudrillard, Jean, 이상률 옮김, 『소비의 사회』, 문예출판사, 2015.

Benjamin, Walter, 반성완 옮김, 『기술복제 시대의 예술작품』, 『발터 벤야민의 문예이론』, 민음사, 1995.

_____, 최성만·김유동 옮김, 『독일 비애극의 원천』, 한길사, 2009.

Bergson, Henri, 최화 옮김, 『물질과 기억』, 자유문고, 2017.

Bourdieu, Pierre, *La Distinction: Critique sociale du jugement,* Paris: Editions de Minuit, 1979.

Char, René, 심재중 옮김, 『격정과 신비』, 을유문화사, 2023.

Debord, Guy, 유재홍 옮김, 『스펙타클의 사회』, 울력, 2014.

Deleuze, Gilles· Guattari, Félix, 김재인 옮김, 『천개의 고원-자본주의와 분열증 2』, 새물결, 2001.

Diane, Macdonell, 상훈 옮김, 『담론이란 무엇인가-알튀세 입장에서의 푸코·포스트맑시즘 비판』, 한울, 2010.

Dor, Joel, 홍준기·강응섭 옮김, 『라캉 세미나·에크리 독해 I 』, NUN, 2023.

Gusdort, Georges, 이윤일 옮김, 『파롤』, 도서출판b, 2021.

Farrell, john, 진선미 옮김, 『빅뱅-어제가 없는 오늘』, 양문, 2009.

Heidegger, Martin, 오병남 · 민형원 옮김, 『예술자품의 근원』, 예전사, 1998.

_____, 이기상 옮김, 『존재와 시간』, 까치, 1998.

_____, 신상희 옮김, 『숲길』, 나남출판, 2008.

Jakobson, Roman, 신문수 편역, 『문학 속의 언어학』, 문학과지성사, 1989.

Lefebvre, Henri, 박정자 옮김, 『현대세계의 일상성』, 기파랑, 2005.

Massumi, Brian, 조성훈 옮김, 「정동의 자율」, 『가상계』, 갈무리, 2011.

Merleau-Ponty, Maurice, 류의근 옮김, 『지각의 현상학』, 문학과지성사, 2002.

_____, 오병남 옮김, 『현상학과 예술』, 서광사, 1989.

Negri, Antonio, 정남영 옮김, 『혁명의 시간』, 갈무리, 2004.

Negri, Antonio·Hardt Michael, 정남영·윤영광 옮김, 『공통체』, 사월의책, 2014.

Paz, Octavio, 김은중, 김홍근 옮김, 『활과 리라』, 솔출판사, 1998.

Rancière, Jacques, 김상운 옮김, 『이미지의 운명』, 현실문화, 2014.

_____, 양창렬 옮김, 『정치적인 것의 가장자리에서』, 도서출판 길, 2013.

_____, 주형일 옮김, 『미학 안의 불편함』, 인간사랑, 2008.

Sarop, Madan, 김혜수 옮김, 『알기 쉬운 자끄 라깡』, 백의, 1994.

Sartre, Jean Paul, 손우성 옮김, 『존재와 무』, 삼성출판사, 1991.

Sontag, Susan, 홍한별 옮김, 『우울한 열정』, 이후, 2005.

Thévenaz, Pierre, 심민화 옮김, 『현상학이란 무엇인가-후서를에서 메를로 퐁티까지』, 문학과지성사, 1982.

Todorov, Tzvetan, 최현무 옮김, 『바흐찐-문학 사회학과 대화이론』, 도서출판 까치, 1988.

논문 및 평문

강준만, 「'이미지 정치'의 황혼」, 『新東亞』, 동아닷컴, 2022. 03. 27.

권명아, 「정동의 과잉됨과 시민성의 공간-홍수의 표상과 잠수의 정치학」, 서강인
　　　문논총37, 서강대학교 인문과학연구소, 2013, 115-142쪽.

김미정, 「『정동의 힘』과 새로운 유물론적 조건에 대한 단상: 옮긴이 후기」, 이토
　　　마모루, 『정동의 힘』, 갈무리 2015, 292-311쪽 .

김세영, 「기철학의 우주론과 우주시」, 『포에트리슬램』3, 포에트리, 2018, 144-151
　　　쪽.

＿＿＿, 「우주서정시-자연서정시로서의 우주시」, 『포에트리슬램』 6, 포에트리,
　　　2020, 100-111쪽.

김정남, 「90년대 여성 시인의 현실인식과 기법-변종의 시학, 그 위반의 전략」,
　　　『한국문예비평연구』, 한국현대문예비평학회, 2005, 57-87쪽.

김종회, 「순간예술이자 영속예술로서의 디카시」, 『디카詩』34호, 한국디카시연구
　　　소, 2020. 여름, 3-4쪽.

김흥중, 「멜랑콜리와 모더니티-문화적 모더니티의 세계감(世界感) 분석」, 『한국
　　　사회학』40(3), 한국사회학회, 2006, 1-31쪽.

손유경, 「프로문학의 정치적 상상력: 김남천 문학에 나타난 "칸트적인 것"들」, 『민
　　　족문학사연구』45, 민족문학사학회, 2011, 110-136쪽.

최호영, 「디카시dica-poem의 이미지 구현 방식과 뉴미디어 시대의 문학 공간」, 『한
　　　민족어문학』85, 한민족어문학회, 2019, 209-241쪽.

함돈균, 「한국문학사 또는 한국 현대시와 정동affect 담론의 양태들」, 『상허학보』
　　　49, 상허학회, 2017, 71-105쪽.

찾아보기

시 철학 산책

초판 1쇄 발행일 2023년 12월 10일
지은이 | 김겸
펴낸이 | 김문영
펴낸곳 | 이숲
등록 | 제406-3010000251002008000086호
주소 | 경기도 파주시 책향기로 320, 2-206
전화 | 031-947-5580
팩스 | 02-6442-5581
홈페이지 | www.esoope.com
페이스북 | facebook.com/EsoopPublishing @esoope_publishing
Email | esoope@naver.com
ISBN | 979-11-91131-62-8 03100

* 이 책은 강원특별자치도, 강원문화재단 후원으로 발간(제작)되었습니다.

제가
알아서
할게요

세상의 오지랖에 맞서 진짜 나로 살아가는 법

제가
알아서
할게요

박은지 지음

상상출판

여전히 선택하는 삶을
살고 싶은 당신을 위해

"사람이 어떻게 하고 싶은 걸 다 하면서 살아?"

하고 싶은 것만 하며 살 수 없다는 말은 어릴 때부터 듣기 싫었다.

"(학생은, 직장인은, 유부녀는) 다들 그러려니 하고 살아."

'원래' 그렇다는 체념도 싫었다. 이전에 그렇게 살았으니 앞으로
도 그렇게 살아야 한다는 논리는 너무 단순하고 편협하다. 특히
부정적인 현실에 대한 극복 의지를 체념시키는 조언을 건넬 작정
이라면 더욱 주의할 필요가 있다. 너뿐만 아니라 나도, '우리' 모

두 마찬가지라고 말하는 것은 얼핏 '다른 집단'에 대해 말하는 것보다 타당하고 윤리적으로 보이지만, '너만 여기서 탈출할 수는 없다'는 선언처럼 들리기도 한다.

나는 누군가 '우리'라는 집단 혹은 역할로 스스로 할 수 있는 일에 한계를 그을 때마다 매번 마음속으로 반발했다. 세상이 내게 어떤 삶을 요구하는지 이해하기란 피곤한 일이었다.

　　"신입이 어디 불만을 말해?"
　　"사회생활은 다 그래."
　　"유부녀가 무슨 외박이야?"

이런 말을 들을 때마다 나는 차라리 모르는 것이 많은 채로 살아가고 싶었다.

도대체 왜 나는 별것 아닌 일도 참지 못하는 걸까? 왜 적당히 웃어넘기고 장단을 맞춰주며 살아갈 수 없는 걸까? 내가 세상에 적응을 못하는 건지, 다른 사람들보다 사회성이 떨어지는 건지 나도 세상을 피곤하게 살아가는 나 자신이 답답할 때가 있었다. 그러다가도 결국 이건 세상이 뭔가 잘못되어서라는 결론을 내렸다. 뉴스를 보다가 귀를 의심할 때가 있다. 더 놀랄 일도 없는 것 같은데, 세상에 어떻게 이런 일이 일어날 수 있나 하는 일들이 여전히 일어난다는 사실에 놀라는 것이다. 그저 상식적인 세상에서 살아가고 싶을 뿐인 내가 이상한 것 같지는 않다.

이 책은 인간관계에, 일에, 사랑에 지쳐 있는 이들을 위한 작은 위로와 조언이다. '이렇게 살아도 괜찮은데?' '조금 이기적으로 살아도 아무 일도 일어나지 않고, 오히려 더 행복한데?'라는 얘기를 하고 싶었다. 다만 내가 느끼는 감정이 모든 사람의 입장을 포괄할 수 없기에, 또한 누군가를 향한 자격 없는 설득처럼 느껴질까 싶어 내 안에 담아두었던 이야기를 겉으로 꺼내기란 조심스러웠다. 괜한 분쟁을 만들고 싶지 않았다. 그냥 나 홀로 내 방식대로 살아가면서 그걸로 됐다고 위안하고 싶었다.

하지만 한편으로는 막연하게나마 모든 사람이 자기 나름대로의 방식으로 행복해졌으면 했다. 주변의 소중한 사람들뿐 아니라, 세상 전체의 행복 지수가 조금은 더 높아졌으면 좋겠다고 생각했다. 행복해지는 방법을 찾고 있는 많은 이에게 조용한 응원을 건네고 싶었다. 응원이 어떻게 전해질지는 모르겠지만, 내가 느겪던 감정을 다른 사람도 똑같이 느끼고 있다는 데 위로받았다고, 혼자 이상한 것이 아니라는 사실을 알게 해줘서 고맙다고 말해준 분들 덕분에 나도 용기를 내어 여전히 내 삶을 살아가고 있다.

〈제가 알아서 할게요〉 매거진이 연재된 브런치의 독자님들에게 감사 인사를 드리고 싶다. 그리고 결혼이라는 내 삶의 큰 전환점을 함께한 남편에게도 고마운 마음을 전하고 싶다. 결혼하기 전, 남편은 나에게 참 특별한 사람이었다. 아침밥을 요구하거나 부모님에게 잘하는 여자가 이상형이라는 말은 한 번도 하지 않았다. 하지만 막상 결혼해보니 그 역시 우리나라의 유교 문화 속에서 자라온 평범한 남자였다. 내가 불편하다고 느끼는 이유를 그는 이해하기 어려워했다. 그런데도 나의 목소리를 들어주고, 때로는 공감하고, 내가 원하는 변화에 동참해주는 사람이라서 나는 조금 더 자유로웠고, 용기를 낼 수 있었다.

이 글을 읽는 분들이 원하는 삶을 살아가는 데 주저하지 않기를 응원하고 싶다. 처음 한 발을 내딛기는 어렵겠지만, "제가 알아서 할게요"라고 말하는 순간 세상은 좀 더 편해지고, 나답게 살 수 있는 곳이 된다. 주변에서 던지는 무성의한 말에 가끔은 속상하고, 가까운 사람들이 보내는 우려 섞인 조언에 때로는 마음이 무거워도, 나는 여전히 내가 원하는 것을 발견하려고 노력하고 있다. 나는, 그리고 당신은 여전히 선택하는 삶을 살 수 있다고 믿는다.

박은지

목차

01

제 행복은 제가 고를게요
온전한 어른이 되는 법

제 행복은

제가

고를게요

온전한 어른이 되는 법

01

선택하는 법을 배우지 못하고
어른이 됐다

적어도 무언가를 선택할 때는

그 이유를 내가 알고 있었으면 좋겠다.

또 가능한 한 책임질 수 있는 선택만을 하며 살고 싶다.

남편이 이직한 회사에서 어느덧 입사 1년
차가 되었다. 곧 연봉 협상을 할 것 같다며 그는 사뭇 진지한 기
색으로 숫자 여러 개를 두고 헤아렸다. 그렇게 고민할 필요가 있
는 일일까 싶었던 내가 고개를 갸우뚱하며 물었다.

"그런데 말이 연봉 협상이지, 사실은 연봉 통보 아니야?"
"맞아. 그래도 혹시 모르니까 생각은 해두려고……."

남편의 연봉 협상에서 역시나 '혹시 모를 일'은 일어나지 않았지
만 매우 놀라거나 실망할 일은 아니었다. 기업에서 노동의 대가를
스스로 책정하기 어렵다는 사실을 몰랐던 적은 없기 때문이다.
반대로 프리랜서로 일하고 있는 나는 노동의 가치에 스스로 값을
매겨야 하지만, 들여다보면 사정은 크게 다르지 않다. 처음 직장
을 그만두고 프리랜서로 일을 시작했을 때는 그 값을 어느 정도
로 해야 할지 모른다는 점이 가장 곤란했다. 따져보면 최저시급
도 안 되는 비용으로 일을 맡기도 했다. 그렇다고 스스로 비싼 비
용을 부를 용기는 쉽게 나지 않았다. 일이야 꾸준히 해왔지만 거

기에 값을 매기는 일은 또 다른 문제였다. 애초에 무엇이 적당하고 합리적인 수준인지 따져보거나 줄다리기를 해본 경험이, 그리고 피고용인으로서 고용인에게 나의 가치를 증명하고 합당한 비용을 요구해본 경험이 전혀 없었던 것이다.

~~~~~

고등학생 때는 학기 초가 되면 아래쪽에 절취선이 그어진 안내장을 받았다. 야간 자율학습 여부를 묻는 종이였다. 내일까지 제출하라는 안내장을 가방에 쑤셔 넣으며 누군가 선생님에게 물었다.

　　"동의 안 한다고 적으면 '야자' 안 해도 돼요?"

아이들은 와르르 웃음을 터뜨렸다. 반 아이들을 웃길 정도로 쓸데없는 질문이었고, 질문하는 당사자도 그냥 한번 해보는 소소한 반항이었다. 선생님은 어디 한번 해보라는 눈빛과 미소로 대답을 대신했다. 종례가 끝나고 집에 가는 길에는 꼭 몇몇 아이들이 투덜거리고 있었다.

"이게 자율이야?"

그때만 해도 야간 자율학습은 사실상 의무였다. 동의 여부를 묻는 안내장은 형식상의 절차일 뿐이었다. 수업 끝나고 곧바로 미술 학원이나 음악 학원을 가야 하는 예체능반 아이들이 아니고서는 꾸벅꾸벅 졸더라도 밤 열 시까지 책상에 붙어 앉아 있어야 했다. 세상에는 자율처럼 보이지만 자율이 아닌 것들이 존재한다는 사실을 우리는 그때부터 이미 알고 있었다.

아침 여덟 시의 0교시를 시작으로 밤 열 시까지 야간 자율학습을 하며 버텼던 이유는 물론 대학 진학이었다. 좋은 수능 성적을 받아 상위권의 대학을 가는 것이 말하자면 전교생의 궁극적인 목표였던 셈이었다. 대학에서 뭘 배울 수 있는지는 잘 몰랐다. 그때 대학 공부에 대해 유일하게 알고 있던 정보는 '대학에 가면 객관식이 아니라 주관식으로 시험 본다'는 것 정도였다.

사실 그때 나와 친구들 대부분은 대학에 왜 가야 하는지 생각해본 적도 없었다. 캠퍼스 낭만? 취업과 안정적인 미래? 가장 와닿는 건 대학만 합격하면 드디어 이 쳇바퀴 같은 생활에서 벗어나 자유를 누릴 수 있다는 점이었다. 하지만 막상 수능 점수를 받아들고 원서를 써야 할 때가 오자, 기본으로 여섯 글자가 넘는 복잡한 과 이름들이 무엇을 뜻하는지 알 수 없어 막연하기만 했다. 고등학교 3학년 때 담임 선생님은 이 심오한 이름의 학과에서 무엇을 배우는지 구체적으로 설명하는 대신에 내 점수로 지원할 수 있는 가장 높은 대학과 가장 안전한 대학을 골라주셨다. 그 덕분에 나와 내 친구들은 대학에 갔지만, 또 그 탓에 일부는 '막상 와보니 내가 생각했던 공부가 아니야'리며 한두 학기 만에 내학을 그만둬버렸다.

나는 어쨌든 최대한 무슨 말인지 알 것 같은 이름, 국어국문학과를 선택했다. 그나마 내 적성과 맞는 학과라고 생각했으나 실은 국문과에서 '글 잘 쓰는 법'이나 '글로 먹고 사는 법'을 가르쳐주는 줄 알았던 것이다. 알고 보니 문예창작과라는 학과가 따로 있더라. 국문학이 취업과 큰 관계가 없다는 사실을 알게 된 것은 그다음 일이었다.

대학에 오자 다음 문제는 취업이었다. 4학년들은 구체적으로 뭘 해야 할지도 모르면서 '취업이 어렵다던데……' 하고 한숨만 달고 다녔다. 자신이 하고 싶은 일과 잘하는 일이 어떤 직무와 관련 있는지, 실제로 회사에 가면 무슨 일을 하는지, 평균 연봉은 어느 정도가 합리적인지 가르쳐줄 담임 선생님은 당연히 없었다. 물론 몇 몇 선배들에게 물어볼 수는 있었지만 사회의 전체적인 그림을 그려보기에는 너무나 적은 통계였다. 학생 신분을 벗어난 나는 불안한 마음으로 표지판 없는 갈림길에 서 있었다. 당시엔 새로운 갈림길이나 되돌아오는 길이 존재하는지조차 몰랐다. 내가 내딛는 첫 발걸음은 당분간 어떤 식으로든 나를 이끌고 갈 것이었다.

~~~~~

어찌어찌 사회에 나와서 결국 된 것은 다름 아닌 '을'이었다. 을은 '갑'에게 무엇을 제안하기 어려웠고, 협상은 더더욱 할 수 없었다. 누가 시키는 대로 하는 데 익숙해진 초보 어른들이 점심으로 뭘 먹을지도 좀처럼 정하지 못하는 것은 어쩌면 자연스러운 수순이다. 스스로의 근거와 판단으로 무엇을 선택하는 방법을 제대로 익힌 적이 없기 때문이다.

얼마 전에는 친구들끼리 '대학을 서른 살에 가면 좋겠다'는 이야기를 했다. 지금에 와서야 내가 뭘 좋아하는지, 뭘 하고 싶은지, 무엇을 배워야 나의 미래에 도움이 될지 조금이나마 가늠하게 된 것 같아서였다. 만약 누군가 조금 더 일찍 무엇을 좋아하는지 물어봐주었다면, 좋아하는 것은 어떻게 찾는지 알려주었다면, 그리고 하고 싶은 대로 해도 된다고 말해줬다면 우리는 그때 어떤 선택을 했을까?

무엇을 해야 할지 몰랐던 20대 초반의 나는 말 그대로 아무것이나 했다. 뭐라도 하지 않으면 홀로 도태되는 것 같으니까, 친구들이 하는 것이라면 무엇이라도 함께하거나 따라 했다. 결과적으로 당시의 내가 가장 쓸데없이 시간과 노력을 들인 것은 다른 아닌 영어 시험이었다. 고등학교 3년간 꾸준히 외국어 5등급의 성적표를 받았던 내가 새삼스럽게 영어에 열을 올릴 필요는 없었을지도 모른다. 대학에 입학할 수 있었던 것은 그 외의 과목에서 그래도 노력만 한 결과가 나온 덕분이었다.

물론 '열심히 노력해서 영어 실력이 대단히 향상됐다'는 바람직한 결과가 나왔다면 더할 나위 없었겠지만, 현실에서 그런 극적인 일은 잘 일어나지 않았다. 나는 학원에 꽤 여러 차례 돈을 들였지만 결국 시험은 한 번도 보지 않았다. 내가 하려는 일에는 시험 점수가 필요 없었고, 직장을 몇 번 옮기고 혼자 일하는 지금까지도 영어 시험 점수 없이 잘 살고 있다.

왜 해야 하는지도 모르는 공부를 하는 것보다 차라리 책이나 한 권 더 읽는 게 그때 나를 위한 일이었으리라 생각한다. 이제 와서 지나간 일을 되돌릴 수는 없지만, 내가 원하는 것이 무엇인지 들여다보는 연습을 해야 선택한 길을 휘청거리지 않고 걸을 수 있다는 사실은 알게 됐다. 모두가 걸어간 길이라도 내게는 맞지 않는 방향일지 모른다. 물론 세상엔 타협해야 할 일도, 양보해야 할 때도 있다. 하지만 적어도 무언가를 선택할 때는 그 이유를 내가 알고 있었으면 좋겠다. 또 가능한 한 책임질 수 있는 선택만을 하며 살고 싶다.

네가 아직
세상을
잘 모르는구나?

조언에 일일이 귀 기울이지 않는 패기가

현명한 것인지, 어리석은 것인지 역시 겪어보기 전에는

장담할 수 없다. 그러니까 세상을 잘 몰라도 된다.

불가능해 보이는 꿈을 꾸어도 된다.

내 행복을 스스로 결정해도 된다.

결혼하고 처음으로 남편 없이 혼자 친정에 갔을 때였다. 내가 혼자 다니는 게 못마땅한 눈치였던 아빠가 더 이상 참지 못하겠다는 듯이 불쑥 물었다.

"너는 왜 아기를 안 갖니?"

분명 지난번에도 했던 얘기 같은데도, 아빠는 내 대답을 들을 때마다 쟤가 도대체 왜 저러는지 모르겠다는 듯 고개를 내저었다.

"난 지금이 좋아."
"어떻게 사람이 하고 싶은 대로만 하고 살아?"
"왜 안 돼? 나는 내가 행복한 대로 살 건데."

내 말에 아빠가 또 한숨을 푹 내쉬었다. 딸이 행복을 좇으며 산다는 말이 아빠에게는 왜 한숨을 쉴 만한 일인 걸까? 지금이 나에게는 가장 행복하다는 말, 내가 판단해 원하는 길을 가겠다는 말이 아빠에게 뜬구름 잡는 소리처럼 들리는지도 모른다. 아빠와 나는 살아온 배경이 다르니 가치관도 다를 수밖에 없다는 사실은 인정하지만 내가 어떤 삶을 살길 바라는지는 모르겠다. 열심히 일하지만 결혼도 하고, 아기도 낳아 키우는 삶?

"어떻게 하고 싶은 걸 다 하고 살려고 그래?"

'어른이 되면 싫은 것도 해야 한다' 혹은 '나 좋을 대로만 하며 살려고 해서는 안 된다'는 말을 종종 들었다. 그런 말을 들으면 나는 오히려 의아했다. 하고 싶은 일만 하며 사는 삶은 모두의 꿈 아닌가. 하고 싶은 걸 하는 게 왜 나쁘고, 반대로 하고 싶은 일을 참는 건 어째서 칭찬받는지 이해할 수 없었다. 왜 어른들로부터 체념하는 법을 먼저 배워야 하는 걸까. 물론 어떤 일은 내가 참고 포기해야겠지만 그것도 스스로 납득하는 선에서 선택해야지, 남들이 포기하라고 강요할 일은 아닐 것이다.

~~~~~

20대 초반 즈음, 스스로는 다 컸다고 생각하면서도 때때로 어린 나이를 무기로 사용하기도 했다. 어리다는 것은 가끔 편리했다.

이를테면 모든 사람이 나의 실수에 관대했다. 처음이니 그랬고, 잘 몰라서 그랬고, 앞으로 알아갈 가능성이 크기 때문에 그랬다. 세상을 모르는 척하면 상대방을 안심시킬 수도 있었다. 어른들은 동화를 읽어주듯, 세상에는 무섭고 어마어마한 게 숨겨져 있다고 겁을 주며 아직 알려줘야 할 게 많다고 웃었다. 그러면 가끔은 그 냥 겁을 먹은 척했다. 세상을 별걱정 없이 편한 마음으로 살고 있다는 사실을 들키면 안 될 것 같아서였다. 모든 사람에게 당연히 겪어야 할 어려움이나 불행의 양이 정해져 있다고 믿는 어른들은, 지금 힘들지 않다는 인상을 주면 보통 다행이라고 생각하는 대신 '아직 세상을 몰라서 그렇다'고 했다. 속 편하고 행복해 보일수록 나는 세상 물정 모르는 어린애 취급을 받았다.

"지금을 즐겨. 그때가 좋을 때더라."

"월급 딱딱 주는 회사를 그만둬? 세상이 얼마나 추운데!"

험난한 세상에 대한 조언은 먼저 겪은 자들만 할 수 있는 특권 같았다. 하지만 그들의 '험한 세상'을 낱낱이 알고 싶지는 않았다. 내 고민을 '별것 아닌 일'로 치부하는 이들이 겪은 어려움은 얼마나 대단한 것일까? 다른 사람의 상처를 일반화하거나 더 힘든 일과 비교해 깎아내리는 것은 명백히 치사한 행동이다. 하지만 많은 어른들이 요즘 애들은 끈기가 없다며, 쉽게 포기하고 만다며 혀를 찬다. 가끔은 자기보다 어린 사람은 뭐가 좋고 나쁜지도 판단하지 못한다고 생각하는 것 같다.

~~~~~~

친한 친구는 세계여행이 꿈이라고 몇 번이나 말하면서도 꼭 '물론 될지 안 될지는 모르지만……'이라고 덧붙였다. 자신 없어 하는 이유를 물었더니, 세계여행이 꿈이라고 말하면 의구심을 보이는 사람이 꼭 있기 때문에, 먼저 선수를 치는 것이라고 했다. 남의 꿈 얘기를 들으면 조언부터 하는 사람들이 있다. 그들은 마치 게임 초반부터 조커 카드를 꺼내 분위기를 잡으려는 것처럼 의기양양하게 외치고 본다. "현실적으로 글쎄?"

왜 그들은 남의 삶에 대한 불확실함을 확인시키고 불안감을 조성해야 속이 시원한 걸까? 그들이 정말 다른 사람의 미래를 걱정해서 말을 꺼내는 것 같지는 않다. 세상이 얼마나 험난하며 삶이 얼마나 뜻대로 되지 않는지 주지시킴으로써 스스로가 얼마나 잘 해냈는지를 확인받고 싶은 것이다. 혹은 모든 삶을 평준화시켜서 자신의 삶만 힘든 게 아니라고 위안받으려는 것이든가. 어느 쪽이든 치사하기는 마찬가지다. 그러니 그들의 말에 기죽거나 휘둘릴 필요는 없다.

우린 다들 한정된 세계 안에서 살아가고, 자신이 겪은 작은 경험을 토대로 세상을 바라볼 수밖에 없다. 세상을 먼저 겪어본 사람들의 조언이 늘 옳다고는 생각하지 않는다. 작은 선택 하나로도 이전과는 다른 결론이 산출되기 마련이다. 어쩌면 동일한 선택이라도 주변 환경에 따라 다른 결과가 나올지 모른다.

우리는 다른 사람의 실수를 보고도 똑같은 일을 반복한다. 그건 내가 아직 온전하지 못한 존재이기 때문일까? 머리로는 알고 있어도 겪어봐야만 납득할 수 있는 일이 있기 때문이다. 내가 아직 세상을 몰라서 하는 말일지도 모른다. 하지만 나이를 먹는다고 정답을 더 잘 찾을 수 있는 것도 아니었다. 조언에 일일이 귀 기울이지 않는 패기가 현명한 것인지, 어리석은 것인지 역시 겪어보기 전에는 장담할 수 없다.

그러니까 세상을 잘 몰라도 된다. 불가능해 보이는 꿈을 꾸어도 된다. 내 행복을 스스로 결정해도 된다. 세상이 뜻대로 되지 않더라도 뭐 어떤가. 세상은 세상대로 굴러가라고 놔두고, 나는 오늘도 하고 싶은 것을 할 뿐이다.

청춘의 시작부터
찬물 끼얹지 마세요

남의 삶에 일일이 훈수를 두거나

반대로 남의 조언에 맞춰 내 삶을 바꿀 필요는 없다.

상대방에게 위로가 필요해 보인다면

'이야기를 들어주는 것'만으로도 충분하다.

지금은 자존심과 자존감을 헷갈리지 않을 만큼 자랐지만, 사실 나를 키운 것의 70퍼센트 정도는 자존심이었다. 나는 내가 온전하고 성숙하지 않은 존재라는 사실을 쉽게 인정하지 못했다. 혼자서도 충분히 잘해낼 수 있는 '척하는' 것이 내가 부족한 부분을 인정하고 도움을 요청하는 것보다 부끄러운 일이라는 걸 그때는 미처 몰랐다.

성인은 되었지만 아직 독립은 하지 못해 불안했던 대학생 시절, 자존심과 자존감 그 어디쯤에서 나는 오락가락하며 혼자서도 당당히 살아가기 위해 애쓰고 있었다. 아직 아무것도 정해지지 않았으나, 그렇기 때문에 무엇이든 할 수 있는 '청춘의 시작점'이었다.

돌이켜보면 분명 가능성으로 충만한 때였지만, 당시의 어른들은 내 나이와 상황을 걱정하며 나보다도 조급하게 굴었다. 내가 운이 나빴던 것일지 모르겠지만, 당시 내 주변에는 삶을 어떻게 살든 너만 행복하다면 괜찮다고 말해주는 사람이 없었다. 심지어 기성세대의 불필요한 오지랖이 젊은 세대의 자존감에 어떤 영향을 주는지 억지로 배워야 했던 에피소드도 있다.

대학 졸업반 때였다. 멀리까지 보이지 않아서 판단하기 어려웠지만, 여러 갈래의 길 중에서 어디가 그나마 '덜 나쁜' 길인지 찾아야 했다. 친구들과 만나도 예전 같지 않아서 '일단 마시고 즐기다 죽자!'가 아니라 '누구는 취업했고, 누구는 교수님 추천을 받아 대학원에 간다더라' '우리는 뭐 먹고 살지?' 하는 얘기를 나누다가 형체 모를 묵직한 짐을 짊어진 채 취하곤 했다.

다만, 답이 잘 보이지 않는다고 해서 내 길을 찾는 걸 마냥 체념하거나 포기한 상태는 아니었다. 아르바이트가 아니라 정식 직장에서, 단순히 돈을 벌기 위한 노동이 아니라 성과와 보람까지 따르는 일을 하리라는 목표가 있었다. 언젠가는 내 분야에서 어엿한 직장인이 되어 있으리라는 소박한 꿈이었다.

그런데 하루는 엄마가 지나가는 듯, 대수롭지 않은 투로 슬쩍 말했다.

"아까 고모한테 전화 왔었는데, 너 간호 학원 보내보라고 하더라. 취업 잘 된다고."

당시에는 뭔 뜬금없는 소리냐며 넘겼는데, 곱씹어볼수록 기분이 오묘했다. 나는 국문학과를 다니고 있었다. 좋아하는 소설이나 시로 밥벌이까지 하겠다는 큰 뜻이야 없었지만, 적어도 내가 하고 싶은 것과 점점 더 가까워지는 일을 하고 싶었다.

게다가 간호라니? 나는 누굴 보살피고 치료하는 것에 재능은커녕, 관심 가져본 적도 없었다. 20년 넘게 사는 동안 내 관심사라는 울타리 안에 단 한 번도 포함된 적 없는 분야였다. 하긴, 우리 집은 명절 때도 진적늘이 보이시 않는 펀니라 고모와는 1년에 한 번도 얼굴을 보지 않을 때가 많았다. 고모의 조언에 내 적성이나 취향이 고려되어 있을 리 만무했다.

~~~~~~

자신의 미래에 대해 고민하지 않는 사람은 없을 것이다. 자신의 인생이 걸린 문제인 만큼 모두가 나름대로 치열하고 절실한데, 남의 일이라고 그런 무성의한 조언을 던져도 되는 걸까. 고모의 세상에서 나는 꿈을 꾸고 원하는 길을 찾아 걷는 한 명의 주체가 아니라 '밥벌이'나 할 수 있을까 싶어 걱정되는 수많은 취업준비생 중 하나였던 것이다.

물론 누군가는 무슨 일을 하든 밥벌이만 하면 그만이라고 생각할 수도 있다. 하지만 그 생각을 남들에게 적용하려 해서는 안 됐다. 아직 아무것도 시작해보지 않은 상황에서 판단을 당한 것이 화가 나기보다는 황당했다. 게다가 이렇다 대꾸할 것이 없어 더 자존심이 상했다. 준비하고 있는 것도, 예정된 것도 없는 상황이 사실이니까.

나는 오기가 생겨서 귀를 더 막았다. 조언 같은 건 듣고 싶지 않았고, 걱정이나 염려도 필요 없었다. 망해도 내 인생이라는 생각으로 혼자 고군분투하다가 결국 졸업식도 하기 전에 어떻게든 취업을 했다.

취업해야 한다는 생각에 급한 마음으로 잡은 직장은 결과적으로 대실패였다. 재미도 없고 월급은 적었으며 이 분야에서 성공하고 싶다는 욕심도 생기지 않았다. 관심사와 그것을 직업으로 돈 버는 일은 달랐다. 하지만 불과 6개월 만에 그만둔 그 직장 경험이 아니었다면 '직업으로서 내가 좋아하고 잘할 수 있는 일'을 진지하게 고민해볼 기회도 없었을 것이다.

미래에 대한 고민은 대학에 가기 전 학과를 선택할 때, 혹은 첫 직장을 선택할 때가 가장 중요하다고 생각했다. 또 그 고비만 지나면 내 인생이 완전히 결정되는 것인 줄 알았다. 하지만 선택의 갈래는 그 이후로도 몇 번이나 있었고, 내 앞에는 자신을 탐구하고 새로운 길을 걸을 기회가 계속해서 놓여 있었다. 급한 마음에 주변의 조언을 받아들여 '취업이 잘 되는 아무 직업'이나 선택하지 않아도 괜찮았다.

~~~~~~

드라마 〈로맨스가 필요해〉에, 직장 동료가 혼전 임신을 고백하는 장면이 있다. 이때 여주인공은 "잠깐만. 그 얘기는 안 들을게. 미안" 하고 거리를 둔다. 동료의 사생활을 알아봤자 좋을 것이 없으며, 괜한 조언을 했다가는 그 말에 책임져야 하니 차라리 모르는 편이 낫다는 게 이유였다. 남주인공은 한숨을 쉬며 그녀에게 그럴 땐 네가 어떤 결정을 하든 응원한다는 한마디면 충분하다고 알려준다.

그러나 여주인공의 입장도 공감이 된다. 어차피 자기 인생을 책임질 수 있는 건 자신뿐이다. 어느 선택을 지지할 수도 없을뿐더러 한쪽에 무게를 실어주었다가 문제가 생긴다면 그 후에 찾아오는 무거운 감정은 또 어떻게 나누어 감당한단 말인가.

나는 남의 인생에 끼어들고 싶지 않다. 잘 알지도 못하면서 오지랖을 부리는 건 더더욱 질색이다.

이 드라마에 따르면 나 역시 자신밖에 모르는 이기적인 성격인지도 모른다. 하지만 이기적이라는 말을 들을지언정 응원과 오지랖 사이 어디쯤 있는 선을 지키는 것은 중요하다고 생각한다.

인생은 오롯이 혼자서만 살아갈 수 없으며, 그러기에는 너무 외롭다는 사실을 안다. 다만 남의 삶에 일일이 훈수를 두거나 반대로 남의 조언에 맞춰 내 삶을 바꿀 필요는 없다. 상대방에게 위로가 필요해 보인다면 '이야기를 들어주는 것'만으로도 충분하다. 아무리 내가 옳은 것 같아도 무심코 선을 훌쩍 넘어 내 생각으로 그를 덮어버리려고 하지는 않았으면 좋겠다.

생뚱맞게 나에게 간호학원을 제안했던 고모의 조언 탓에, 오히려 나는 아무리 좋아 보여도 '나와 상관없는 일'이라면 절대 하지 않기로 마음먹었다. 그리고 누군가의 삶에 끼어들어야 하는 일이 생긴다면, 적어도 상대방의 생각부터 물어보는 예의를 갖추어야겠다고 생각했다.

'넌 어떻게 생각하는데?'

어른의 자격, 그리고 조언인지 참견인지를 나누는 기준은 그 정도의 예의와 관계있는 것이 틀림없다.

좋아하는 일은
취미로만 해야 하나요

그거면 됐지.

당장 내일이 어떻게 될지는 모르지만

내가 오늘을 '버티지' 않고 '살아낼' 수 있었으니

그거면 좋은 일이다.

직장을 몇 번 바꾸면서 일을 하다 보니 아무래도 나는 그림이나 영상보다는 글자를 읽고 쓰는 일을 좋아한다는 사실을 실감하게 됐다. 물론 좋아하는 일은 취미로만 해야 한다는 말은 많이 들었다. 하지만 좋아하지 않는 일을 해야 하는 긴 시간은 어떻게 견뎌야 할까?

정말 간절했다면 회사에 다니면서도 하고 싶은 일을 충분히 할 수 있었을까? 실제로 직장을 다니면서 훌륭한 글을 쓰거나 웹툰을 그리는 사람들도 이미 많다. 그런데 내 경우엔 회사에서 퇴근하고 돌아오면 머리와 몸이 전부 녹초가 되어 도저히 생산적인 일을 할 수 없었다. 회사에서 모든 에너지를 쏟고, 퇴근길 지하철에서 그나마 남은 정신력까지 소진하기 때문이었다. 내 머리와 체력은 딱 그 정도의 노동만을 간신히 소화해낼 뿐이었다.

직장에서 그럭저럭 좋아하는 일을 할 수 있었다면, 그리고 그 일이 직장에서의 인정과 보람, 그리고 월급으로 이어졌다면 회사를 계속 다녀도 괜찮았을 것이다. 일이 좋거나, 직장 동료가 좋거나, 돈을 많이 주거나. 적어도 세 가지 기준 중의 하나는 충족되어야 직장에서 매일 아홉 시간 이상을 보낼 수 있다고 한다. 그런데 이보다 중요한 조건은 일, 사람, 돈 셋 중 하나라도 나를 끔찍이 괴롭히지 않아야 한다는 점이었다.

내가 다니던 직장은 세 조건에 다 조금씩 못 미쳤는데, 나는 기본적으로 일을 통해 어떤 보람을 느껴야 하는지 알 수 없다는 점이 가장 힘들었다. 중소기업 특성상 어느 정도는 고려하더라도, 수많은 잡무와 끊임없이 추가되는 새로운 사업 때문에 정작 이 회사에 입사해서 하고 싶었던 일은 하루에 1분도 할 수 없을 때가 많았다. 내가 에디터인지, 마케터인지, 영업을 하고 있는 건지 모르겠고 뜬금없이 애니메이션 제작을 맡았던 적도 있다.

직장이 나를 계속 갉아먹는 것 같았다. 나는 회사를 위해 최선을 다하고 있는데, 회사는 나 개인의 발전과 보람에 최소한의 관심도 없다는 느낌이 들 때마다 내가 여기서 뭘 하는 건지, 입구도 출구도 없는 우주를 공허하게 떠다니는 듯한 기분이 들었다. 원하는 분야의 일을 선택했으나 원하는 일은 할 수 없었다. 이해할 수 없는 일들도 '회사라는 게 원래 그렇다'라는 말로 받아들여야 했다.

내가 사회생활을 아직도 잘 몰라서 그럴 수도 있다. '직장이라는 게 다 그런 것'인데, 그 정도도 못 견디니 결국 낙오된 것일 수도 있다. 그냥 투정일 수도 있다. 애초에 내가 좀 더 좋은 회사를 갈 수 있는 능력을 키우지 못해서 생긴 일일지도 몰랐다.

졸업 후 몇 년 정도 직장 생활을 하며 나름대로 어엿한 사회인이 되었던 나는 결국 마지막 직장을 퇴사하면서 프리랜서가 되기로 결정했다. 그리고 좋아하는 일을 직업으로 하는 생활, 즉 자유기고를 시작했다. 그럴듯해 보이지만, 한편으로는 자리에 앉아 있기만 해도 통장에 따따 찌처던 월급은 포기한 생활이기두 했다

~~~~

처음에는 그저 잠깐 쉬어가는 시간이라도 좋다고 생각했다. 내속에 있는 모든 것이 말라비틀어지고 껍데기밖에 남지 않은 듯한 기분이 들 때였다. 꼭 시들시늘해져 땅을 보고 있는 새싹 같아진 나는 물 몇 방울이 절실했다. 잠깐이라도 좋으니 하고 싶지 않은 일, 불필요해 보이는 일, 나를 소진하고 낭비하는 일에서 완전하게 벗어나고 싶었다. 훌쩍 여행이라도 떠나고 싶다는 기분과는 좀 달랐다. 나 자신이 만족할 수 있는 생산적인 일을 통해 내 가치를 자신에게 증명하고 싶었던 것 같다.

결국 나는 형식적인 잔업과 기 빨리는 인간관계를 털어내는 동시

에 안정적인 월급과 정규직이라는 떳떳한 사회적 지위를 포기했다. 하지만 자그마한 선택권이나마 나 자신에게 돌아왔다는 사실이 기뻤고, 후련했다.

좋게 말하면 프리랜서, 일이 없을 땐 백수인 생활이 본격적으로 시작되자 모든 기준을 재정비할 필요가 있었다. 기본적으로는 남편의 눈치가 보였다. 혼자라면 수입이 좀 일정치 않아도 그러려니 하겠는데, 남편이 있으니 최소한 직장을 다닐 때만큼은 벌어야 떳떳할 것 같다는 피해의식을 느낄 때도 있었다.

프리랜서라는 포지션을 설명하는 것에서도 난관에 부딪혔다. 알아서 할당되는 일이 없으니, 사실 프리랜서로 일하려면 오히려 부지런해야 하는 면이 있다. 기회가 온다면 무리한 스케줄이더라도 절실하게 붙잡아야 한다. 업무를 처리한다는 데 있어서는 회사 일과 마찬가지다. 그러나 프리랜서는 왠지 '집에서 노는 것'처럼 보일 가능성이 높았다. 소설가 무라카미 하루키(村上春樹)조차 평일 낮에 동네를 거닐면 주민들이 그를 학생 혹은 백수 청년 보듯이 쳐다봤다고 하지 않던가.

특정 장소로 출근하지 않는다 해도 나는 어쨌든 나름대로 일을 하고 있고, 때로는 업무가 많아 직장인으로 치면 '야근'까지 하기도 한다. 그런데도 나를 이해해주는 남편조차 초반에는 집에 있으면서 정리도 안 했냐며 한 소리하기도 했다.

같이 공부를 하고 졸업한 친구들은 모두 아침에 출근하고 저녁에 퇴근하는 직장인의 삶을 살고 있는데, 혼자서만 마치 백수처럼 보이는 삶을 사는 것 역시 초조하지 않을 수 없었다. 남들은 진급을 하고 차곡차곡 연봉을 올리는 동안, 홀로 도태된 것 같은 기분이 드는 날도 있었다. 정신 차리고 위기의식을 좀 느껴야 하나 싶은 경각심이 들기도 했다.

하지만 자세히 들여다보면 모두의 삶이 제각기 다르다. 다만 미래를 내다보지 못하는 것은 공평하게 모두 마찬가지다. 누군가 일은 어떠냐고 물으면 "한 치 앞을 모르지, 뭐"라고 얼버무리지만, 내심으로는 한 치 앞을 몰라도 어쩌랴 싶다.

주변과 비교해서 일부러 불안해할 필요는 없다. 내가 선택한 길이기에 힘들다고 가볍게 투정할 수는 없지만, 마찬가지로 내가 원해서 하는 것이니 일의 강도가 높을 때도 스트레스는 낮다. 그거면 됐지. 당장 내일이 어떻게 될지는 모르지만 내가 오늘을 '버티지' 않고 '살아낼' 수 있으니 그거면 좋은 일이다.

오래 지속되는 관계의
필수 조건

천차만별로 다른 성격이지만

직장, 연애 등에 대해 서로에게 '왜 그랬어?'라고

물어본 적이 없다. 예전에는 그게 우리가 그리

친하지 않다는 뜻이라고 생각했는데, 천천히 더듬어보니

바로 그 점이 우리의 관계를 오랫동안 이어주는

든든한 근거인지도 모르겠다.

중학교 때부터 사귀어온 친구들과 밤을 새우며 우리의 서른 살을 떠나보내기로 한 날, 반가운 첫눈이 내렸다. 지나가는 낙엽에도 의미 부여를 했던 중학생 시절처럼 우리는 마음이 들떠서 장바구니 가득 맥주를 샀다.

그 시절 나를 포함한 친구 다섯 명은 같은 아이돌 가수를 좋아한다는 점 외에 공통점이라고는 없었다. 하지만 그때 그런 게 별로 중요하지 않았고, 떡볶이를 가운데 두고 둘러앉아 까르르 수다를 떠는 것만으로도 즐거웠다. 이후 각자 다른 고등학교로 뿔뿔이 흩어지자 중학생 때처럼 자주 만날 수는 없었다. 성인이 되어서는 심지어 거주지가 국내, 해외로 갈라지며 몇 달에 한 번이나 겨우 만나 근황을 확인하게 됐다. 각자 성격도, 취향도, 하고 싶은 일도 또렷하게 다른 터라 모처럼 만나면 서로가 낯설게 여겨질 때도 있었다. 지금 돌이켜보면 우리가 어떻게 친구가 되었을까 싶을 정도로 다른 사람들이기 때문이었다.

고백하자면 친구들과 알게 된 지 15년이 넘었지만 꼭 시간과 비례해 애정이 쌓인 것은 아니었다. 친구들과 만나기 전날이 되면 괜히 배가 좀 아픈 것 같고, 집안에 피치 못할 사정이 생기기를 내심 바랄 때도 있었다. 6개월에 한 번, 1년에 한 번 겨우 만날 때는 '가서 무슨 말을 해야 하지?' 하고 새삼 어색한 마음을 여미기도 했다. 하지만 막상 만나면 전날 느꼈던 부담감은 온데간데없이 사라지고 그저 즐거웠다. 나와 참 다른 친구들의 모습과 삶을 가끔은 위로하고, 또 가끔은 응원하다 보면 우리가 가족처럼 자연스러운 관계로 느껴졌다.

~~~~~~

10대 때 사귄 친구가 평생 간다는 둥, 사회인이 되면 더는 진짜 친구를 만들 수 없다는 둥 말이 많지만 살다 보니 진짜 친구를 사귀는 데 특별한 기준 같은 건 없다는 사실을 깨닫게 된다.

보통 결혼을 기점으로 인간관계가 정리된다는 얘기를 많이 한다. 나의 경우에도 결혼 전 '내 개인적인 행사에 시간을 내어 달라고 부탁할 정도로 친밀한 사이인가'를 기준으로 친구들을 하나하나 떠올려보았다. 앞으로 계속 만나지 않을 것 같은 사람도 있고, 만남이 뜸하긴 했지만 좋은 일이 있다면 기쁜 마음으로 가서 축하해주고 싶은 친구도 있었다.

그때 연락하고 남은 친구와는 평생 함께 갈 것 같았지만 또 그렇지도 않았다. 직장 생활, 결혼, 출산, 육아……. 어릴 때는 겪는 일이 모두 비슷하고 고민도 고만고만했지만, 인생에는 계속 변화가 생기고 각자의 삶도 점차 달라졌다. 그 와중에 서로의 삶을 얼마나 존중하거나 이해하는지, 또 얼마나 개입하려는지가 관계에 슬금슬금 영향을 미쳤다. 상대방이 택한 삶을 이해하지 못한다면 멀어질 수밖에 없었다. 내 삶에 대한 애정 어린 조언이 고마울 때도, 반대로 무신경한 참견에 기분이 상할 때도 있었다

세상에는 노력하지 않으면 지속될 수 없는 관계가 훨씬 더 많았다. 어제는 죽고 못 살던 친구 사이도 오늘 당장 변할 수 있었다. 그러니 굳이 지속할 필요가 없는 관계라면 처음부터 에너지를 들일 이유도 없었다. 결국 내가 사람을 대할 때 얼마나 에너지를 쏟느냐의 기준은 '앞으로 또 만나고 싶은 사람인지, 아니면 다시는 보지 않을 것 같은 사람인지'가 되었다.

~~~~~

돌이켜보면 나는 지난 15년 동안 친구들과의 만남이 지속될 수 있도록 어떤 노력도 기울인 적이 없었다. 먼저 선뜻 연락을 취하

지 않아도 자연스럽게 약속 날짜가 정해졌고, 한자리에 모이면 여느 때처럼 와자지껄하게 겪은 일들을 듣거나 털어놓았다.

10대에 만난 친구들과 함께 30대가 될 만큼 커서야 나는 이 관계가 특별히 힘을 들여 노력하지 않아도 지속 가능한, 내 인생에 매우 드물고 소중한 만남이라는 사실을 불현듯 깨달았다. 우리는 서로에 대해서 이미 잘 알고 있고, 친밀하고도 적당한 선 안에서 불필요한 감정 낭비를 할 일이 거의 없었다. 우리는 서로의 삶에 너무 깊숙이 들어가 오지랖을 늘어놓지도 않지만 남처럼 멀뚱멀뚱 바라보지도 않는다. 그저 각자가 하는 최고의 선택을 믿어주고 있다.

"넌 그래도 프리랜서니까 편하잖아."
"아기를 안 낳는다고? 나중에 외롭지 않겠어?"

나와 내 친구들은 서로의 선택을 의심하는 말을 건넨 적이 없었다. 우리 사이에서 오간 이야기는 대부분 이런 종류에 가까웠다.

"너라면 당연히 잘할 것 같은데?"
"그래? 그렇게 하는 것도 좋겠다."

누구는 끊임없이 연애했고, 누구는 한 사람과 오랫동안 사귀었고, 누구는 한동안 연애를 하지 않았다. 선생님이 된 친구도, 전쟁 같은 직장 생활을 하는 중인 친구도, 또 일을 그만두고 6개월째 백수로 놀고 있는 친구도 있다. 천차만별로 다른 성격이지만 직장, 연애 등에 대해 서로에게 '왜 그랬어?'라고 물어본 적이 없다. 예전에는 그게 우리가 그리 친하지 않다는 뜻이라고 생각했는데, 천천히 더듬어보니 비로 그 점이 우리의 관계를 오랫동안 이어주는 든든한 근거인지도 모르겠다.

매일 얼굴을 보고 종일 교실에서 함께하던 학창 시절과 달리, 성인이 된 지금은 지속적인 관계가 얼마나 어려운지 알기 때문에 곁에 남아 있는 인연이 더 귀하다. 어차피 흐려질 관계에 감정을 넣어 반죽하려고 애쓰기보다는 이미 내 곁에 익숙하게 있어서 소중한 줄 몰랐던 인연들을 더욱 감사하게 여기려고 한다.

또한 새로운 인연을 맺을 때는 내가 모르는 지난 시간을 함부로 짐작하거나 더듬지 않으려고 애쓴다. 내가 선뜻 이해할 수 없는 결정에도 그 사람이 지금까지 살아온 삶이 근거로 녹아 있을 것이기에. 다만 다른 형태의 삶을 살아온 서로에게 조언이 필요하다면 그때 얼마든지 이야기를 나누면 된다. 그러니까, 서로의 이야기를 듣고 싶어질 만큼 서로를 좋아하게 되었다면 말이다.

30대는
아이돌을 좋아하면 안 되나요

내가 느끼는 감흥을 다른 사람과

완벽히 공유하기 어려운 것은 당연하다.

우리는 서로 다른 사람이기에.

가끔은 그 차이를 따지는 것이 참 부질없다는 생각이 든다.

서로 지적하고 신경 쓰면 무엇 하랴,

그냥 각자의 길을 가면 되는걸.

남자친구를 사귄 지 얼마 안 되었던 어느 주말, 나는 두 달 전에 이미 예매해둔 공연을 가야 했다. 데이트를 할 수 없는 이유를 어떻게 설명해야 할까 망설이다가, 어차피 언젠가는 알아야 할 일이라 과감하게 고백했다. "나, 사실 아이돌 좋아해." 그는 공연 재미있게 보고 오라며 손을 흔들어주었지만 내심 좀 충격을 받았던 것 같다. 나를 만나기 전까지만 해도 그는 아이돌을 보러 다니는 팬들을 소위 '빠순이'로, 말하자면 밥도 안 먹여주는 일에 목숨 거는 한심한 부류라고 막연히 생각했다고 한다. 뭐, 미디어에 비치는 단면만 보고 그렇게 생각할 수도 있으니, 나를 통해 그들 역시 평소에는 평범한 각자의 일상을 영위하는 보통의 학생이나 직장인임을 그에게 대충은 알려줄 수 있었다.

10대에 아이돌을 좋아하는 것은 지극히 자연스러운 일이었다. 반이 바뀔 때마다 처음 만난 친구에게 "넌 누구 팬이야?"를 묻고, 같은 아이돌을 좋아하는 애들끼리 무리를 지어 다닐 정도였다. 인간관계에서 '취향'이 최우선순위였던 시절이었다. 그때나 지금이나 아이돌들은 활동을 시작한 지 7년쯤 되면 팀 존속의 위기가 오기 마련인데, 운 좋게 나의 아이돌은 20년 이상 꾸준한 활동을 이어왔고 덩달아 나도 애정을 유지하며 그대로 성인이 되었다.

~~~~

사실 나는 취미가 별로 없다. 외출을 자주 하지 않다 보니 옷 쇼핑에도 흥미가 떨어졌고, 화장품은 필요할 때 한 번씩 몰아서 산다. 영상보다는 글을 더 좋아하는 편이라 영화나 TV는 잘 보지 않는다. 책 읽기를 좋아하지만 심심풀이로 습관처럼 읽는 느낌이고, 운동과는 거리가 멀어도 한참 멀다. 여행은 좋아하지만 매일 틈틈이 할 수 있는 종류의 취미는 아닌 것 같다. 게임도 하지 않고, 손재주가 있는 것도 아니고……. 그런 내가 딱 한 가지, 15년 넘게 꾸준히 즐거움을 탐하고 있는 분야가 바로 아이돌이다. 진입 장벽이 낮고, 컴퓨터나 스마트폰 외에 별다른 준비물도 필요하지 않으며 몰입하기 위한 워밍업도 필요 없다. 우울할 때도 순식간에 기분이 좋아지게 만들고, 질리지 않고 언제든 신이 나는 취미다.

처음에는 그들을 다른 세상에 있는 요정 같은 존재로 여겼다면, 시간이 지날수록 점차 인간적인 친밀함이나 일종의 존경심이 생겼다. 얼굴 한번 가까이서 대면한 적 없는 존재를 인간적으로 좋아한다는 건 이상한 일일지도 모르지만, 그들이 후배들이 밀려들어오는 가요계에서 의연하게 자리를 지키고 있다는 사실만으로도 나는 자부심을 느꼈다. 한 가지 일을 20년간 한다는 것이, 그리고 현실의 돈과 일정을 생각하면서도 동료들과 좋은 관계를 유지하는 것이 얼마나 어려운 일인지 성인이 되어서야 비로소 깨달은 덕분이기도 했다.

30대가 되어 아이돌을 좋아하는 건 유치한 취향일지도 모른다. 더구나 내 나이를 절반으로 뚝 잘라 놓은 어린 아이돌이 많아지자, 어릴 땐 고유 명사처럼 여겨졌던 '오빠'라는 호칭도 다소 무안해졌다. 물론 '오빠는 호칭이 아니라 신분'이라지만. 하지만 연예인을 좋아하는 마음이 꼭 그 같은 사람과 사귀고 싶다는 이성적인 호감에서 나오는 것은 아니다. 심지어 그들이 가수가 되어 줘서, 노래를 들려줘서 고맙다는 순수한 마음이 우러러 나오기도 했다. 나는 사람들이 내뱉는 말의 속살을 파헤쳐 꼭 그 모순이나 불합리함을 지적해야만 속이 시원한 성격인데, 그들을 바라볼 땐 한없이 너그러워졌다.

한번은 내가 한때 몇십 번씩 반복해 듣던 노래를 공연장에서 실제로 들은 적이 있다. 관객들이 숨소리까지 죽인 공연장에 반주가 흘러나오고, 끝자락에 감정에 취한 그가 목이 메어 노래하던 모습이 나에게는 무척 특별한 순간으로 남아 있다. 그와 나 사이에는 아무런 개인적인 접점도 없는데, 그 무대를 공유하는 순간만큼은 정말로 마음을 위로받는 느낌이 들었던 것이다. 그는 팬들의 함성 소리가 자신에게 힘을 준다고 말하는데, 그의 무대 역시 나의 에너지를 채워주는 것 같았다. 나는 내 취미인 아이돌에게서 충분한 기쁨과 에너지를 얻는 셈이다.

~~~~

대학생이 되고, 또 직장인이 되자 많은 팬들이 '일반인 코스프레'라는 것을 하기 시작했다. 말하자면 연예인을 좋아한다는 사실을 숨기고 보통의 어른처럼 행동한다는 뜻이다. 뮤지컬이나 연극을 좋아하는 건 그럴 듯한 취향으로 인정받는 편이고, 요즘은 키덜트에 대한 인식의 폭도 넓어져 자신을 '레고 덕후' 등으로 소개하는 사람도 있다지만 아이돌을 좋아하는 것은 여전히 '철이 덜 든' 취급을 받을 때가 많았다. 아이돌을 좋아하는 건 아무리 늦어도 고등학교 때 떼야 하는 것 아니냐고 비웃는 사람도 있었다.

하지만 나이에 따라 적절한 취향이라는 게 있을까? 물론 보편적인 대중의 취향이라는 것은 있겠으나 그 수준을 따지는 것은 곤란하다. 여자아이에게 인형 놀이를, 남자아이에게 로봇 장난감을 권하며 우리는 평범하다는 틀 안에 취향을 가둘 때가 있다. 고급스러운 취향과 시시한 취향, 당연한 취향과 특이한 취향을 구분 지어 버린다. 자신의 세계에 빠져 있는 사람을 '빠순이' '오타쿠'라고 부르며 사회 부적응자로 여기는 사람도 있지만, 어떤 분야든 스트레스를 해소일 수 있는 확실한 친구를 하나쯤 가지고 있다는 건 인생에 활력이 되는 엄청난 축복인지도 모른다.

내가 느끼는 감흥을 다른 사람과 완벽히 공유하기 어려운 것은 당연하다. 우리는 서로 다른 사람이기에. 가끔은 그 차이를 따지는 것이 참 부질없다는 생각이 든다. 서로 지적하고 신경 쓰면 무엇 하랴. 그냥 각자의 길을 가면 되는걸.

매일 수많은 아이돌이 쏟아져 나오고, 이제는 그들 대부분이 나보다 어리다. 꿈을 향해 온 힘을 다하는 모습을 보면 응원하는 마음으로 눈물이 날 것 같을 때도 있다. 그런 얘기를 하면 세상에서 제일 쓸데없는 것이 연예인 걱정이라며 주변에서 혀 차는 소리가 들리지만 말이다. 하지만 누군가에게는 또 그들이 삶의 활력소와 위로가 되고 있으리라.

싫어한다고 표현해도
괜찮습니다

때로 방송에서 아무거나 잘 먹는 여자를
'내숭이 없다'고 칭찬하는 장면을 보면 어쩐지 마뜩잖다.
나는 내숭을 떨기 위해, 누구한테 잘 보이기 위해
음식을 가리는 것이 아니기 때문이다.

　　　　　지금은 아니지만, 대학을 졸업하고 4년 정도 채식을 했다. 그냥 어느 날부터 갑자기 채식을 시작했는데, 이상하게도 당시에는 고기를 끊는 것이 전혀 어렵지 않았다. 그 좋아하던 치킨에 맥주도 당기지 않고, 텔레비전에 고기가 나와도 먹고 싶다는 생각이 들지 않았다. 환경과 동물에 대한 관심이 특히 깊었던 때라서, 고기를 멀리하는 쪽으로 자연스럽게 몸과 마음이 재정비되었던 것 같다.

채식을 한다고 하면 새로운 사람과 식사할 때마다 똑같은 질문을 듣게 된다. 내가 말하지 않아도 옆에서 누군가가 나를 '채식인'으로 소개하기 때문이다. 때로는 이미 물어봤던 사람이 별생각 없이 또 질문하기도 했다.

　　"왜 그 맛있는 고기를 안 먹어요?"
　　"골고루 안 챙겨 먹으면 병나지 않아요?"

그때마다 구구절절 길게 이야기할 수 없어서 나는 "그냥요"라고 할 때가 많았다. 건강이나 알레르기 때문이라고 하면 그나마 말이 좀 간단해지지만 '동물을 먹는다는 것이 말이에요……'로 매번 분위기를 망칠 수는 없는 노릇이었다.

채식을 하면서 가장 노력했던 것은 고기를 먹는 사람의 마음을 껄끄럽지 않게 만드는 일이었다. '나는 고기를 먹고 싶지 않다'와 '당신이 고기를 먹는 걸 비난하는 게 아니다'를 모두 포괄할 수 있는 적당한 대답을 찾기가 가장 어려웠다. 나도 엄격한 채식주의자는 아니었기 때문에, 고기는 안 먹었지만 고기와 함께 요리한 채소는 먹었다. 친구들과 고기를 먹으러 가면 옆에서 상추에 구운 버섯을 싸 먹고, 술을 마시러 가면 고기와 함께 볶아져 나온 양파나 파프리카를 먹는 식이었다. 그렇게 하지 않으면 사실 누군가와 같이 밥을 먹는 것 자체가 거의 불가능했다.

누구도 불편하게 하지 않으면서 나의 식습관을 지키기란 생각보다 어렵고 몹시 피곤한 일이었다. 나 때문에 회식 장소를 바꾸는 일은 없었고, 바라지도 않았다. 그저 테이블에 올라온 음식 중 먹고 싶은 것만 골라 먹을 뿐인데도 내 식습관은 항상 화제에 올랐다. 순수하게 궁금해하는 경우는 그래도 괜찮았지만 채식을 '안 좋은 습관'으로 보는 경우도 많았다. 직장에서는 점심시간마다 "사람은 원래 고기를 먹어야 건강해"라며 내 식습관을 못마땅해

하는 사람이 꼭 한 명씩 있었고 고기를 안 먹으면 힘이 안 나서 어쩌느냐는 어른들의 걱정은 어떤 설명으로도 그치게 할 수 없었다. 심지어 나를 훑어보고는 '채식한다고 다 마른 건 아니네'라는 말을 우스갯소리로 하는 아저씨도 있었다(직장에서 만났지만 퇴사했으니 아저씨로 해두겠다).

그러다 보면 점심을 혼자 먹는 날이 많아졌다. 회사 근처 카페에 가서 커피 한 잔과 함께 베이글을 시켜 먹는 게 내가 누릴 수 있는 최고의 평화였다. 식사 때마다 참견을 듣는 일에 지치면, 아프다는 핑계로 차라리 굶기도 했다. 하지만 그런 일이 잦아지면 상사는 모든 일에 '점심을 안 먹으니까'라는 이유를 붙이며 꼭 뼈있는 말을 던졌다. 안 먹어도, 적게 먹어도, 고기를 피해도, 다이어트를 하거나 하지 않아도 누군가가 간섭하는 회사의 섭리를 이해하기란 거의 불가능했다.

나는 사람들이 다른 사람의 식습관에 그렇게 깊은 관심을 기울이고 있는 줄 처음 알았다. 왜 점심을 혼자서, 그렇게 부실하게 먹느냐는 소리를 들을 때면 '나의 소중한 휴식시간을 바로 그 잔소리로 망치고 싶지 않아서'라는 말을 혼자서 꿀꺽 삼키고 또 삼켰다. 결국 한번은 모두에게 으르렁거리며 또박또박 말한 적도 있다.

"(점심을 먹든 말든, 소식하든, 채식하든) 제 취향이에요!"

채식뿐 아니라 모든 편식에 대해 우리는 그리 너그럽지 못하다. 비린내 때문에 해물을 못 먹는 사람도 있고, 식감 때문에 오이나 당근을 싫어하는 사람도 있다. 본인의 호불호 정도는 충분히 잘 알고 있는 성인들끼리의 식사 자리인데도 먹기 싫다는 음식을 오히려 더 권하기도 한다. 먹다 보면 맛을 알게 된다는 것이 이유다. 나에게 맛있는 걸 권하고 싶은 마음은 이해하면서도 거절하기 어려운 상대일 때는 역시 불편하다.

곱창, 막창, 무슨 내장 같은 걸 아무렇지 않게 먹는 사람은 '털털'하다고, 반대로 먹기 싫다는 사람은 '유난'이라는 시선으로 보기도 한다. 때로 방송에서 아무거나 잘 먹는 여자를 '내숭이 없다'고 칭찬하는 장면을 보면 어쩐지 마뜩찮다. 나는 내숭을 떨기 위해, 누구한테 잘 보이기 위해 음식을 가리는 것이 아니기 때문이다.

~~~~~

내가 채식을 결심했던 결정적인 계기는 '소나 돼지는 먹으면서 왜 개는 먹으면 안 돼?' 하는 종류의 논란이 지긋지긋했기 때문이었다. 그렇다면 차라리 다 먹지 말자고 생각했다. 하지만 나는 육식에 무조건 반대하는 입장은 아니었다. 동물을 먹는 것이 야만적이라는 게 아니라, 현재의 사육 시스템에 문제가 있다는 생각이었다.

예를 들어 자연에서 닭의 수명은 10년이 넘는다. 하지만 대부분 태어난 지 몇 달 만에 죽거나, 공장식 양계장에 빽빽하게 앉아 평생 달걀을 생산한다. 닭은 밤새 불이 켜진 양계장에서 정상적인 생태에서는 낳을 수 없을 만큼의 많은 알을 낳게 된다. 그 닭과 달걀은 건강할까? 우리는 비징성적으로 키워지고 생산된 음식을 먹고 살아가고 있다.

채식을 해서 우유를 안 마신다고 하면 다들 의아해하며 채식과 우유가 무슨 상관이냐고 묻는다. 문제는 젖소를 학대하다시피 우유를 생산하는 데에 있다. 새끼에게 먹이기 위해 생산되는 젖이지만 정작 송아지는 태어나서 한 번도 먹어보지 못하고 격리된다. 젖소는 열악한 환경에서 또다시 인공 수정으로 새끼를 낳고 젖을 생산한다. 소가 불쌍하다는 이야기는 둘째로 치고, 그렇게 강제로 만들어진 우유는 괜찮을까? 우유를 마시는 건 생명을 죽이지 않는다는 점에서 고기를 먹는 것과 다를지도 모르지만, 젖소를 비정상적으로 사육한다는 점에서는 결국 마찬가지이다.

고기와 우유가 우리 몸에 필요한 영양성분을 얼마나 지니고 있는지, 채식만으로 충분한지 등의 전문지식은 잘 모른다. 다만 이 모든 과정이 비인간적이라는 사실만은 분명하다. 적어도 사육되는 동물들이 정상적인 삶을 누릴 수 있는 적합한 환경에서 살 기회를 주었으면 좋겠다. 고기를 먹지 말아야 한다는 게 아니라, 적어도 자연적인 과정을 지향했으면 좋겠다는 뜻이다. 고기를 덜 먹고 동물 실험을 하지 않는 화장품을 사용하는 것은, 동물들이 태어난 이유를 알 틈도 없이 길러지다 도살되는 빽빽한 사육 시스템에 대한 가장 소극적이고 확실한 저항이었다. 이에 대해 누구를 설득하고 권하기는(내가 그럴 자격이 있나 하는 고찰부터 시작해) 어려워도, 적어도 나 자신은 이해하는 식생활을 갖고 싶었다.

~~~~~

채식을 그만두게 된 것은 결혼하면서부터였다. 남편과 함께 요리하고 밥 먹는 생활을 시작하니 그와 나의 식생활을 딱 잘라 분리하기 어려웠다. 음식의 맛을 함께 느끼며 즐기고 싶기도 했다. 채식을 시작했을 때처럼 자연스럽게 다시 고기를 먹기 시작했다.
채식을 그만두니 이번에는 주변에서 '거봐, 고기 먹으니까 힘이

나지?' '막상 고기 먹으니까 맛있지?'라며 옆구리를 찔렀다. 나는 일종의 신념이자 노력으로서 채식을 해왔기에, 결혼 생활과 나의 식습관을 타협했다는 약간의 찜찜함이 있었다. 내 입장에서 '거 봐, 맛있지?'는 상당히 가볍고 조금은 무례한 반응이었다. 하지만 누가 그렇게 물으면 그냥 어색하게 웃을 수밖에.

밥 먹을 때라도 맘 편하고 홀가분한 시간을 보내고 싶다는 점에서 '혼밥(혼자 먹는 밥)'의 인기는 어쩌면 자연스러운 흐름인지도 모른다. 아플 때 가족이 끓여주는 죽 한 그릇, 반가운 친구와 먹는 예쁜 브런치, 사랑하는 사람과 먹는 든든한 한 끼는 분명히 더 없이 다정하고 따뜻한 시간이다. 하지만 필요 이상의 지적과 참견을 듣는 식사 시간처럼 불편한 때도 없다.

설레는 감정만
사랑일까

설레지 않더라도 계속해서 서로에 대한 마음이

시들지 않게, 예쁘게 꽃피울 수 있도록

물을 주고 빛을 쐬어주며 살아가고 싶다.

12월에는 가뜩이나 각종 행사나 이벤트가 많은데, 그 사이에 남편의 생일도 있다. 자잘한 기념일을 다 챙기지 않지만 생일과 결혼기념일, 크리스마스는 특별한 날로 여기는 편이다. 1년 내내 같은 집에서 함께 살며 무뎌질 수 있는 '특별함'을 몇 차례의 기념일에는 꼭 되새겼으면 좋겠다고, 결혼 전에도 남편에게 말했다. 날짜를 헤아리고 기다리는 것이 유치할 수도 있지만, 좀 유치하면 어떤가. 누가 보는 것도 아닌데.

남편의 생일이 다가와 선물로 뭘 고를까 고민하다가 연애 중인 친구에게 상담했더니 그가 웃으며 물었다.

"결혼했는데도 아직 남편 생일 선물을 고민해?"

결혼했다고 생일이 없어지는 것도 아닌데 당연하지……. 대답하면서도 고개가 갸우뚱해졌다. 선물에는 실제 받게 되는 물건뿐아니라 그 선물을 준비하고 고르는 성의까지 모두 포함되어 있어더 고맙게 여겨진다. 하지만 각자의 경제생활을 하나로 합친 상태에서는 서로의 용돈이나 지출도 대략 알고 있는 만큼, 괜히 돈을 쓰는 것보다 차라리 현금으로 주는 편이 나을까? 나도 내심 그런 생각을 해보지 않은 것은 아니었다. 연애할 때에 비해 현금이 오가는 것이 민망한 사이도 아니니까. 하지만 다소 실용적이지 못하더라도 상대방이 나를 위해 생각하고 고민했다고 생각하면 역시 고맙고 즐겁다. 오랫동안 함께했어도, 혹은 오래 함께한 만큼 더욱 그런 시간이 필요하지 않을까? 소소한 것일수록 소중히 여기지 않으면 사랑은 금방 생활이 된다.

~~~~~

시어머니가 겨울맞이 옷을 사준다고 했다. 물론 감사했지만 늘 받기만 하는 게 죄송스러워 웃으며 사양했다. 시어머니는 다 이해한다는 듯 말씀했다.

"아가씨 때는 옷도 많이 사고 잘 꾸몄는데, 결혼하니까 안 하게 되지?"
"아, 저 원래 옷에 별로 관심이 없어서 그래요. 괜찮아요."

결혼하고 쇼핑을 덜 하게 되긴 했지만, 원래도 옷 욕심이 없는 편이었고 당장 옷이 많이 필요하지 않은 것도 사실이었다. 그러자 옆에 계시던 동네 아주머니가 웃으며 시어머니의 말을 거들었다.

"결혼하니 현실이지, 현실이야!"

순간, 내가 결혼하고 나니 돈이 없어 궁상맞게 낡은 옷만 계속 입고 다니는 사람이 된 기분이 들었던 건 괜한 예민함일까? 스스로를 꾸미는 데 돈을 쓰기보다는 항상 가족들을 위해 희생했던 부모님을 떠올리면 부모님 세대가 우리를 바라보는 마음도 이해가 된다. 많은 부모님들이 우리를 낳은 이후 엄마로, 아빠로서 살아왔고 그것을 기꺼이 받아들였으니까.

하지만 결혼을 기점으로 나의 성제성이 내 의지와 상관없이 돌변하는 듯한 상황은 받아들이기 힘들다. '결혼은 현실'이라는 말이 자꾸만 나에게 한계를 긋는 기분이 든다. 결혼 후 찾아온다는 그 현실이라는 게 도대체 뭘까?

아무리 열렬하게 사랑해서 결혼했다 하더라도 시간이 지나면 결국 정 때문에, 애 때문에 살게 된다고 말하는 사람이 많다. 예능 프로그램에서 유부남 연예인들이 결혼은 무덤이라며 우스갯소리로 말하는 모습을 흔히 볼 수 있다. 결혼을 앞둔 예비 신랑에게

'지금이라도 도망 가' 같은 농담을 던지며 의미심장하게 웃고 깔깔거리는 그들을 보면서 나는 딱 한 가지가 궁금했다. 저 사람의 아내는 지금 텔레비전을 보며 무슨 생각을 할까? 농담은 농담일 뿐이라는 건 알지만, 그 농담이 나는 웃기지가 않다.

서로의 존재가 성가셔지고, 같이 외출하는 게 귀찮아지고, 아이 문제로 싸우고, 돈이 없어 궁상을 떨고, 바가지를 긁거나 잔소리를 하는 것이 앞서 겪은 이들이 말하는 결혼의 '현실'일까? 신혼이 지나면 '좋을 때'는 끝나는 걸까?

이런 조언 아닌 조언들은 신혼이 지나면 우리에겐 더 이상 로맨스도 없을 것이고, 연애할 때 꿈꿨던 이상적인 결혼 생활 역시 바라면 안 된다는 듯 나를 자꾸 바닥으로 끌어내렸다. 결혼 후 부족함과 고난은 당연한 것이니 참고 견뎌야 한다고도 못 박았다.

~~~~~

나는 '아직도 남편 보면 막 설레고 그래?'라는 질문은 썩 적절하지 않다고 생각한다. 물론 한 사람과 오래 지내면 '썸' 단계에서 상대방에게 느꼈던 호기심과 떨림, 설렘은 사라진다. 남편의 큰 손을 꼭 붙잡을 때처럼 여전히 설레는 순간이 있지만, 몇십 년이 지나면 아마 이런 종류의 설렘은 거의 사그라질 것이다. 하지만 '아직도 설레지는 않지'라는 대답 깊숙한 곳에는 두 사람 사이에 생겨난 또 다른 종류의 감정이 숨겨져 있다. 그게 '오랫동안 함께 했는데 다 그렇지. 뜨겁게 사랑할 리는 없고 자식 때문에, 정 때문에 그저 익숙하니까 사는 거야'라는 뜻은 아니다.

먹고 살기 바쁘고, 아이들을 키우느라 개인의 삶은 충분히 돌보지 못했던 부모님 세대와 비교하면 지금 우리는 더 다양한 가치를 추구할 수 있게 됐다. 삶의 변화가 과연 사랑의 추이와 어떻게 연결될지는 잘 모르겠다. 지금의 20~30대가 50대나 60대가 되었을 때는 이혼율과 재혼율이 훨씬 더 높아졌을 수도, 그때도 여전히 '참는 결혼' '현실의 결혼'의 형태로 살아가고 있을 수도 있다. 하지만 결혼이 의무가 아닌 지금, 사랑 없는 결혼을 굳이 유지해나갈 필요가 있을까?

삶의 공간이 겹쳐지고 서로가 익숙해지더라도 사랑의 감정을 유지하기 위해서는 분명 노력이 필요하다. 가족들에겐 때때로 고마운 일이 당연한 일이 되고, 꾸미지 않은 모습도 보여주게 된다. 하지만 태어날 때부터 소속되어 있던 기존의 가족과는 달리 지금의 가족은 나의 의지로 형성한 것이다.

혼자서도 충분히 잘 살 수 있는 세상을 둘이서 함께 헤쳐나가기 위해 군이 공동체가 됐다. 그렇다면 적어도 혼자일 때보다는 나아야 한다. 혼자인 게 편한 만큼 둘이 되었을 때는 서로를 뒷받침해준다는 든든한 이점이 분명히 있다.

~~~~~

결혼은 현실, 원래 나중엔 정으로 사는 것.

그런 말은 일종의 포기이자 체념처럼 들린다. 살다 보면 괴로운 일을 맞닥뜨릴 수도 있고, 경제적인 어려움을 겪을 수도 있다. 하지만 부부가 '현실적'으로 부딪히게 되는 여러 문제는 사실 혼자 살 때도 겪을 수 있는 일이다.

그때마다 '결혼은 현실이니까 원래 그런 것'이라고 생각해버리면 관성적으로 살아갈 수밖에 없다. 오히려 조금 비현실적이더라도 우리가 꿈꾸던 이상적이고 행복한 장면을 '진짜 결혼의 모습'이라는 기준으로 삼고 노력해야 한다. 사랑이 식는 것은 결혼했으니까 겪게 되는 당연한 수순이 아니다. 설레지 않더라도 계속해서 서로에 대한 마음이 시들지 않게, 예쁘게 꽃피울 수 있도록 물을 주고 빛을 쐬어주며 살아가고 싶다.

결혼하지 않겠다고 선택했다면 그것대로 좋지만, 결혼을 선택했다면 당연히 가족으로서 함께 행복해져야 한다. 시간이 지나면 사랑은 당연히 시들해진다고 체념하며 행복을 손바닥 위의 모래처럼 흘려보내지 말자. 당신이 행복하지 않다면 오히려 행복하지 않은 이유에 의문을 품었으면 좋겠다. 함께한 지 오래됐으니까, 결혼했으니까, 엄마가 됐으니까 행복해지기를 포기하지 않아도 된니.

언니,
나 '서른 병'인가 봐

과연 괴로운 지금을 버텨내기 위해
노력할 가치가 있는지 없는지는
자신만 아는 일이다.

"언니, 나 서른 병인가 봐."

"뭐? 중2병은 들어봤어도, 서른 병이 뭔데?"

"그냥 모든 게 불안해."

친한 동생이 어느 날, 오래 다니던 직장이 점점 힘겹게 느껴진다고 털어놓았다. 하지만 결혼하기로 약속한 남자친구가 일을 계속하길 바라고 있어서 무작정 일을 그만두는 건 무책임하게 느껴진다고 했다. 개인적으로 하고 싶은 일이 있지만 잘될지 보장이 안 되니 당장 도전하기도 어렵다는 것이다. 지금 하는 일은 지치는데 대책은 없고, 앞으로의 인생도 불안하다. 그 말을 듣고 보니 '서른 병'이라는 말의 의미가 비로소 짐작됐다.

"전에 같이 일하던 분은 내가 특별하고 장점 많은 디자이너라고 느끼게 해줬는데, 바뀐 실장님이랑 일하는 지금은 내가 아무것도 못하는 무능력자 같아."

회사에 새로 온 상사와 잘 안 맞는 것도 최근 스트레스가 심해진 이유 중 하나인 모양이었다. 직장에서 자신이 '쓸모없는 사람'이라고 느껴지는 순간, 지금까지 기꺼이 감내했던 일들조차 견디기 힘들어진다.

직장 생활을 하다 보면 그 안에서 권위와 권력이 생긴다. 그런데 그 힘을 후배들을 위해 훌륭하게 쓰는 어른은 사실 많지 않다. 경험과 경력을 쌓으며 개구리가 된 어른들은 느리게 헤엄치는 올챙이들을 답답해하며, '내가 너만 했을 땐……' 혹은 '내가 해봐서 아는데……'로 시작하는 문장을 성급하게 내뱉는다. 상대방의 입장이나 상황을 헤아리지 않고 건조하게 질책하는 것을 상사의 당연한 권리처럼 여기기도 한다.

나이가 든다고 모든 게 쉬워지는 것은 아니기에 한편으로는 '꼰대'가 되지 않는 것의 어려움도 이해할 수 있다. 같은 시대를 살지 않았으니, 아래 세대가 답답하게만 보이는 것이 그들의 잘못은 아닐지도 모른다. 구구절절 옳은 얘기를 해줬더니 오히려 잔소리로만 여긴다고 억울하게 생각할 수도 있다.

서른 살 즈음이 되니, 오히려 10대 때보다도 이런 세대 차이를 극명하게 느끼게 된다. 내 가치관이 형성되었기 때문에 다른 세대와의 차이점을 일일이 체감하는 것이다. 그 간극을 완전히 수

용하고 받아들이기란 어렵지만 대부분의 문제는 별다른 대책 없이, 어쩔 수 없다는 말로 귀결되곤 한다. 아랫사람이 윗사람에게 할 수 있는 말의 범위가 극히 한정적이기 때문이다. 그 '어쩔 수 없음'을 참지 못하고 집단에서 벗어나면 결국 실패한 사람으로 여겨질 것이라는 걱정 또한 서른 병의 원인이었다.

~~~~~

인간관계에서도 마찬가지였다. 지금보다 더 나은 사람이 되고 싶도록 만드는 사람이 있는 반면, 나를 같이 수렁으로 끌어내리는 듯한 사람도 있다. 특히 나이로 서로를 한데 묶어 평가하는 사람이 그렇다.

"야, 우리는 이미 늦었어."
"글쎄, 우리 나이에 그걸 시작하겠다고?"

그런 말을 자꾸 들으면 있던 기운도 빠진다. 특히 서른 살이 다가오자 '우리는' 이제 끝났다는 사람들이 많아졌다.
한 살, 한 살 지나가는 그 모든 숫자가 내 인생에 처음이자 마지막인 나이라 특별했지만 앞자리가 바뀔 때의 기분은 특히 색달랐다. 대학생 때만 해도 서른 살이 넘은 사람은 어른의 세계에 속해 있는 까마득한 남처럼 느껴졌다. 하지만 실제로 내가 겪은 서른 살은 여전히 불안하고 흔들리는 나이였다. 지금쯤이면 뭔가 이뤘어야 할 것 같은데 실제로는 아무것도 하지 못했다는 생각이 내가 짊어진 막연한 무게감을 가중시켰다.

서른 살이 되는 것은 내심 부담스러운 일이었다. 스물아홉 살에도 진로에 대한 고민을 계속하고 있는 나 자신으로 미루어보아 한 살 더 먹는다고 뭐가 확 달라지지 않으리라는 건 짐작했지만, 막상 앞자리 숫자가 바뀌자 나에 대한 세상의 기대치가 달라지는 느낌이 들었다. '내가 생각했던 서른 살은 이게 아니었는데……' 라는 생각이 서른 병의 초기 증상인지도 모르겠다.

실패할 수 있는 시간과 기회가 더는 없다는 초조함 때문에 필요 이상의 인내심을 발휘하는 경우도 많다. 직장에 들어갔으면 무조건 1년은 버텨야 한다는 말이나 지금 구직시장이 얼마나 치열한 줄 아느냐는 반협박에 못 이겨 분명히 '아닌 것 같은' 직장에서 자신을 소모할 때도 있었다.

동화 속 영웅들은 험난한 장애물과 아픈 청춘을 이겨내고 마침내 오래오래 행복하게 살았다고 하지만, 그들도 아마 지금 같은 세상에서는 전셋집 구하기도 힘들었을 것이다. 과연 괴로운 지금을 버텨내기 위해 노력할 가치가 있는지 없는지는 자신만 아는 일이다.

흰머리가 날 정도로 스트레스를 받는다면서도 미래에 대한 불확실함 때문에 하루하루를 버티고 있다는 동생에게 내 나름대로 격려하며 씨엥이나 가자고 했다.

> "지금 회사에서 더 버티고 나면 인생이 안정적일까? 그때도 어차피 불안한 건 똑같을걸? 결혼이 좀 늦어지면 어때! 쉬어야 할 때는 쉬고, 해보고 싶은 일이 있을 때 해봐도 괜찮을 것 같아. 괜찮아. 우리, 남의 얘기 너무 귀담아 듣지 말자!"

정답은 아니더라도, 당장의 처방 약이 되기를 바라면서.

이런 칭찬은
정중히
거절합니다

일과 인간관계에서
선택당하지 않고 선택하는 법

02

살 빠졌다는 인사가
싫은 이유

웬만하면 다른 사람에게 '살 빠졌네' 하는

칭찬을 하지 않으려고 노력했다.

상대방이 그 말을 달갑게 들으리라는 걸 알면서도 그랬다.

그 말에 기분이 좋아지는 사람은 반대로 살이 쪘을 때

스트레스를 받는다는 사실을 알기 때문이다.

나는 미용실에 가는 것이 여러모로 참 쑥스럽다. 예쁜 연예인의 사진을 들고 가서 하고 싶은 머리 모양을 설명하는 것도 어색하지만, 설명이 부족하면 언제나 내 생각과는 다른 결과물이 나온다. 가장 좋은 방법은 단골 미용실을 정해 정착하는 것이다. 매번 사진을 들고 갈 필요도 없고, 앞머리 길이를 구구절절 세심하게 설명할 필요도 없으니 편리하다.

미용실의 또 다른 어려움은 머리를 하는 동안 계속 시답잖은 대화를 나누어야 한다는 점이다. 고객이 지루하지 않도록 헤어 디자이너가 계속 말을 걸어주는 셈인데, 사실 손을 움직이기도 바쁜데 대화 소재까지 떠올리려면 얼마나 피곤하겠는가. 그들도 사실 진심으로 원해서 말을 붙이는 것이 아니라고 생각하면 미안하고 부담스럽게 느껴졌다.

한 번은 유쾌하면서도 능숙하게 대화를 이끌어가는 분을 만난 적이 있다. 워낙 밝은 에너지를 뿜어내는 덕분에 사적인 이야기도 가볍게 나눴고, 머리도 예쁘게 잘라주셔서 몇 번을 오갔더니 서로 안부를 묻는 사이가 되었다. 그 후 바빠서 오랜만에 미용실에 갔더니, 그분은 몹시 반갑게 맞아주며 인사를 건넸다.

"어머, 요즘 잘 지냈구나? 왜 이렇게 살쪘어!"

나보다 나이가 많은 것도 틀림없고, 친근한 사이여서 반말은 기분 나쁘지 않았지만 '살쪘네'라는 금기된 문장을 기분 좋게 넘어갈 정도는 아니었던 모양이다. 당시에는 웃고 지나갔지만, 난 다시는 그 미용실에 가지 않았다.

"요즘 편한가 봐? 얼굴 좋아졌다."

오랜만에 만난 지인으로부터 얼핏 들으면 칭찬처럼 건네지는 이 말이 살쪘다는 뜻이라는 걸 알아채는 데는 3초도 걸리지 않는다. 만나자마자 '요즘 맛있는 거 먹고 다녀?' '혈색이 좋은 게 잘 지내나 보다'라고 인사한다면 대부분 살이 좀 붙은 것 같다는 말의 완곡한 표현이었다. 마른 것이 미의 절대 기준처럼 여겨지는 우리나라에서 살쪘다는 말을 듣고 기분 좋을 사람이 있을까? 상대방은 마치 안부 인사처럼, 아무 생각 없이 건넸을 말이지만 이런 말을 듣는 날은 온종일 말의 그물에 삽힌 불고기처럼 마음이 신경질적으로 팔딱거렸다. 그렇다면 살이 빠졌다는 말은 듣기 좋을까?

대학에 가면 저절로 살이 빠진다더니, 그것은 거짓말이기도 하고 진실이기도 했다. 대학 입학 자체로 살이 빠지지는 않았지만 연애를 했더니 별달리 노력한 것도 없는데 살이 빠졌다. 내 팔을 만지거나 허리를 감싸는 등 남자친구의 스킨십을 의식한 탓이었는지, 그에게 살 보이고 싶은 마음에 저절로 입맛이 떨어졌다.

만나는 사람마다 살이 빠졌다고 첫인사를 건네 오자 처음에는 기분이 좋았다. 살 빠졌다는 말이 전보다 보기 좋다, 예뻐 보인다는 말과 동의어처럼 들렸다. 하지만 살이 찌면 찌는 대로, 또 빠지면 빠지는 대로 상대방에게 한마디씩 이야기를 듣다 보니 누구를 만나러 갈 때든 나의 체중 변화를 의식하지 않을 수 없었다. 그러면서 내 몸매가 다른 사람의 시선에 항상 가늠되고 있다는 사실을, 그리고 평가에 내가 휘둘리고 있다는 사실을 천천히 자각했다.

나를 만날 때마다 매번 살이 빠졌다고 칭찬하는 사람은 반대로 내가 살이 찌면 전보다 덜 예뻐졌다고 생각할 가능성이 있는 사람이기도 했다. 말로 꺼내든 그렇지 않든 간에 말이다. 심지어 누군가 '나는 허리는 얇은데 허벅지가 굵어서 스트레스야'처럼 자신의 몸매를 요목조목 따질 때면, 그가 자신만의 냉정한 기준으로 내 몸매 역시 평가를 마쳤을 거라는 생각에 초조해졌다.

지인 중 한 명은 평소보다 몸무게가 늘어나면, 길을 걸을 때마다 지나가는 사람들의 몸매를 유심히 살피게 된다고 했다. 통통한 사람을 보면 '나도 저렇게 보일까?' 하고 자신과 비교하면서, 그러면 안 된다는 걸 알면서도 자꾸 생각하게 된다며 자책했다.

자신에게 '나는 뚱뚱하니까'라는 수식어를 붙이면 제 행동에 점점 제약을 두게 된다. 예쁜 옷을 봐도 이런 옷을 입으면 누군가 어울리지 않는다고 욕할 것 같아 포기하게 되고, 길을 걸을 때도 다른 사람들이 뾰족하게 쳐다보는 듯해 주눅이 든다. 그러나 누가 그 마음을 섣불리 채찍질할 수 있을까? 온 사회가 우리의 몸매에 '예쁨의 기준'을 들이밀며 매서운 눈으로 지켜보고 있는데.

몸매에 관한 인사말을 들으면 들을수록 몸매를 의식하게 된다는 사실을 느끼고부터 웬만하면 다른 사람에게 '살 빠졌네' 하는 칭찬을 하지 않으려고 노력했다. 상대방이 그 말을 달갑게 들으리라는 걸 알면서도 그랬다. 그 말에 기분이 좋아지는 사람은 반대로 살이 쪘을 때 스트레스를 받는다는 사실을 알기 때문이다.

외모가 자기관리의 첫 번째 기준처럼 여겨지다 보니 20대 때는 거의 1년 내내 다이어트 중이었다. 비록 말뿐인 다이어트더라도 어쨌든 항상 살을 빼야 한다는 사실을 의식했다. 하지만 인간관계가 점점 좁고 깊어지면서, 다이어트가 삶에서 아주 중요한 요소라고는 생각하지 않게 되었다. 자존감이 높아져서기 이니라, 주변에 남은 사람들과의 교감이 이제 외모와는 상관없는 단계에 접어들었다고 느껴서이다. 그렇다고 해도 역시 다이어트에 영 초연해질 수는 없을 것 같다. 다만 주변의 좋은 사람들 속에서 몇 킬로그램 찌고 빠지는 게 그리 특별한 화젯거리는 아니었으면 좋겠다. 군이 누군가 지적하지 않아도, 다이어트는 이 사회를 살아가는 모두에게 쉽게 벗어날 수 없는 강박이기 때문에 더더욱 그렇다.

'화장 좀 하고 다녀라'는 말,
걱정인가요?

왜 꾸미지 않느냐는 질문을 너무 쉽게 받는

사회인 탓에 여자들도 화장했는지를 기준으로

자신의 외모를 스스로 검열한다.

화장을 하지 않으면 밖에 나가지 못한다는 개그를

나는 웃으며 들을 수가 없다. 화장하는 것이

남의 '시력 보호'를 위한 것이라는 농담조차 나는 불편하다.

경기도에서 서울로 출퇴근을 하려면 적어도 새벽 여섯 시쯤에는 첫 번째 알람을 맞춰야 했다. 5분에 한 번씩 울리는 알람을 세 개째 듣고 나면 출근 준비할 시간이 40여 분밖에 남지 않는다. 눈을 뜨지도 못한 채 씻고, 긴 머리를 한참 동안 말리고, 주섬주섬 옷을 주워 입은 뒤 버스와 지하철을 한 번씩 타야 하는 출근길에 올랐다. 1호선에 운 좋게 자리가 있으면 앉아서 40분쯤 졸 수도 있지만 그런 행운이 자주 오지는 않았다. 가끔 지하철을 타고 가다 보면 자리에 앉아 화장하는 여자들도 있다. 예의는 아니라지만 그 모습조차 가끔은 대단해 보였다. 가뜩이나 출근길이라 졸리고 피곤한데 사무실에 도착하기 전 화장까지 마치려는 부지런함이라니.

그렇게 사무실에 도착하면 누군가 나를 흘깃 보고 말했다.

"오늘 왜 이렇게 초췌해요?"

초췌함의 기준이 '화장하고 출근한 날의 나'라는 것을 나는 안다. 화장하지 않은 날에만 듣는 말이기 때문이다. 하지만 "그러게요,

하하……"말고는 딱히 대꾸할 말이 없어 자리에 앉아 립스틱이나 꺼내 발랐다.

~~~~~

예전보다 많이 나아지기는 했지만 여전히 여성의 외모를 스스럼없이, 서슴지 않고 평가하는 경우가 많다. 여고 시절에는 주변 남고 학생들이 창밖을 내다보며 지나가는 여자에게 등급을 매긴다는 소문이 돌았다. 대학생이 된 후 남자 동기들에게 물어보니 그중 몇몇이 별다른 거리낌도 없이 사실이라고 인정했다. 자신과 상관도 없는 여성의 외모를 왈가왈부 평가하는 게 그들에게 그다지 부끄러운 일도 아니었던 것이다.

요즘은 초등학생들도 비비크림과 틴트 정도는 바른다지만, 나는 대학생이 될 때까지 제대로 화장을 해본 적이 없었다. 30대가 된 지금까지도 좀처럼 눈썹이나 아이라인을 그리지 않는다. 여러 사람들이 모인 자리에서 이런 말을 하면 누군가 부러움을 섞어 말한다.

"좋겠다. 나는 아이라인 안 그리면 아무 데도 못 나가."

때로는 약간의 빈정거림이 섞인 대꾸도 들을 수 있다.

"오, 자신 있나 봐?"

민낯에 아무리 자신이 있다 한들, 화장해서 꾸민 얼굴만큼 예쁠까? 내가 화장을 하지 않는 이유는 그저 화장에 별 관심이 없기 때문이니. 관심이 없으니 화장 실력이 늘지 않았고, 심지어 "넌 화장을 못하는 것 같아. 차라리 안 하는 게 나은데?"라는 조언(?)을 듣기도 했다.

나름대로 파우더를 찍어 바르고 마스카라도 칠하는데 오히려 어색하다는 소리를 들으니 화장하는 보람이 없었다. 하지만 화장 기술을 키우기 위해 노력해야겠다는 생각은 들지 않았다. 사실 자꾸 번지는 마스카라를 신경 쓰는 것도 피곤하고, 저녁마다 지우는 과정도 귀찮았기 때문에 차라리 잘 되었다는 생각도 했다.

대학생 때까지는 그래도 '아무렴 어때' 하고 민낯으로 잘 다녔지만, 직장인이 되자 화장은 더 이상 선택의 문제가 아니었다. 손님이 오지도 않는 사무실 내에서 우리는 끊임없이 서로를 검열했다. 화장하지 않으면 하지 않는 대로, 또 신경 써서 화장을 하면

하는 대로 외모에 대한 이야기가 인사말처럼 오갔다. 물론 스치 듯 지나가는 가벼운 말에 섞여 있었음에도, 누군가가 매일 내 외모의 컨디션을 점검한다는 것은 점차 견디기 힘들 정도의 스트레스가 됐다.

"얼굴이 왜 그래? 어제 술 먹었어?"라는 질문에 "아뇨, 일찍 잤는데요"라고 대답하고, "오늘 예쁘게 하고 왔네, 데이트 가나?"는 물음에는 "남자친구랑 헤어졌는데요" 하는 식으로 사적인 영역에 관해 물어보는 질문에 절대 솔직하게 대답하지 않는 것이 내 나름대로의 작은 반항이었다.

물론 상황에 맞게 옷을 입고 화장하는 매너는 중요하다. 상대방에게 좋은 인상을 주고 싶은 마음은 누구나 가지고 있는 욕구이기도 하다. 조금 불편하지만 단정해 보이는 정장을 입고, 귀찮지만 아침 일찍 일어나 곱게 눈썹을 그리는 것은 개인의 노력이자 상대방에게 좋은 인상을 주고자 하는 성의이다. 그러나 화장하지 않는 사람의 외모를 평가하거나 심지어 게으르다며 훈계하는 것은 또 다른 문제다. 왜 특히나 여자에게는 깨끗한 피부 화장이나 붉은색 입술 화장이 필수로 갖춰야 하는 예의처럼 요구될까? 어째서 학교나 회사에서 남의 눈을 생각해 화장 좀 하고 다니라는 농담이 허용되는 것일까.

결혼식장에서 신랑이 '절대 바람을 피우지 않겠다'는 당연한 다짐을 할 때 신부는 '항상 나 자신을 꾸미고 가꾸겠다'며 약속하는 모습도 우리에겐 낯설지 않다. 왜 꾸미지 않느냐는 질문을 너무 쉽게 받는 사회인 탓에 여자들도 화장했는지를 기준으로 자신의 외모를 스스로 검열한다. 화장을 하지 않으면 밖에 나가지 못한다는 개그를 나는 웃으며 들을 수가 없다. 화장이 남의 '시력 보호'를 위한 것이라는 농담조차 나는 불편하다.

내 민낯이 누군가에게 '민폐'라는 발상을 스스로 한다는 것은 너무 불쾌하지 않은가. 내 얼굴은 다른 사람에게 보여주거나 인정받기 위한 것이 절대 아니다. 여자는 예뻐야 하고, 꾸미는 걸 게을리 하지 않아야 옳다는 생각을 맞닥뜨릴 때마다 그들에게, 또 자신에게 묻고 싶다. 내가 누구를 위해서 의무적으로 예뻐져야 하는지를.

과한 걱정을 하기엔
우리는 아무 사이도 아닙니다

'진짜 걱정되어서' '애정이 있어서'

하는 말이라기엔 우리는 겨우 잠깐 스친 것뿐이고,

사실 아무 사이도 아니다.

'아리'라고 이름 지은 고양이를 입양한 지 얼마 안 되었을 때였다. 아리는 대학가에 유기된 고양이였다. 새끼 고양이도 아니고 다 큰 성묘였지만, 아리를 보고 우리 부부는 한순간에 마음을 빼앗겼다. 아리도 우리 집에 금방 적응해 구석구석을 돌아다니더니, 며칠만에 거실 가운데 발라당 누워 잠을 자기도 했다.

한번은 아리가 사료를 먹다가 물그릇에 한 알을 빠뜨린 모양이었다. 옆에 많은 사료를 두고도 큰 앞발을 물에 넣고 휘휘 저으며 그 한 알을 꺼내려고 애쓰는 모습이 귀여워 동영상으로 찍었다. 그리고 그걸 SNS에 올렸는데, 누군가 이런 댓글을 남았나

– 애가 너무 말랐네요. 얼마나 배고프면……. 사료 한 알에 집착하는 게 안쓰럽네요.

그 댓글은 소위 말하는 '악플'이 아니었다. 분명 고양이를 걱정해주는 내용이기도 했다. 그런데도 나는 악의적이거나 공격적인 댓글보다 그 댓글에 오히려 더 기분이 나빴다. 내가 애지중지 키우

는 고양이를 '밥도 못 얻어먹는 불쌍한 고양이' 취급하는 것이 불쾌했다. 살이 포동포동해진 아리는 지금도 내가 마시던 물컵이나 얼음을 띄워둔 물그릇에 자주 앞발을 집어넣고, 물을 찍어 먹는다. 물론 그 사람은 그저 측은지심에, 그리고 혹시나 하는 마음에 남긴 댓글이었을지도 모른다. 하지만 앞뒤 사정도 모르고 하는 말치고는 너무 성급한 오지랖이 아니었을까?

~~~~~

요즘 젊은 엄마들은 아기를 데리고 밖에 나가면 처음 만나는 사람들로부터 상상 이상으로 많은 훈수를 듣는다고 한다.

　"아기 옷을 그렇게 입히면 감기 걸려!"
　"우리 땐 아무거나 다 먹였는데 간식 좀 먹는 게 어때서?"
　"모유 수유는 하고 있어?"

어느 정도는 관심이고 애정이지만, 듣는 사람이 불쾌하다면 지나친 오지랖일 뿐이다. 예전에는 이웃 간에 육아를 공동으로 하다시피 했다지만, 요즘은 휴대전화로 검색 한 번만 해도 정보가

범람하는 시대다. 삶의 형태가 다양해지다 보니 아기마다 상황이 다르고, 부모마다 가치관이 다르다. 이제는 각자의 방식을 있는 그대로 존중해주는 게 오히려 애정을 표현하는 옳은 방법이다. 그들도 다 충분한 고민과 생각을 거쳐서 하는 행동이기 때문이다.

사람들은 자신의 경험이 세상의 전부라고 생각하는 오류를 자주 저지른다. 어떤 긴 여기에서 우연히 만난 외국인이 친절했다면 '그 나라 사람들은 우리나라랑 달리 낯선 사람한테도 참 친절하더라'고 쉽게 생각해버린다. 사실 개인의 경험은 전체의 지극히 일부일 뿐인데도 이미 겪어본 일인 만큼, 남들보다 더 잘 알고 있다는 무의식에서 남들에게 자꾸만 조언을 하게 된다. 하지만 '진짜 걱정되어서' '애정이 있어서' 하는 말이라기엔 우리는 서우 잠깐 스친 것뿐이고, 사실 아무 사이도 아니다.

'남의 잔치에 감 놔라 배 놔라 한다'는 속담까지 있는 걸 보면 옛 조상 중에도 오지랖 넓은 이들이 심심찮게 있었던 모양이다. 최근 들어 고양이를 예뻐하는 사람이 많아진 건 반길 일이지만, 문제없는 사진이나 글에도 '저거 동물 학대 아닌가요?' 하는 불편한 댓글이 달릴 때가 자주 있다. 정말로 학대받는 동물이나 아이를 봤을 때 지나치면 안 된다는 사실은 명백하다. 하지만 섣불리 자기 생각을 강요하는 것은 곤란하다. 어디에든 기본적으로 지켜야 할 원칙은 있지만, 실수로 떨어진 퍼즐 조각 하나만 보고 전체 그림을 짐작하는 것은 너무 섣부른 일일지도 모른다.

고양이를 예로 들면, 학대받고 있는지 아닌지는 사실 고양이의 태도를 보면 단번에 알 수 있다. 고양이는 사람이 시킨다고 해서 절대 싫어하는 자세를 평온한 표정으로 유지하지 않는다. 불편한 사람에게 억지로 친한 척하는 가식적인 사교성은 그다지 없는 동물이다.

내 고양이가 무엇에 스트레스받는지, 또 어떤 놀이를 즐거워하는지 가장 잘 알고, 깊은 관심을 두는 사람은 바로 보호자다. 문제를 실제로 해결해줄 수 있는 사람도 마찬가지다. 세상의 문제 대부분이 그렇다.

나는 '나쁜 의도는 아니었는데'라는 말을 좋아하지 않는다. 세상에 완전한 악인은 드물다고 생각하기 때문이다. 정말 악의가 있어서 남에게 손해를 끼치는 경우보다는 장난으로, 심지어 좋은 의도로 한 행동이 상대방의 기분을 상하게 하는 일이 더 많이 일어난다. 그러니까 남에게 조언을 건네기 전에 내가 선을 넘고 있는 건 아닌지 먼저 생각해봐야 한다. 선의로 건넨 말이 상대방에게는 상처가 될 수도 있다. 세상엔 내가 알고 있는 삶의 방식만 존재하는 것이 아니기 때문이다.

내 삶의 엑스트라에겐
신경 쓰지 마세요

욕을 좀 먹을지언정,

'남들이 좀 이상하게 보면 어때?'라는 생각이

나를 홀가분하게 한다면 그걸로 됐다.

운 좋게 열흘이나 이어진 긴 추석 연휴를 맞아 남편과 유럽 여행을 가기로 했다. 마침 휴가 기간에는 우리 부부의 두 번째 결혼기념일도 끼어 있었다. 연휴 계획을 이야기하니 한 친구가 "유부녀가 추석 때 여행을 가?" 하고 물었다. 별말 않고 웃었지만, 여름휴가도 건너뛰고 바빠 일한 우리에겐 인상을 잊을 수 있는 조금 긴 휴가가 간절히 필요했다.

이탈리아에서 3박, 스페인에서 3박을 하는 6박 8일 일정이었고 그중 이틀은 이탈리아의 휴양지 포지타노, 이틀은 스페인의 휴양지 메노르카에서 보내기로 했다. 그중에서도 특히 기대한 곳은 스페인의 작은 섬인 메노르카였다. 우연히 본 사진 속, 하늘을 그대로 비추는 투명한 바닷물에 완전히 반해버렸기 때문이다.

서울에서 제주도를 가듯이 마르셀로나에서 다시 비행기를 타고 메노르카에 도착했고, 렌터카를 빌려 우리가 예약한 리조트로 향했다. 처음에는 이국적인 느낌보다는 제주도 시골길을 달리는 기분이었는데, 해변에 다다르자 생전 처음 바다를 마주한 듯 가슴이 설레었다. 파란 하늘보다 더 투명한 바다, 햇빛 조각이 살아 움직이듯 파도 위를 꿈틀거리는 모습, 모래 위에 테이블을 펼쳐

놓고 영업하는 해변의 레스토랑까지……. 휴양의 삼박자를 완벽하게 갖춘 이곳에서는 먹고, 수영하고, 먹고, 한숨 자는 것밖에는 해야 할 일이 없었다.

~~~~~

한국인의 발길이 전혀 닿지 않는 곳은 아니지만 동양인이 거의 없다는 후기를 보긴 했는데, 2박 3일을 머무는 동안 실제로 우리처럼 머리가 까만 동양인은 한 명도 보지 못했다. 그 탓인지 한번은 조식을 먹는 동안 옆 테이블에 앉아 있던 독일인 중년 부부가 말을 걸어왔다.

"너희 어디에서 왔니?"
"한국에서 왔어요. 여기까지 열다섯 시간."
"세상에! 우리는 두 시간밖에 안 걸렸어. 어떻게 여기에 올 생각을 했어?"
"그게, 우연히, 웹서핑, 사진, 멋진 풍경!"
"맞아, 여기 풍경이 정말 멋져. 너희 나라는 지금 덥니, 춥니?"
"음. 여기랑 비슷해요."

비록 짧은 영어 때문에 그들의 궁금증을 다 충족시켜줄 수는 없었지만, 우리 부부에 대해 궁금해하며 관심을 두는 것을 보니 정말 먼 거리를 날아왔다는 실감이 났다. 바르셀로나에서만 해도 유명하다는 맛집을 찾아가면 그 나라 사람들보다 한국인이 더 많을 정도였다. 예전에는 외국에서 한국인을 만나면 반가웠지만, 요즘은 해외 어딜 가나 한국인들이 있으니 오히려 그게 평범하고 당연한 풍경처럼 느껴졌다. 그러다 이 작은 섬에서 어딜 가나 눈에 띄는 유일한 동양인이 되자 마치 생애 첫 여행을 온 것처럼 생소해졌다.

가장 좋은 점은 다름이 아니라 거리낌 없이 비키니를 입을 수 있다는 사실이었다. 남편도 수영장에서 꼭 챙겨 입던 티셔츠를 벗었다. 주변에 한국인이 없다는 게 이토록 자유로울 일이었을까? 뜻밖의 해방감이 느껴져 사실 나 자신도 다소 의아했다. 그러고 보면 여태껏 나도 모르게 비키니 입을 자격 같은 것을 스스로 검증하고 있었고, 대개 그 합격선은 상당히 높아 통과하기 어려웠다. 하지만 메노르카의 해변에는 수없이 다양한 체형의 사람들이 자연스럽게 햇볕을 즐기고 있었다. 그 와중에 혼자서 뱃살을 가리려고 주춤거리는 것이 더 우스운 일이었다.

왜 외모 콤플렉스를 한국인에게 들키는 것은 창피하고, 외국인들에게 보이는 것은 아무렇지 않을까? 어차피 외국인들은 나의 뱃살에 관심이 없다고, 그들의 문화권에서는 좀 통통한 것도 부끄럽거나 숨길 일이 아니라고 생각하기 때문일 것이다. 뭐, 사실은 아닐지도 모르지만 첫째로는 말이 통하지 않고 둘째로는 그들의 문화를 실질적으로 체감할 기회가 없었기 때문에 멋대로 생각하는 것이 별로 어렵지 않다.

반면 내가 속해 있는 문화권, 즉 사회 내부의 '일반적인' 기준을 내가 너무나 잘 알고 있는 사회에서는 조금 다를 수밖에 없다. 무슨 의미가 담겨 있는지 짐작하기 쉬운 사람들의 시선을 모르는 척하기란 결코 쉽지 않다. 내 몸매에 이런 옷을 입는다고 옆에서 욕하지 않을까? 내가 SNS에 올릴 사진을 찍는 걸 보고 저 사람이 허세 부린다고 생각하진 않을까? '나만 즐거우면 됐지' '내가 좋은데, 뭐'라고 생각해보지만, 그 생각을 탄탄하게 지지해주지 않는 사회다. 그래서 무의식중에 끊임없이 스쳐 가는 자기검열이 멈추는 순간, 자유로움을 느낄 수밖에 없는 것이다.

물론 우리 사회 역시 조금씩 달라지는 분위기다. 예전에는 혼자 밥을 먹으면 사회성이 없다며 이상하게 여겼지만, 요즘에는 남의 눈치를 보지 않고 '혼밥'이나 '혼술'을 즐기는 사람들이 많아졌다.

상사가 일을 하고 있어도 업무를 마치면 정시에 퇴근하는 '당돌한' 신입사원들도 생겼다. 욕을 좀 먹을지언정, '남들이 좀 이상하게 보면 어때?'라는 생각이 나를 홀가분하게 한다면 그걸로 됐다. 남에게 피해를 주지 않고 내 역할을 다하고 있다면, 굳이 내 삶의 엑스트라들에게까지 잘 보이려고 노력할 필요가 있을까?

꿈처럼 아름다운 해변을 떠나 다시 열다섯 시간 이상 비행기를 타고 돌아오는 길은 멀고 험했다. 하지만 염려할 거리가 전혀 없어 충만한 휴가였다. 결국 삶은 생각하기 나름이라는 막연한 사실이 조금이나마 피부로 와닿았다. 내가 스스로 들이댔던 수많은 기준이 절대적인 수치는 아니었다는 것, 머리로는 알지만 좀처럼 벗어나기 어려웠던 갑갑한 벽에 조금은 틈이 생겼다.

너 왜 그렇게 예민해?

어떤 이들은 이런 사회 분위기 때문에
공포를 느낄 때도 '내가 예민해서 그런가?'를 먼저 고민한다.
그저 피해의식이나 예민함 같은 감정으로 치부하는 대신,
실제로 일상생활에 불편과 불안 요소가 있다는 사실을
인정해야 다음 해결책으로 넘어갈 수 있다.

집에 혼자 있을 때 누군가 벨을 누르면 대체로 없는 척을 한다. 집으로 찾아올 만한 손님이 없기도 하고, 혹 무언가를 권유받아 괜한 실랑이를 하는 것도 피하고 싶다. 하지만 제일 큰 이유는 역시 여자 혼자 있다는 사실을 늘키느니 차라리 '빈집'이 안전하다고 여기기 때문이다.

내가 특별히 안전에 민감한 편이라고 생각하지는 않는다. 혼자 살고 있는 여성 대부분은 한 번쯤 자신의 보금자리의 안전에 대해 불안을 느껴봤을 것이다. 남자 신발이라도 하나쯤 갖춰놔야 이 집이 혼자 사는 집처럼 보이지는 않겠지 싶어 안심하게 된다.

혼자서 자취할 때는 되도록이면 배달 음식도 시켜 먹지 않으려고 했다. 마지못해 낯선 이에게 문을 열어줘야 할 때는 머릿속으로 혹시 모를 상황을 상상해보기도 했다. 만약 위험한 상황이 닥친다 해도 나의 민첩하지 않은 몸이 제대로 움직여줄 것 같지는 않았지만 말이다. 모든 방문객을 괜히 오해하는 것은 미안했지만, 물리적인 약자로서 뉴스에 나오는 끔찍한 일들이 나에게는 일어나지 않으리라는 보장이 없었다. 피해자 대부분은 예기치 못한 상황에서 아무런 잘못 없이, 그저 힘이 약하다는 이유로 표적이 되었기 때문이다.

내가 가장 싫어하는 상황은 택배나 음식 배달을 받기 위해 현관 문을 열었을 때, 그쪽에서 힘을 주어 문을 활짝 잡아당기는 것이다. 특히 음식 배달은 애플리케이션으로 결제를 마치기 때문에, 굳이 현관문 안쪽까지 들어오지 않고 손만 뻗어 음식을 건네주는 분이 가장 좋다. 반면 내가 문을 열자마자 그쪽에서 문을 잡아당겨 현관 안으로 한 발짝 들어오면 순간적으로 참 많은 생각이 든다. 거의 집 안까지 들어와 씩 웃는 배달원을 봤을 땐 그가 일부러 그러는 것 같다는 기분이 스쳐 갈 때도 있었다. 물론 바쁜 분들이라 별생각 없이 습관적으로 하는 행동일지도 모르니, 실은 이런 사소한 상황에 일일이 가슴을 덜컥 내려앉게 하는 사회가 가장 문제일 것이다.

~~~~~

이런 사소한 공포심을 이해하는 남자들도 있지만, 대수롭지 않게 여기는 시선도 적지 않다. 여자들은 아빠, 친구, 애인으로부터 남자는 다 늑대니까 조심하라고, 여자 혼자 있는 집에 남자를 들이는 게 웬 말이냐고, 어두운 길 말고 환한 길로 다니라고 하는 말을 수없이 듣게 된다. 그런데 막상 여성을 대상으로 한 무차별 범죄가 사회적 문제라고 하니 왜 모든 남자를 잠재적 범죄자 취급하느냐고 억울해한다. '남자는 원래 성욕이 강한 동물'이라서 여자들이 알아서 몸가짐을 조심해야 한다는 말에 피해자가 아니라 가해자가 조심해야 한다고 지적하면 '내가 안 했는데 왜 남자를 싸잡아서 욕하냐'고 한다.

여자인 나도 오해받는 남성들의 억울함을 이해할 수 있다. 어떤 남자들은 잠재적 범죄자 취급이 억울할 것이고, 지하철에서 손을 조금만 잘못 둬도 오해를 받기에 십상인 것도 불합리하다고 느낄 것이다.

하지만 '아직' 아무 일 당하지 않은 여성들의 불안함도 그만큼 이해받아야 한다. 어떤 이들은 이런 사회 분위기 때문에 공포를 느낄 때도 '내가 예민해서 그런가?'를 먼저 고민한다. 그러나 대부분의 경우, 일상생활에서 느끼는 공포는 아주 당연한 것이다. 그저 피해의식이나 예민함 같은 감정으로 치부하는 대신 실제로 일상생활에 불편과 불안 요소가 있다는 사실을 인정해야 다음 해결책으로 넘어갈 수 있다. 여성들이 일상적으로 느끼는 경계심과 공포감은 비단 여성들만이 감당해야 할 몫이 아니기 때문이다. 이 문제는 성별 갈등이 될 필요가 없다. 남자에게도 범죄자는 비난의 대상이 아닌가. 많은 젠더 문제가 그렇듯, 여성들이 느끼는 불안감을 해결하면 남성들이 느끼는 억울함의 원인도 없어진다. 즉, 일상에서 불안함을 느끼는 여성들이 적어지면 사소한 일로 오해받는 남자들도 그만큼 줄어든다는 이야기다.

~~~~

얼마 전에는 오랜만에 만난 친구의 얘기를 듣고 깜짝 놀랐다. 그친구도 혼자 자취를 하고 있는데, 어느 날 밤, 아홉 시가 넘어서 누군가 문을 두드리더란다. 올 사람이 없어서 조용히 숨을 죽이고 있었는데, 몇 번인가 문을 더 두드리더니 '삐삐-' 하고 비밀번호 누르는 소리가 났다고 한다. 깜짝 놀라서 벌떡 일어나 꼼짝도 못하고 현관문을 보고 있으려니 헤어진 전 남자친구가 문을 열고 들어왔다는 것이다. 이게 무슨 짓이냐고 하니, 그는 '그냥 보고 싶어서' 왔다고 변명했다. 게다가 남의 집에 무단으로 들어오는 행동이 범죄라고 지적하자 '좋아해서' 그런 건데 범죄자 취급을 한다며 매우 섭섭해했다고 한다. 그는 얼마 후, 친구가 남자 동료와 함께 있는 것을 봤다는 이유만으로 '쌍욕'을 담은 문자를 보냈다.

만약 그가 멋대로 비밀번호를 열고 들어왔는데 내 친구가 다른 남자와 함께 있었다면 어떤 일이 벌어졌을까. 다른 남자와 대화하는 모습만 보고도 친구에게 헤프다고 욕했던 전 남자친구는 과연 점잖게 발길을 돌렸을까? 그 생각을 하니 솔직히 아찔했다.

여성이 남성과 물리적인 힘이 비슷했다면 어땠을까. 얼마든지 짧은 치마를 입고, 밤길을 당당하게 걷고, 잠자리는 할 마음이 없어도 모텔에 들어갈 수 있을까? 지금과 같은 상황을 원하지 않는 것은 잠재적 범죄자 취급이 억울한 남자들보다 도리어 밤늦게 택시를 타고 싶고, 초인종 소리가 들려도 경계심을 뾰족하게 세우고 싶지 않은 여자들 쪽이다.

사람은 자신이 겪지 않은 일에 대해서는 한 걸음 벌어져 이야기할 수밖에 없다. 비단 남녀문제가 아니라도 마찬가지다. 하지만 겪어보지 않아 도저히 공감이 가지 않는 다른 세계 얘기라도 그 입장이 되어보려고 노력하다 보면, 갈등의 골은 조금씩 좁혀진다. 억울하게 받는 오해나 역차별 해소도 중요하지만, 우선 일상의 공포에 대해 조금이라도 공감받고 싶다. 적어도 내 친구나 가족이 그 공포를 무신경하게 관망하지는 않았으면 좋겠다.

일하는데
남의 연애사가 왜 궁금한가요

하고 싶지 않은 이야기를 꼬치꼬치 묻고,

업무를 평가하는 자리까지 끌고 오는 것은

결코 즐겁지 않다. 나의 연애 세포가 깨어 있는지

죽어 있는지는 일일이 보고하고 싶지도 않고,

실제로 업무와는 전혀 상관없는 이야기다.

SNS에 막 발을 들여놓았을 때, 멋모르고 직장 동료들과 서로 친구를 맺었다. 점심시간에 커피라도 한잔하면서 수다를 떨다 보면 서로 직장 동료 이상의 연대감이 제법 느껴질 때가 있었다. 서로 '좋아요' 정도는 눌러줄 수 있는 사이라는 생각이 들면, 별 부담 없이 아이디를 공유하곤 했다.

하지만 직장 관계는 친구 관계처럼 언제나 다정하리라고 보장되어 있지 않았다. 친했던 동료가 얄미워지기도 했고, 친절하던 사수가 별것 아닌 이유로 화를 내서 그날 기분이 엉망이 되기도 했다. 반대로 후배에게 무언가 실수했다는 생각이 들면, 그가 퇴근 후 술자리에서 나를 안주 삼고 있지는 않을까 찜찜하기도 했다. 그럴 때면 주말에 올린 사진에 뜨는 '[직장 사수] 님이 회원님의 게시물을 좋아합니다' 알림만 봐도 괜히 가슴이 덜컥했다. 주말엔 누구에게나 쉴 권리가 있다는 걸 알면서도, 괜히 주말에 논 이유를 변명해야 할 것 같은 묘한 부담감이 스치고 지나갔다. 월요일 아침에 출근하자마자 누군가로부터 '어제 술 많이 먹었어?'라는 질문을 몇 번 듣고 나서야 이건 아니다 싶었다.

더 신경이 쓰이는 건 나의 연애사를 시시콜콜 언급하는 사람들이었다. SNS에 연애하는 티를 내면 헤어질 때마다 그 사실을 보고해야 하고, 그건 사람들에게 자진해서 가십거리를 던져주는 셈이었다. 그렇다고 계정을 탈퇴하면 또 무슨 일 있었냐는 소리를 듣게 될 것 같아서, 나는 결국 직장 동료들 몰래 새 아이디를 만들었다.

~~~~~

SNS는 한동안 많은 직장인을 피곤하게 하는 문제였다. 심지어 회사에서 채용 전에 SNS를 확인하는 경우도 있어서, 사적인 영역이라 믿었던 부분까지 자기검열이 필요해졌다. 내 사생활까지 공유하고 싶지 않다는 마음이 멀쩡한 아이디를 버리고 새 아이디를 만들게 된 가장 큰 이유였다. 엄마와도 시시콜콜 나누지 않는 이야기를 회사에서 일일이 묻는 통에 지쳐버린 것이다.

남편과는 몇 년 전 사내커플로 만났는데, 회사에서는 두 사람 중 한 명이라도 조금만 컨디션이 안 좋아 보이면 '둘이 싸웠어?' 하는 식으로 연애 관계를 들먹였다. 애초부터 우리가 사귄다고 먼저 공개한 것이 아니라, 연인 관계가 되기 전부터 주변에서 둘 다 20대라는 이유로 사이를 하도 엮었던 탓에 사귀고 나서는 관계를 군이 부정하지 않았을 뿐이었다. 나이 비슷한 남녀가 한 사무실에 있다는 이유만으로 사귀라며 등 떠미는 것도 모자라, 일하는 동안에도 연애에 관련된 코멘트가 툭툭 튀어나오니 사생활을 조금도 존중받지 못하는 느낌이 들었다.

퇴사 후 다른 회사에 들어갔을 때는 야근을 강요하는 분위기가 아니었는데도, 정시에 맞춰 퇴근하려면 꼭 이유가 필요했다.

"왜 벌써 퇴근해? 데이트하러 가?"

처음엔 남자친구가 있다는 말을 일부러 하지 않았다. 남자친구 유무를 밝히지 않았는데도 일하다 실수를 하면 상사가 꼭 '연애하느라 요즘 정신없지?'라고 농담인 척 비아냥거렸기 때문이다. 도대체 왜 그리 남의 연애에 관심이 많고, 왜 다른 사람을 연애에 목숨 건 여자로 취급하는지…….

친해지기 위해서, 혹은 친근한 회사 분위기를 만들기 위해서 사적인 질문을 던지는 것이 무조건 싫다는 뜻은 아니다. 하지만 하고 싶지 않은 이야기를 꼬치꼬치 묻고, 업무를 평가하는 자리까지 끌고 오는 것은 결코 즐겁지 않다. 나의 연애 세포가 깨어 있는지 죽어 있는지는 일일이 보고하고 싶지도 않고, 실제로 업무와는 전혀 상관없는 이야기다.

당시 회사에서 자꾸 연애를 언급한 이유 중 하나는 뒤늦게 짐작하게 됐다. 대표는 여자 직원들에게 결혼을 늦게 하라는 압력을 자꾸 가했다. 연애하면 일을 제대로 못하며, 결혼하면 직장에 소홀해질 거라고 여긴 것이다. 출산 휴가 등의 복지는 있었지만 그런 일이 생기는 것 자체를 최대한 늦췄으면 하는 회사의 바람은 확실하게 전해졌다.

결혼하면 회사에 나의 가정사를 털어놓아야 하는 정도는 더 심해진다. 친구 한 명은 스물여섯 살에 비교적 이른 결혼을 했다. 당시 다니던 회사를 그만두고 이직을 위해 면접을 보러 다녔는데, 결혼했다고 하니 매번 같은 질문을 들었다고 한다.

"임신 계획은요?"

조직을 위해 공과 사를 구분해야 한다면서, 공적인 자리에서 그토록 사적인 질문을 해도 되는 걸까? 이 회사에 채용되기 위해서는 어떤 대답이 필요할지 생각해보자. 임신 계획을 두 팔 벌려 환영하며 묻는 말은 아닌 것 같으니, 합격하고 싶다면 거짓말을 해야 할까? 아니면 당장은 아니지만 언젠가는 임신 계획이 있다고 솔직하게 말하고 마이너스를 감수해야 할까?

결혼하지 않은 여성이라고 해도 사정은 다르지 않다. "결혼은 아직 안 하셨네요. 계획은 없으시고요?" 면접 때마다 남자에게도 매번 이렇게 질문하는 것 같지는 않다. 자녀 계획이 그들의 커리어에 지장을 주지 않는다는 전제가 깔렸기 때문이다. 그러니 남자든 여자든 간에 출산 휴가나 육아 휴가를 쓰려면 회사 눈치를 보며 퇴사까지 각오할 수밖에 없는 건 면접 때부터 애초에 정해져 있는 일이다. 여성이 30대 중반이 넘어가면 사회에서 사라지기 시작하는 이유도 아마 같은 맥락의 연장이리라.

임신과 출산으로 공백이 생기는 것을 달가워하지 않는 회사의 입장도 이해가 된다. 하지만 아기를 낳고 기르는 것은 여성만의 일이 아니다. 나중에 우리 아버지 세대가 그랬듯 한쪽이 '돈 벌어오는 기계' 같다는 허무함을 느끼지 않으려면, 부부가 육아를 함께하고 가족다운 가족을 위해서 노력할 수 있는 분위기가 되어야 한다. 일과 육아의 기회가 성별과 관계없이 균등하게 주어질 수 있도록, 그리고 여성만 출산 계획의 부담을 떠안지 않도록 회사가, 사회가, 국가가 함께 노력해야 할 것이다. 물론 직원의 연애사보다 훨씬 더 중요한 문제라는 사실은 말할 것도 없다.

시집가도 되겠다는 말이
칭찬이라고?

적어도 요리와 청소를 잘한다고

시집갈 준비가 되었다는 칭찬은 듣고 싶지 않다.

결혼과 가사가 모두의 최종 목적지는 아니기 때문이다.

시집가도 되겠다는 칭찬을 많이 들어보지는 않았다는 점을 먼저 고백한다. 오히려 아주 어릴 때는 친척들로부터 종종 들었던 말이다. 엄마 옆에서 부엌일을 꼼지락거리며 도와주고 있으면 누군가 "어이구, 시집가도 되겠다"며 웃었다. 집안일을 잘할 것 같은 '싹수'가 보이기만 해도 칭찬을 받았던 시절이었으나, 커서는 그것만으로 충분하지 않았던지 나에게 시집가도 되겠다고 말하는 사람은 없었다. '시집갈 때 다 됐다'는 말은 했어도.

예쁘게 요리해 꾸민 식탁 사진을 SNS에 올리거나 심지어 지나가는 아기를 보고 예쁘다고만 말해도 '어머, 시집갈 때 됐나 보다'는 말을 쉽게 들을 수 있다.

요즘은 별로 쓰지 않는 말이지만 내가 어릴 때 '신부 수업'이라는 말도 흔했다. 집안을 돌볼 수 있는 능력이 생기면 여자는 결혼해도 된다는 의미인 모양이다. 그나저나 요즘은 남녀 구분 없이 1인 가구가 그렇게 많아지고 있다는데, 다들 밥은 잘 먹고 다니겠지?

독립하고 나서야 누군가의 노력 없이는 집이 사람 사는 공간의 형태를 절대 유지할 수 없다는 사실을 알았다. 아무리 어지르지 않는다고 해도 바닥에는 머리카락이 수없이 떨어졌고, 조금만 방심하면 빨랫감이 바구니에서 튀어나와 집안을 어수선하게 만들었다. 먹었으면 반드시 설거지를 해야 했고, 방 안에 무심코 벗어둔 양말을 세탁기에 넣어주는 사람도 없었다. 냉장고 안에서 최초의 형태를 잃고 흐물흐물해진 채소를 버리거나 하수구에 낀 머리카락을 빼는 것 역시 나의 일이었다. 아무리 집에서는 잠만 잔다고 해도 실제로는 최소한의 '돌봄'이 필요했다.

집안일은 사회에서 돈을 벌기 위해 하는 일과는 또 다르다. 적어도 우리는 10년이 넘는 학창 시절 동안 기본적인 지식이나 교양을 쌓는 것은 물론, 최종적으로는 사회 구성원으로서 일할 수 있도록 교육받는다. 남자든 여자든 동일하다. 그런데 집안일은 '엄마'가 시키지 않는 한 사신해서 관심을 가져본 적이 없었다. 가끔 설거지하고 빨래를 널었지만 그게 집안에 매일 발생하는 일이라고는 실감하지 못했다. 독립 후 혼자 자유롭게 산다는 사실에 신이 났다가도 집이 이토록 손이 많이 가는 공간이라는 데는 아연하며 놀랐다. 물론 그제야 엄마에게 미안해졌다.

집안일은 정말이지 재미가 없었다. 직업적인 일은 결과가 확연히 나오는 반면 집안일은 성취감도 없고, 말 그대로 생존을 위해서 해야만 하는 것이었다. 나는 내 공간을 꾸미는 것에조차 별 흥미가 없다는 사실도 깨달았다. 나만의 공간이 생기면 예쁜 가구도 사고, 소품도 채워 넣고, 인터넷에서 본 수많은 셀프 인테리어 요령을 따라 하며 즐길 줄 알았는데 전부 그냥 귀찮았다. 시집가도 되겠다는 칭찬이 뚝 끊긴 건 당연한 일이었을지도 모른다.

예능 프로그램에 종종 남자 혼자 사는 집이 어질러져 있거나 옷이 마당에서 구겨져 돌아다니며, 혹은 그가 밥 대신 라면으로 끼니를 때우고 있으면 그 모습을 보고 주변 사람들이 빨리 결혼을 해야겠다며 혀를 차는 장면이 나온다. 결혼하면 저절로 집안일에 능숙해진다는 의미는 아닐 테니 집안일을 해줄 아내를 만나야 한다는 뜻일 것이다. 집 관리는 누구나 해야 하는 일이다. 깔끔하게 잘하는 사람도 있고, 못하지만 그럭저럭 사는 사람도 있을 것이다. 잘하지 못한다고 해서 누군가에게 그 일을 전부 떠맡겨도 된다고, 도대체 누가 정한 걸까?

결혼 이전에 자취하는 경우도 있지만 부모님과 함께 살다가 결혼하는 경우에는 결혼이 곧 독립이기도 하다. 부모님이 모든 걸 해주던 시절에서 빠져나와 이제 집을 내 손으로 꾸려 나가야 한다. 신혼부부가 겪는 갈등 중 상당 부분이 바로 이 지점에서 파생된다. 집을 집답게 유지하기 위해 필요한 수없이 많은 노동은 두 사람이 시행착오를 거쳐 함께 해나가야 하는 것이 당연하다.

지금까지 해본 적이 없다는 이유로 "나 이런 거 할 줄 몰라"라고 당당하게 말하는 건 사실 부끄러운 일이다. 그런데도 엄마가 했던 일이니까, 같은 성별인 아내도 당연히 잘하리라 생각하는 경우가 있다. 여자라고 전부 집안일 능력은 기본으로 하는 '집안일 패치'를 장착하고 태어났겠는가. '집안일 능력 시험' 같은 게 있어서 합격자 한정으로 결혼 자격증이 나오는 것도 물론 아니다.

시집가도 되겠다는 말은 어쩌면 이전 세대가 여성에게 할 수 있는 최대의 칭찬이었을지도 모른다. 돈 잘 버는 좋은 남자를 만나서 안정적인 가정을 꾸리는 것이 여자가 누릴 수 있는 최고의 행복이라고 모두가 믿었던 시절이 있으니까. 심지어 어느 목사가

"어디 여자가 기저귀 차고 강단에 올라와?"라고 말했던 것이 겨우 2003년의 일이다. 요즘은 그렇게까지 노골적이지는 않더라도 많은 여성이 여전히 유리천장의 존재를 느낀다. 여자는 결혼하면 일보다 가정에 충실해야 한다는 인식이 아직도 만연하기 때문이다. 하지만 결혼해 일을 그만두고 다른 한 사람 몫의 집안일까지 짊어질지를 결정하는 것은 결혼에 따른 의무가 아니라 부부의 선택이다.

부부 중 한 사람이 전업주부가 된다는 건 시집(장가)을 잘 간 것이 아니라 단지 배우자와 가정을 유지하는 데 필요한 일 중 한 사람에게 '집안일' 영역을 조금 더 분담한다는 뜻이다. 부부가 함께 돈을 버는 상황이라면 당연히 집안일도 부부가 공평하게 해나가야 하는 몫이다. 그러니까 적어도 요리와 청소를 잘한다고 시집 갈 준비가 되었다는 칭찬은 듣고 싶지 않다. 결혼과 가사가 모두의 최종 목적지는 아니기 때문이다.

처음부터
정해진 역할은 없다

결혼했다고 경제적인 부담감을 더 느낄 필요는
없다고 얘기한 것은 그가 필요 이상으로 지고 있는
가부장제의 잔재를 덜어주고 싶기 때문이었다.
하지만 동시에 남편이라고 우리 집안에서
더 중요하다고 생각되는 일을 맡아서 할 필요는 없으며,
우리는 동등하다는 뜻이기도 했다.

대학생 시절에는 서로 용돈이 풍족하지 않다 보니 일명 데이트 통장을 쓰는 커플들이 종종 있었다. 두 사람이 같은 금액을 통장에 넣고 데이트할 때마다, 말하자면 공금을 사용하는 것이다. 커플마다 다르겠지만 데이트 통장의 보편적인 불문율은 여자가 통장을, 남자가 카드를 소지하는 것이었다. 식당에서, 카페에서, 영화관에서 실제로 결제하는 행위는 남자가 하는 편이 낫다는 생각에서였다. 수입이 서로 고만고만한 처지에 남자가 데이트 비용을 더 많이 부담하는 것은 옳지 않다는 생각이 포함된 데이트 통장인데도, 남자가 돈을 내야 '기를 살려줄 수 있다'는 생각이 은연중에 드러나 있었다. 물론 남자가 나를 위해 돈을 쓰는 것이 사랑받는다는 증거라고 여기는 여자들의 심리도 있었을 것이다. 자신의 경제력을 남자에게 자랑하고 내세우지 않는 것이 '현명한 여자'의 미덕이기도 했다.

궁극적으로 현명하다는 말은 무슨 뜻일까? '현명한 아내'란 남편의 기를 죽이지 않고, 그의 자존심을 세워주는 동시에 올바른 결론에 도달할 때까지 포기하지 않고 일깨워주는 사람을 뜻할 때가 많다. 듣기에는 참 좋아 보이지만 뭐랄까, 나도 현명함을 발휘하기보다 현명하게 다뤄지는 쪽이 되고 싶다. 그게 훨씬 편해 보인다.

남녀 각각에게 부여되는 기대치가 있는 것 같다. 특히 여자는 예뻐야 하고, 남자는 돈이 있어야 한다는 말을 농담처럼 종종 듣는다. 한 대학 선배는 툭하면 '여자는 가방 사줘야 하잖아' '내 월급이 이 정도밖에 안 되는데 누가 날 만나겠어?' 하며 비관적인 분위기를 풍기고 다녔다. 내가 여자들이 중요하게 생각하는 건 그런 게 아니라고 주장하자 태어나서 처음 들은 사실이라는 듯한 얼굴을 했다. 물론 그것뿐이면 되는 사람들도 분명히 있을 것이다. 하지만 모든 사람에게 획일적인 평가 기준을 부여하고, 개인마다 다른 장점은 무시한 채 한 가지 조건만을 중시하는 사회적 분위기는 결국 모두를 지치게 할 뿐이다. 사실 서로를 위해서라도 외모에 대한 평가를 멈춰야 하고, 경제적으로 풍족해야(적어도 그렇게 보여야) 떳떳하다는 치우친 개념을 바로잡아야 한다.

얼마 전 친구와 헤어진 전 남자친구는 자신이 계약직이라 차인 것 같다고 주변 사람들에게 공공연히 말하고 다녔다고 했다. 연인과 헤어진 이유를 '내가 돈을 못 벌어서' '정규직이 아니라서'라고 변명하면 물론 마음은 편해질 것이다. 헤어짐을 고한 여자가 속물이고 나빠서라고 좋을 대로 생각할 수 있으니까. 하지만 그 커플의 경우, 관계가 무너진 원인은 남자의 고용 형태 때문이 아니었다.

사회적 능력과 자신감이 함께 오르락내리락하는 남자의 심리에는 결국 '남자는 이래야 해' 하는 성별에 대한 기대치가 담겨져 있다. 돈을 많이 벌면 당연히 여자가 따를 것이고, 반대로 돈을 못 벌면 무시당할 것이라는 발상은 위험하다. 성별에 대한 고정관념이 강해질수록 이성에 대한 편견도 커질 확률이 크기 때문이다. '경제력을 갖췄으니 남자로서는 최상위'라고 여기는 사람이라면 여자친구에게 액세서리 같은 미모를 바라는 것이 당연할지도 모른다.

~~~~~

OECD 조사 결과, 2016년 기준 한국의 남녀 임금 격차는 36.7퍼센트로, 우리나라는 여전히 남녀 임금 격차가 심한 나라다. 남녀의 수익 분배에 대해서는 구조적으로 깊게 살펴볼 필요가 있기에 표면적인 몇 가지 이유로만 설명하기는 어렵다. 다만, 임신과 출산으로 인한 여성들의 경력 단절이 큰 요인 중 하나임은 분명하다. 아이를 낳으면 연차와 연봉을 꾸준히 쌓아갈 수 없는 환경에 부딪히게 되고, 아이는 엄마가 키워야 한다는 모성의 강요 아래 원하든 원치 않든 자신의 커리어를 포기하는 쪽도 대개 여자이기 때문이다.

그런 환경 속에서 주로 남자는 경제적인 부분을, 여자는 집안일과 육아를 맡게 된다. 남편들은 '밖에서 힘들게 돈 벌어왔으니 집에서는 쉬어야' 하고, 아내는 독박살림과 독박육아에 지쳐간다. 분명 가정의 한 축을 담당하고 있는데도 남편이 벌어온 돈을 쓰는 것에 내심 눈치가 보인다. 이 와중에 남편이 '내가 벌어온 돈'이라고 생색이라도 내면 최악이다. 그는 가족에게 꼭 필요한 '생활비'와 '집안 관리' 중에서 생활비 버는 일을 선택한 것뿐인데, 어째서 자신을 당당하게 관계의 우위에 두는 걸까?

남편보다 나이가 한 살 더 많고 그만큼 사회생활을 일찍 시작했던 나는 결혼할 때 그보다 급여가 높았다. 내가 집을 마련했다면 좋았겠지만, 우리 두 사람의 급여로 누구 한 명이 집을 산다는 것은 아예 불가능한 일이었다.

각자 얼마 안 되는 돈을 긁어모아 결혼했고, 수입과 지출을 몇 개의 통장으로 나누어 차근차근 정리했다. 요즘은 결혼해서도 생활비만 모으고, 나머지는 각자 관리하는 경우도 많다던데 우리 부부는 수입을 합치는 편이 더 편리하다고 판단했기 때문이다.

몇 달쯤 지나 저녁에 술을 한잔하면서 별생각 없이 남편에게 결혼하니까 좋냐고 물었다. 당연히 긍정적인 대답이 나올 줄 알았는데 남편의 대답이 애매했다.

"좋은데, 더 책임감이 느껴지지."

"무슨 책임감?"

"일을 계속해야 하는 것에 대한 책임감."

"계속 안 해도 되는데? 자기가 혼자 부담 가질 필요 없어. 쉬고 싶으면 쉬고."

아마도 아버지 세대로부터 배웠을 '가장으로서의 책임감'을, 그가 무겁게 느끼고 있다는 사실이 의외였다. 남편은 사실 내가 사신보다 더 많은 돈을 버는 것에 마음이 쓰인다고 털어놓았다.

"왠지 좀 이상해, 느낌이."

"나는 자기보다 일하는 걸 좋아하고, 자기는 집안일을 나보다 더 잘하잖아. 만약 둘 중 한 명만 일해도 된다면 오히려 내가 일하는 게 맞지 않을까?"

우리는 각자에게 정해진 의무가 있다고 여기지 말자고, 각자 할 수 있는 일을 하면서 서로가 도와가며 살면 되지 않겠느냐고 당연한 결론을 내렸다. 실제로 많은 남성이 자신보다 학력, 직급, 연봉이 낮은 여성을 선호한다는 조사 결과가 있다. 아내의 월급이 더 많을 때 남편이 느끼는 불편함, 냉정하게 말하면 일종의 열등감은 어디서 오는 걸까? 반대로, 요리나 집안일을 아내가 잘하는 것에 대해서는 조금도 거리낌이 없으면서 말이다. 오히려 "난 설거지 같은 거 안 해봤어. 할 줄 몰라"라고 당당하게 말하는 남자들도 많다.

경제적으로 가정을 책임지는 게 얼마나 지치고 힘겨운지 모르는 바가 아니다. 하지만 두 사람이 함께할 수 있는 여건임에도 경제적인 문제를 군이 '아내보다 남편이 더 많이' 짊어질 필요는 없다. 누군가 '더 중요한 일'을 맡고 있다고 여기게 되면 역할에 우열이 생긴다. 그리고 그중 '우월한' 역할을 다하지 못했다고 느껴질 때면 불필요한 열등감으로 서로를 괴롭게 만들게 될지도 모른다. 남편에게 결혼했다고 경제적인 부담감을 더 느낄 필요는 없다고 얘기한 것은 그가 필요 이상으로 지고 있는 가부장제의 잔재를 덜어주고 싶기 때문이었다. 하지만 동시에 남편이라고 우리 집안에서 더 중요하다고 생각되는 일을 맡아서 할 필요는 없으며, 우리는 동등하다는 뜻이기도 했다.

나도 없던 애교가
절로 생기진 않아

남에게 귀엽게 보여서

크게 나쁠 것은 없겠지만, 또 성인이 되어서

남들에게 굳이 귀엽게 보여야 할까 싶다.

　　　　　나는 애교가 없는 편이라고 생각하지만, 목소리 톤이 높고 가끔 혀 짧은 소리를 내는 탓인지 애교 있다는 말을 꽤 들으면서 자랐다. 물론 무난한 인간관계를 위해 일부러 기분 좋은 리액션을 하려고 애쓰기도 한다. 낯선 이들과의 첫 만남이라 해도 어색한 정적이 흐르는 것보다는 가벼운 대화가 오가는 캐주얼한 분위기를 좋아한다. 누구나 그렇지 않을까? 그런데 좋은 분위기를 만들기 위해서는 누군가 행동을 취해야 한다. 모두가 말없이 가만히 앉아 있으면 분위기는 어색해질 수밖에 없다. 물론 태생적으로 말하는 걸 좋아하고 많은 사람들과 어울리는 능력이 있는 사람들도 있지만, 남자든 여자든 마찬가지로 그런 외향적인 태도를 취하는 데에 큰 에너지가 들어가는 사람도 분명 많다.

〰〰〰

원래 집에서 나는 외출하고 오자마자 방문을 닫고 들어가버리고, 식구들끼리 식사할 때도 별말 없이 있다가 먹자마자 자리를 일어나버리는 딸이었다. 엄마는 내 성격이 차갑다고 했다. 독립해 혼자 살다 보니 엄마에 대한 애틋함이 커져 나름대로 잘하려고 노력했다. 원래 내 성격이 있으니, 저절로 싹싹한 태도가 나오는 건 아니었기 때문이었다.

반면 결혼 후 시댁에서는 내가 피곤하다 해서 입 다물고 밥만 먹을 수는 없었다. 시댁이 어려운 것도 있지만, 편하게 행동해도 어느 정도 용서되는 내 가족이 아닌 낯선 어른에 대한 예의이기도 했다. 집에서처럼 맘에 안 드는 반찬을 깨작거리거나 아무 말 없이 밥만 먹으면 당연히 편하겠지만, 손아랫사람으로서 기꺼이 에너지를 써서 무난한 만남이 되도록 애썼다. 내게는 직장 생활, 사회생활을 할 때와 마찬가지인 셈이다.

시어머니는 웃음이 많고 다정하신 편이라 다행히 대하기 어렵지는 않았다. 부부의 생활을 독립적으로 존중해주셔서, 오히려 나서서 잘해드리고 싶을 때가 많다. 자주 찾아뵙지 않는 만큼 남편을 통해 같이 휴가를 가자고 연락드렸더니, 어머니는 몇 번을 사양하시다기 결국 기쁜 마음으로 함께하기로 했다. 어른을 모시고 가는 여행이니만큼 여러 일정을 알아보고, 숙소도 신경 써서 잡았다.

즐겁게 시간을 보내고 올라오는 길, 차 안에서 시어머니가 건네는 이런저런 이야기에 나도 기분 좋게 맞장구를 치며 대화를 나눴다. 문제는…… 차를 타고 오가는 동안 부모님과는 거의 한 마디도 말을 하지 않고 있다가 아예 한숨 자겠다는 남편이었다. 생각해 보니 처음에 내려갈 때도 비슷했다.

예쁜 걸 보고 맛있는 것도 먹었지만, 평소보다 많이 걷고 잠자리도 바뀌었으니 모두 피곤했을 것이니. 하지만 누가 말을 하면 누군가는 대답해야 하는데 시아버지는 운전을 하고, 남편은 자고 있었다. 몇 시간을 같이 차를 타고 움직이는데, 나에게만 모든 분위기를 맡기고 방관하는 남편의 태도가 괘씸했다. 그렇다고 나까지 무뚝뚝하게 굴어 여행을 찜찜하게 마무리하고 싶지도 않았다. 부모님에게 남편이 말 없는 거야 당연할지 몰라도, 내가 갑자기 입을 다물고 있으면 괜한 오해를 부를 것이었다.

남편 입장에서는 가족 여행이라 편하게 행동한 걸지도 모르지만, 대화의 내용과 상관없이 나는 시부모님이 아직 어색하니 중간에서 노력해주길 바랐다. 그동안에도 몇 번인가 남편에게 '시댁 가면 제발 말 좀 하라'고 요구한 적이 있었다. 부모님과 사이가 안 좋은 건 아니니, 아마 그도 몸에 배어 있지 않아 그럴 것이다. 하지만 어색한데 노력하는 중인 건 나도 마찬가지였다. 어쩌면 무의식적으로 내가 '애교 있는 며느리'가 되어 무뚝뚝한 아들의 역할을 대신해주길 바란 건 아니었을까 하는 의구심에 마음이 뾰족해졌다.

결국 여행이 끝난 후 집에 돌아와 문제를 제기했다. 남편도 처가집에 가면 나름대로 불편하고, 노력하고, 애쓰겠지만 나 역시 혼자서 방에 쏙 들어가거나 낮잠 잔다고 부모님 사이에 남편만 남겨놓진 않는다. 친정에 가면 부모님이 오히려 운전하느라 고생했으니 한숨 자라며 먼저 남편을 방으로 떠민다. 아직 어색한 부모님과 남편 사이에 앉아 대화가 끊기지 않도록 재잘거리는 것은 내 몫이다. 거기에는 물론 '남편이 시댁에서의 나처럼 대화에 부담 갖지 않고 조금이라도 편하게 있었으면' 하는 자발적인 노력이 섞여 있었다.

~~~~~

이상적인 며느리의 조건으로 '애교 있는 성격'을 꼽는 경우가 많다. 실제로 사회생활을 할 때도 일 처리 능력과는 관계없이 애교 있고 싹싹한 직원이 무뚝뚝한 직원보다 높은 평가를 받을 때가 있다. 여기서 애교라는 건 예능 프로그램에서 아이돌에게 요구하는 귀여운 표정이나 소리를 내는 것이 아니라 '친밀한' '붙임성 있는' '사교적인' 태도를 뜻하는 것이리라.

하지만 동시에 '효도는 셀프'라는 말이 유행처럼 번지고 있다. 요즘에는 좀 덜하겠지만, 여전히 효도를 아내에게 미루는 아들이 많아서일 것이다. 마치 캠페인성 표어 같은 이 말은 한마디로 다른 사람, 즉 아내를 통해서 부모님의 안부를 묻거나 하지 말고, 효도는 스스로 하라는 뜻이다. 우리나라 남자들은 결혼하면 다 효자가 된다는데, 그 말은 며느리의 몫이 그만큼 늘어난다는 이야기다. 부모님에게 효도하고 싶지만 스스로 하기는 멋쩍고, 대신 아내가 살갑게 나서주기를 바라는 마음이 상대방에게 얼마나 부담을 주는지 생각해볼 필요가 있다. 주변에 아직 결혼하지 않은 친구들이 가장 걱정하는 것도 바로 이 부분이다. 단순히 시댁에 가서 설거지 부지고, 실기지러는 것만이 아니라 싹싹한 태도까지가 며느리에게 요구되는 면모이기 때문이다.

도대체 애교가 뭘까? 국어사전에는 '남에게 귀엽게 보이는 태도'라고 나와 있다. 남에게 귀엽게 보여서 크게 나쁠 것은 없겠지만, 또 성인이 되어서 남들에게 굳이 귀엽게 보여야 할까 싶다. 여자들도 시댁이나 회사에서 귀엽기보다는 똑 부러지게 보이고 싶고, 차라리 무뚝뚝한 사람이 되고 싶다.

'프로 불편러'가 되기를
두려워하지 않겠다

기 센 여자가 되기를 두려워하지 말자.

'뭘 이런 것까지 불편해 하느냐'는 말까지 불편한 것이

사실은 옳을지도 모르기 때문이다.

기억력이 나쁜 탓인지 학창 시절 일 중 기억나는 게 별로 없는데, 고등학교 때 받았던 성교육은 지금까지도 또렷하게 생각난다. 유일하게 남성의 성기 모형과 실제 콘돔이 등장한 성교육이었다. 그전까지의 성교육은 대체로 정자와 난자가 만나면 어쩌고 하며 영상을 보여주는 정도에 그쳤고, 딱히 관심도 없었던 나는 그런 영상을 볼 때마다 도대체 정자와 난자가, 그러니까 어디에서 만난다는 것인지 궁금했다. 또래 이성보다는 아이돌에 관심이 많은 학생이었던 탓에, 정자와 난자가 몸 밖에서 헤엄쳐서 만난다고 상상한 적도 있었다. 정말 농담이 아니라.

마연하고 이론에만 치우친 성교육도 별로였지만, 문제의 성교육에서는 강사가 콘돔 씌우는 방법을 보여주더니 이렇게 말했나.

"모르는 아저씨가 성폭행을 하려고 하면 어떻게 해야겠어? '잠깐만요. 콘돔은 끼고 하세요'라고 말하는 거야!"

그러니 콘돔을 항상 소지하고 다니라며, 강사는 자신의 농담인지 뭔지가 재미있다는 듯 낄낄거렸다. 물론 피임에 대해 가르치

134
~
135

는 것은 남자에게든 여자에게든 중요하다. 하지만 성폭행당할 때 내 가방에서 콘돔을 꺼내라고? 글쎄, 그게 현실적으로 가능한 이 야기인지는 차치하고, 성폭행을 전제한 콘돔 교육이라는 게 말이 되는 소린가. 그때는 애들끼리 저 아저씨 대체 뭐냐며 인상을 찌 푸리고 넘어갔지만 지금까지 생각나는 걸 보면 꽤 인상적이고, 이유는 모르겠지만 무척 기분이 나빴던 것 같다.

~~~~~

각종 미디어나 매체에서 기존의 고정적인 성 관념이 반영된 콘텐 츠를 발견하고 바로잡으려는 움직임이 생기고 있다. 만화책에서 야한 옷을 입은 여자에게 '무슨 일 당하려고 옷을 그렇게 입어?' 라고 하거나 텔레비전에서 여성을 당연하게 집안일을 하는 존재 로 묘사하는 상황을 불편하게 생각하고 바꿔가려는 것이다.

하지만 예기치 못한 자리에서 불쑥 질 낮은 성적 농담이 나올 때 에는 여전히 의연하게 대처하기 어렵다. '식사 전 얘기나 미니스 커트는 짧을수록 좋다'는 농담 같은 건 전혀 웃기지 않다. 그러나 그 말이 성희롱이라고 지적하면 농담인데 예민하다는 소리를 듣 게 된다.

문제는 성희롱이라는 말을 꺼내기조차 쉽지 않다는 점이다. 결국 피해자가 이차적 피해를 감수하고 용기를 내야 하는 상황이다. 나는 여자가 압도적으로 많은 직장에서 오래 일했기 때문에 직장 성희롱에 자주 노출되지는 않았지만, 한 번은 직장 상사가 은근히게 이상한 제안을 흘린 적이 있었다. 그는 유부남이라고 표현하기도 어쩐지 민망한, 아빠뻘 되는 나이였다. 어느 날, 같이 저녁을 먹으면서 이야기 좀 하자고 하길래 일 얘기를 하는 줄 알았더니 분위기가 이상하게 흘러갔다.

"남편이랑 술 한잔씩 하고 그래? 그럼 분위기도 좋아지고?"
"네, 뭐……."
"남편이 잠자리는 만족시켜주나?"

귀를 의심했지만 그 뒤로 '나는 결혼은 그냥 의리로 사는 거라고 생각한다' '이런 이야기를 하는 건 부끄러운 일이 아니다' '글을 쓰는 사람은 다양한 경험을 해야 한다' '선을 넘지 않으면 한정된 경험만 하게 된다'는 기묘한 설득이 이어졌다. 선을 넘어보지 않겠느냐는 권유는 무슨 뜻인지 알고 싶지도 않았다.
황당하고 분한 마음에 눈물이 터진 것은 그 자리가 끝나고 집에 돌아오는 길에서였다. 이루 말할 수 없는 불쾌감과 당혹감이 불안정하게 울렁거려서 그제야 내가 들은 얘기가 성희롱이었다는 사실을 깨달았다. 꽤 오래 같이 일했고 멀쩡한 사람, 심지어 가끔은 좋은 마음씨를 가진 사람이라고 생각했던 상대였기 때문에 상황 판단이 더 늦어졌다. 왜 난 불편한 마음을 제대로 표현하지 못했을까. 왜 그 와중에도 정색하고 달려들면 자리가 어색해지지는 않을까 은연중에 걱정했을까.

그 이유를 나는 알고 있었다. '나랑 잘래?'라는 노골적인 표현이 아니었기 때문이었다. 나의 거절이 '왜 혼자 이상하게 생각하고 오버해?'라는 핀잔으로 돌아올까 봐 두려웠다. 내가 그에게 불쾌함을 표현했을 때 앞으로 회사에서 겪을 껄끄러움이 걱정됐다. 신체적 접촉이 없었기 때문에 그랬다. 지금 생각해보면 말도 안 되는 것 같지만 당시에는 스스로 만든 거절의 기준, 성희롱의 기준이 나를 옭아매고 있었다. 또 '좋은 사람'이라고 생각했던 그의 면전에서 즉시 비난을 가하는 일이 쉽지 않았다. 결국 회사는 그만뒀지만.

돌이켜보면 이성과의 관계에서 곤란했던 많은 상황이 비슷했다. '왜 혼자 앞서가?' '왜 오버하고 그래?' '난 그런 의도가 아니었는데?'라는 소리를 듣기 싫어서 거절을 최대한 미루는 것이 습관처

럼 되어 있었다. 나뿐만 아니라 불쾌한 순간을 참아 넘겼던 많은
이들이 '이 정도까지는 참을 수 있으니까……' 하고 피해의 정도
를 스스로 검열했으리라. 불쾌하다고 명료하게 말했다 한들 상대
방은 그런 의도가 아니었다며 오히려 나에게 화를 내거나 나를
예민한 사람 취급했을지도 모른다. 상대방이 거리낌도, 죄책감도
없으니 오히려 '내가 지금 불편해하면 예민한 건가?' 하고 수심히
게 되는 것이다.

얼마 전에는 친한 친구가 버스를 타고 가는데 술에 취한 옆자리
아저씨가 다리를 만졌다고 한다. 친구가 그의 손을 탁 쳐서 밀어
냈지만 아저씨는 다시 친구의 다리에 손을 올렸다. 소리를 질러
사람들의 이목을 집중시키려는 생각을 해보지 않은 것은 아니었
지만, '아무도 관심을 두지 않으면 어쩌기?' 하는 분안감에 길썼
질팡 하고 있을 무렵 가해자는 더욱 뻔뻔해졌다고 한다.
사람을 때리거나 죽이는 것이 범죄라는 사실은 당연하게 모두 알
고 있으면서, 왜 슬쩍 성적 농담을 흘리거나 다른 사람의 신체를
만지는 일은 그토록 가볍게 일어나는 걸까. 그때마다 왜 즉시 그
를 비난하기 어려울까.

대학생이 되어 술을 마시기 시작하고 원룸에서 혼자 자취를 하면서 수없이 듣기 시작한 말이 있다. '조심하라'는 말이다. 이 말이 온전히 애정에서 나온 것인 줄 알았다. 하지만 몸 함부로 굴리지 마라, 괜한 소문 나면 너만 손해다, 밤늦게 다니지 말라는 말은 모두 여자에게 눈을 흘기고 있다. 내 신변과 이미지를 지키기 위해서는 '스스로' 조심해야 한다는 뜻이었다. 대학생 때는 변태를 만나고도 어떻게 했길래 그런 놈들이 꼬이냐는 시선을 받을까 봐 남자친구에게 그 이야기를 하지 못했다.

자꾸 그런 말을 듣고 자랐더니 정말 그런 것처럼 생각하게 됐다. 스스로 조심하고, 몸가짐을 바로 해야 하는 줄 알았다. 그런데 내 허벅지에 손을 올리는 낯선 아저씨는 왜 조금도 자신의 몸가짐에 주의하지 않는 걸까? 자신의 행동을 문제 삼지 않는 이들에게 지금 잘못된 행동을 하고 있고, 죄책감을 느껴야 한다고 알려주기 위해서라도, 불편하다고 느낄 때는 불편하다고 말해야 한다. 그리고 그 자리에 있는 이들도 잘못됐다는 말에 힘을 실어주어야 한다.

기존의 고정 관념을 깨뜨리려고 하면 이기적이고 기 센 여자 취급을 받는다. 여성이 목소리를 내어 기존의 역할을 탈피하려 하면 이기적이고 배려 없는 행동, 예민한 행동, 괜한 분란을 만드는 행동으로 본다. 가만히 있으면 아무도 피곤해지지 않는데, 자꾸 문제를 제기하는 사람 때문에 기존에 누려왔던 혜택이 사라지고 평화로운 분위기가 흔들리는 것 같아 몸을 움츠리는 사람도 많다. 또, 상대방이 느끼는 불편과 불쾌함을 사소한 감정 기복으로 우습게 넘기기 위해 이렇게 말하는 사람들도 있다.

"왜 이렇게 예민해?"

불편하다는 이야기는 성 차별 문제에만 국한된 것이 아니다. 학대에 방치되는 동물, 불편함을 겪는 장애인의 문제 역시 마찬가지다. 여성뿐 아니라 남성도 여성의 인권에 관심을 가져야 하는 이유가 그것이다. 기득권들은 불편을 느끼지 않는다. 불편을 느끼지 않으니 문제를 바로잡으려는 움직임에도 관심이 없는 건 어찌 보면 당연하다. 하지만 누구나 자신이 속한 집단에서 약자가 될 수 있다. 내 일이 아니라고 관심을 두지 않는다면 다른 이들도 나의 문제를 바로잡기 위해 싸워주지 않는다.

기 센 여자가 되기를 두려워하지 말자. '뭘 이런 것까지 불편해하느냐'는 말까지 불편한 것이 사실은 옳을지도 모르기 때문이다.

결혼에
소언은
필요 없어요

**역할이 아닌
'나'로 살아남는 법**

03

내 고양이만큼
사랑하는 사람을 만날 수 있을까

나만의 독립적인 삶을 기꺼이 양보할 수 있는

마음이 생겼다는 점, 그리고 완벽하지 않은 모습까지

그대로 좋아할 수 있다는 점은 비슷했다.

그렇다면 우리도 반려자가 되어

한집에서 함께 살아갈 수 있지 않을까.

　　　　20대 중반을 슬쩍 지났을 때쯤 나는 몇 년 동안 여러 번의 연애를 짧고 가볍게 거듭해왔고, 연애라는 것에 좀 심드렁해진 상태였다. 연애를 안 하는 것보다는 하는 게 재미있지만, 동시에 귀찮고 감정 낭비처럼 느껴지기도 했다. 나는 내가 누군가에게 완전히 몰두할 수 없는 이유를 알고 있었다. '연애 세포'가 다 시들어서가 아니라 오히려 진정한 사랑에 대한 기대치가 너무 높아져 있기 때문이었다.

나도 머뭇거리지 않고 사랑에 빠졌던 순간이 있었다. 스마트폰도 없었던 스무 살 초반, 당시 남자친구와는 커플 요금제에 가입해 아침에 눈을 떴을 때부터 잠들기 직전까지 문자를 주고받으며 연애를 했다. 종일 데이트를 하고 와서도 할 말이 남아 새벽 늦게까지 전화를 붙잡고 있는 날들 역시 있었다. 잠깐 마주치는 순간도, 손잡고 걷는 일상도 일일이 기쁨이고 설렘이었다.

헤어짐은 그만큼 내 일상을 격렬하게 뒤흔들었다. 서툰 이별을 받아들이면서 나는 믿을 수 없을 만큼 울었다. 가슴 아프다는 말이 진짜 물리적인 통증을 의미한다는 사실을 생전 처음 알게 된 그때의 나에게 사랑의 종말이란 온몸을 쥐어짜는 듯 생생하고도 낯선 경험이었다.

그 후로는 웬만해서 내 마음속 사랑 게이지가 100퍼센트까지 차오르지 않도록 노력하게 되었고, 한편으로는 그때처럼 감정이 격렬하게 요동치지 않으면 사랑이 아니라고 생각하게 되었다. 다만 언젠가는 내 의지와 상관없이 영화처럼, 그리고 피할 수 없이 진짜 사랑이 닥쳐올 것이라고 믿었다. 그런데 도대체 언제? 기약 없이 느릿느릿한 운명의 걸음이 좀 답답하긴 했다.

~~~~~

부모님의 내리사랑을 제외하고, 나는 결코 변하지 않는 완전무결한 종류의 사랑을 딱 하나 알고 있었다. 그 사랑은 날 괴롭게 할까 봐 겁낼 필요도 없고 내가 원하지 않는 시기에 거둬들여야 할 이유도 없었다. 반려동물에 대한 마음이 바로 그랬다. 나는 15년 동안 개를 키웠고, 그 개가 나이 들어 세상을 떠난 후 지금은 고양이들을 키우고 있다. 반려동물에 대한 내 마음에는 조건이 없었고, 사랑의 기대치를 충족시켜주지 못한다며 상대방에게 실망하는 일도 일어나지 않았다. 반려동물과의 관계는 언제나 그 자체로 온전하고 충만했다.

손에 닿는 털의 촉감만으로도 기분이 좋아지고, 그 까만 눈만 바라봐도 행복해졌다. 친구와 약속이 있어 바쁘게 씻고 옷을 갈아입다가도 강아지가 따라나서고 싶어 하는 모습을 보면 10분이라도 산책을 시켜줘야 마음이 편했다. 이게 사랑이 아닐 리 없었다. 아끼는 장식품을 떨어뜨려도 그걸 선반 위에 올려놓은 내 잘못이지, 고양이의 탓은 아니라고 생각하게 되는 그 마음은 분명 순도 100퍼센트의 사랑이었다.

반면 이성과의 관계는 대개 안전하지 않았다. 내가 무방비하게 마음을 쏟아도, 반대로 내가 그의 속도를 쫓아가지 못할 때도 관계는 힘없이 무너져 내렸다. 그러니 어차피 사그라질 감정이라면 낭비하고 싶지 않았고, 관계를 오래 이어갈 사람이 아니라면 서로 비끌만 한 피해도 수고받지 않도록 경계선을 긋게 됐다.

사람은 순수한 마음으로 대하기란 어려운 일이었다. 특히 힌 사람의 미성숙한 점까지 사랑으로 감싸야 한다는 점이 그랬다. 나는 얇은 가지 하나를 뻗더라도 유치하거나 부끄럽지 않은 방향으로 자라나기 위해 인생의 절반쯤을 소비하며 살았다. 하지만 늘 생각처럼 살 수 있는 것은 아니었고, 부끄럽고 유치한 모습은 부족한 나 하나로도 충분했다. 사람은 결코 완벽할 수 없는데, 다른 사람까지 토닥이며 함께 성장하기에는 언제나 사랑의 양이 부족했던 것이다.

하지만 반려동물에겐 그렇지 않았다. 네 발로 걷고 온몸이 털로 뒤덮인 것이라면 난 대체로 다 좋아했는데, 그들을 대할 때면 항상 관대해졌다. 나와는 다른 종이라는 걸 알고 있기 때문에 내 마음에 들지 않는 습관이 있더라도 바꾸길 바라지는 않았다. 그들의 본능은 그들의 세상에서 당연한 것이었다. 모든 게 궁금하고, 자주 실수하고, 엉뚱한 행동을 하는 그들은 완벽하지 않아서 도리어 사랑스러웠다. 함께 살아가기 위해 꼭 바꿔야 하는 것이 있다면 친절하게 몇 번이나 설명할 수도 있었고, 내가 조금 더 양보해도 좋았다. 그저 곁에 있는 것만으로도 반려동물은 나의 기대치를 완벽하게 충족시켜줬다.

~~~~~

연애는 했지만 결혼하고 싶다는 생각은 해본 적이 없었다. 딱히 비혼주의자는 아니었고, '결혼은 미친 짓'이라는 극단적인 생각을 가졌던 것도 아니다. 다만 엄마에게조차 이기적이라고 평가받는 아량 부족한 성격으로 누군가를 삶에 받아들일 수 있을지가 의문스러웠다. 적어도 고양이는 내 생활을 방해하지 않았다. 혹 고양이가 방해한다고 하더라도 나는 그것을 너그럽게 포용하고 인정할 준비가 되어 있었다.

반면 나와 같이 어느 정도 완성된 자아를 가진 누군가와 운명 공동체가 되어 살아갈 수 있을지는 확신이 없었다. 피곤한 하루를 보내고 집에 돌아오면 겉옷만 아무렇게나 벗어 십어넌진 후 냉장고에서 캔 맥주를 꺼내 마시다가 자기 직전에 화장만 지우고, 주말 아침이 되어서야 바닥에 떨어진 옷가지를 정리하고 과자 봉지를 모아 버리는 이 편하고 거침없는 생활을 내가 포기할 수 있을까? 방 안에 키보드 소리, 혹은 세탁기 돌아가는 소리밖에 들리지 않는 완벽한 고요를 깨뜨리고 누군가와 같은 공간을 언제나 공유하는 생활이 가능할까? 1박 2일 여행을 가더라도 배우자의 동의를 구해야 하는 구속을 내가 견딜 수 있을까? 아무리 친한 친구라도 같이 여행을 가면 싸우고 돌아오는 일이 그렇게 많다는데, 혼밥이나 혼술 같은 신조어까지 만들어진 이 시대에 누군가와 같이 산다는 건 도리어 시대착오적인 발상이 아닐까?

다른 사람들은 결혼이라는 엄청난 결정을 어떻게 할 수 있었을지, 의구심이 자꾸만 생겼던 이유는 나 혼자의 삶도 꽤 만족스러왔기 때문이었을 것이다. 누굴 사랑하면 바라게 되고, 기대하게 되고, 실망하고, 그로 인해 삶이 뒤흔들린다. 고양이에 대한 기대치는 잘 먹고, 잘 자고, 제 본능을 따라 잘 지내는 것뿐이기에 반려동물을 사랑해도 내 일상은 언제나 평온하게 유지됐다. 그가 그저 건강하기만 하다면 말이다. 하지만 사람에 대한 기대치는 다양하고 세세했다. 이 사람은 나랑 취미가 비슷한데 옷을 못 입고, 이 사람은 패션 감각은 있는데 공감 능력이 떨어지고, 이 사람은 다 좋은데 나를 안 좋아하고……. 사랑의 크기와 타이밍이 얼마나 잘 맞아떨어져야 평생을 함께하겠다는 결심까지 하게 되는지 도무지 감이 안 왔다.

당장 누굴 사랑하고 싶은 것도 아니고, 결혼을 꼭 해야 하는 것도 아니니 차라리 '엉망진창이 되어도 좋으니 일단 가보자'고 외칠 정도로 확실하고 충분한 마음이 아니라면 애초에 연애를 시작도 하지 말자. 문득 나는 그렇게 결심했다. 그리고 그런 생각을 한 지 겨우 2주 만에 만난 남자와 덜컥 연애를 시작해, 2년 만에 결혼했다. 사람 일이란 정말 한 치 앞을 모르는 것이다.

콩깍지였는지 운명이었는지는 아직 모르지만, 결혼을 결심했을 때의 그 마음은 예상외로 꽤 근사했다. 이 사람과는 매일 같은 집에서 함께 살아도 괜찮겠다는 생각이 들었다. 그는 함께하기 위해 무언가를 포기해야 한다고 말하지 않는 사람이었다. 무엇을 억지로 참거나 견디길 요구하기보다 내가 바라는 관계에 대한 이야기를 들어주었다. 그래서 오히려 나도 그에게 내 삶과 일상의 단단한 울타리를 열 수 있었다. 나에 대해 알려주고, 서로 다른 모습을 받아들이는 과정도 불편하거나 답답하지 않았다.

결과적으로 보면 반려동물에 대한 사랑과 이성에 대한 사랑은 종류가 달랐지만 나만의 독립적인 삶을 기꺼이 양보할 수 있는 마음이 생겼다는 점, 그리고 완벽하지 않은 모습까지 그대로 좋아할 수 있다는 점은 비슷했다. 내 고양이를 대할 때처럼 너그러운 아량이 발휘되며, 존재 자체를 받아들일 수 있는 사랑이 존재하다니. 그렇다면 우리도 반려자가 되어 한집에서 함께 살아갈 수 있지 않을까. 결혼은 이미 그런 것이리라고 나는 어렴풋이 짐작했다.

우리 엄마는 안 그래!

나는 무엇보다도 독립적인 가정을 이루고 싶었다.

결혼으로 우리 부부가 서로에게 1순위가 되길 바랐고,

우리가 원하고 할 수 있는 것을 우선으로 살고 싶었다.

"한국 남자랑 결혼하는 건 좀 별로야."

한국 남자랑 이미 결혼한 내가 듣기에는 움찔하게 되는 말이지만, 여러 친구들을 만나서 수다를 떨다 보면 한 번쯤은 꼭 이런 얘기가 나온다. 친구 중 절반은 결혼을 했고 나머지 절반은 하지 않았는데, 삶의 형태가 서로 조금씩 달라지는 시기이다 보니 아무래도 공통 관심사인 결혼 이야기가 자주 화두에 오른다.

왜 요즘 결혼은 '안 하는 게 차라리 낫다'고까지 여겨지고 있을까? 실제로 2017년 모바일 스타트업 기업인 NBT가 고객 1,325명을 조사한 내용에 따르면 '결혼이 필수가 아닌 선택'이라는 인식은 86.9퍼센트에 달했고, 특히 남성보다 여성이 결혼의 필요성을 덜 느낀다고 응답했다. 비혼주의 남녀가 많아지는 세태 때문이 아니더라도, 결혼이라는 제도 자체를 한 번쯤 생각해볼 필요가 있다. 결혼은 현실이라는 말은 자주 듣지만, 사실 그 문턱을 넘기 전까지는 결혼 후의 생활이 어떻게 바뀔지 제대로 알 수 없다. 결혼하기 전에 남녀가 논의하는 거라곤 기껏해야 집안일 분담은 어떻게 할지, 양가 용돈은 얼마로 할지 합의하는 정도다.

남자친구와 다소 이른 결혼을 한 나 역시 당시에는 사실 룸메이트로서의 동거와 법적 공동체가 되는 결혼이 뭐가 다른지도 잘 몰랐다. 그저 각자 다른 환경에서 살아온 두 사람이 갑자기 한집에서 같이 산다는 데 막연히 겁을 먹는 정도였다. 그때 내게 와닿는 현실은 말하자면 이런 느낌이었다. 데이트를 마치고 자취방으로 돌아와서는, 안경을 끼고 앞머리는 핀으로 꽂아 올린 뒤 거울을 들여다보면서 '자연인으로서의 내 삶은 이제 끝인가……' 하고 생각하게 되는 것.

차라리 그냥 이웃처럼 옆집에 살면 어떨까? 밤에 같이 야식도 먹고 영화도 보다가 각자 자신의 침대로 돌아와서 자는 것이다. 집값이 얼마나 비싼지 미처 몰랐을 때는 결혼의 부담스러운 점은 빼고 즐거운 점만 쏙쏙 빼먹을 수 있는 이런 방법을 상상해보기도 했다.

막상 결혼 하니 그런 건 큰 문제가 아니었다. 돈을 내고 밥을 사먹으면 다른 사람이 뒷정리를 해주던 수많은 날들과 달리 이제 우리 부부 스스로의 노동을 통해 살림을 꾸려나가야 했다. 꾸미지 못한 민낯을 보여주는 것보다 생활을 영위하기 위한 자질구레한 흔적들을 공유하는 쪽이 훨씬 큰일이었다. 또한 서로 결혼이라는 제도에 대해서 얼마나 비슷하고 혹은 다른 가치관을 따르고 있는지를 확인하는 것도 중요한 문제였다.

사실 내가 결혼 전에 제일 걱정했던 것 중 하나는 '한 사람을 평생 사랑할 수 있을까?' 하는 의문이었다. 그가 혹시 바람이라도 피우면 어떡하나 걱정했다면 불안감에 결혼을 망설였을지도 모르지만, 우습게도 그에 대해서는 온전히 신뢰하는 한편 나 스스로의 마음은 미덥지가 않았다(그도 그랬을지 모르겠지만). 그러나 막상 결혼을 하니 저 사람이랑 잘되면 어떨지를 상상할 일 자체가 없어졌기 때문인지 다행히도 다른 사람에게 이성적인 흥미가 생기는 일은 아직까지 없었다. 지금 돌이켜 생각해보면 결혼 전에 했어야 하는 고민은 '평생 사랑할 수 있을까'보다 '결혼이라는 제도 안에서 우리가 함께 살아갈 수 있는가' 하는 점이었다.

~~~~~

남편의 프러포즈를 받고 나서 결혼까지 8개월이 걸렸다. 사랑하는 사람과의 결혼은 설레는 일이었지만 결혼 제도에 대한 두려움은 있었다. 특히 일명 '시월드'에 대한 불안감은 고모들 틈에서 혼자 제사 음식을 준비하는 엄마를 지켜보던 어린 시절부터 차곡차곡 쌓여진 것이라 그 몸집이 제법 컸다. 듣자 하니 별의별 시어머니가 다 있다는데, 결혼 후에서야 내가 몰랐던 모습들이 툭툭 튀어나오진 않을까 불안했다.

또 시댁에서 내게 불합리한 요구를 하는 상황보다, 혹시 그럴 때 남편의 대처가 나를 실망시킬까 봐 더 걱정이었다. 그도 처음 겪는 일일 테니 당연히 그럴 수도 있다. 하지만 나로서는, 다른 사람도 아닌 남편이 나를 이해할 수 없는 불합리한 상황 속으로 밀어 넣는다면 황당할 터였다. 결혼했는데 시댁에서 이러이러하면 어떡하냐고 물었더니 그가 대답했다.

"우리 엄마는 안 그래."

아, 너도 DNA에 그 말 새기고 태어났구나? 나는 고개를 끄덕끄덕한 뒤 인내심을 장착하고 아주 긴 이야기를 시작했다. 일단은 그 말 자체가 틀렸다는 점부터 지적해야 했다.

어떤 일이든 겪어봐야만 아는 것이기 때문에 단언하면 안 되고, 실제로 상황이 닥쳤을 때는 그런 말로 부정하는 대신 있는 그대로 받아들이고 판단할 준비가 되어 있어야 한다. "자기야, 너희 엄마는 안 그러지만 내 시어머니는 그렇다는 말, 들어봤어?"

평소의 명절 풍경은 어떠했는지, 명절에 여자들만 일하는 분위기는 어떻게 생각하는지, 결혼 후 양가 연락이나 방문은 어떻게 하면 좋겠는지, 우리에게 갑자기 경제적 시련이 닥쳐온다면 가장 먼저 할 일은 무엇인지, 만약 이러이러한 일이 있다면 어떻게 하고 싶은지……. 여러 가지 이야기를 나누고 심지어 결혼 후 친구에게 빌려줄 수 있는 돈의 상한선까지 합의해서 정했다(물론 보증은 안 된다).

이 과정을 한마디로 솔직하게 말하면, 결혼 제도에 대한 서로의 가치관을 '검증'하는 시간이 필요하다는 뜻이다. 각자 머릿속에 결혼에 대한 자기 나름의 그림을 그리며 살아왔을 것이다. 어떤 남자의 머릿속에서 아내의 역할은 자신의 엄마와 같은 모습일 수 있다. 어떤 여자의 상상 속에서 남편은 무슨 일이 있어도 집안을 경제적으로 든든하게 이끄는 가장일 수도 있다. 하지만 이렇게 어릴 때부터 집에서, 드라마에서 배워온 남녀 성 역할과 결혼 제도의 의무를 그대로 따라야 할까? 실제로 우리 각자가 진짜 원하는 것을 들여다보는 과정을 거쳐야 하지 않을까? 제도를 따르는 대신 우리가 믿는 방향으로 살아갈 각오와 용기는 준비되어 있는가?

결혼이라는 사회적 제도는 현대 사회를 살아가는 두 사람에게 때로 비합리적이고, 시대착오적이다. 이를테면 나는 여태껏 누군가를 내조하거나 보조하는 존재로서가 아니라, 나 자신을 스스로 가꾸려는 방향으로 성장했다. 그러나 한국의 결혼 제도는 내게 종종 전통적인 현모양처의 면모를 지니기를 요구한다. 일명 '며느리 도리'를 해야 제 소임을 수행하는 것으로 여긴다.

중요한 건 내가 그렇게 살 수 있느냐는 점이다. 학교에서, 직장에서 우리는 때로 납득할 수 없는 규칙과 맞닥뜨린다. 때로는 솔직하게 분노하지만, 개인이 어찌할 수 없을 때가 많다. 그런데 가정에서마저 내가 옳지 않다고 생각하는 제도를 참고 따르며 살아갈 수 있을까? 당장 사회가 바뀌지 않는다 해도, 적어도 부부간에는 서로의 생각을 알아야 한다. 이런 과정 없이 전통적인 결혼 제도에 무언의 동의를 해버리면 결혼 생활에 대한 불만이 생기는 것은 당연하다. '결혼하면 이래야지' 하는 수많은 오지랖은 개개인의 성향이나 환경에 맞춘 것이 아니기 때문이다.

    "이제 우리 엄마랑 쇼핑도 가고 그래."
    "명절? 빨리 가서 (며느리인 네가) 엄마 일 도와줘야지!"

이렇게 '효자 행세'를 하는 아들이라면 결혼 후 부부의 전통적인 역할을 당연하게 받아들일 가능성이 높다. '그게 힘들다고? 너 하나만 참으면 모두 편하잖아'라는 식으로 말하는 사람이라면 그는 결혼할 준비가 아직 안 된 것이다(물론 대놓고 말하지는 않을 테지만, 대화 속 은유를 놓치지 말자). 집안마다 환경과 가치관이 다르니 꼭 어느 것이 정답이라고 할 수는 없으나, 적어도 서로가 어떤 미래를 떠올리고 있는지는 두 사람이 함께 퍼즐처럼 맞춰볼 필요가 있다.

나는 무엇보다도 독립적인 가정을 이루고 싶었다. 결혼으로 우리 부부가 서로에게 1순위가 되길 바랐고, 우리가 원하고 할 수 있는 것을 우선으로 살고 싶었다. 그러려면 적어도 남편과 내가 떠올리는 결혼 생활의 모습이 너무 다르면 안 됐다.

다행히 나는 우리가 전통적인 역할과 사회의 시선보다 서로의 의견에 집중할 수 있는 관계라고 생각했다. 그의 생각이 나와 다르다면 나도 그쪽으로 한두 걸음 정도는 다가갈 수 있을 것 같았다.

결혼을 앞두고 우리가 정말 해야 하는 이야기는 '스드메(스튜디오·드레스·메이크업)' 같은 결혼 자체에 대한 논의가 아니라 결혼이라는 제도에 대해 각자 어떤 생각을 하고 있는지, 그 거리를 재어보는 일일지도 모른다.

~~~~~~

한국 남자랑 결혼하는 건 별로라는 말이 꺼림칙하게 들리는 이유는, 그 말이 '한국 남자'라는 집단 자체에 대한 부정이라기보다 '한국의 결혼 제도 속에서 결혼하면 나의 삶이 각종 속박에 매이게 될 것이 분명하다'는 전제가 깔렸기 때문이다. 그럼 외국 남자랑 결혼하면 무조건 행복할까? 결혼이 아무리 집안의 결합, 사회적 제도라 한들 결국은 당사자인 개개인이 어떤 생각을 가지고 있느냐만큼 중요한 건 없다.

나는 결혼이라는 제도에 불합리한 요소가 있다면 '그렇게 살지 않으면 된다'고 말하고 싶다. 불편한 게 뻔한, 오래된 제도와 낡은 관습 때문에 내 삶을 퇴행시키고 싶지는 않으니까. 결혼 제도를 있는 그대로 수용해서 불행해질 것 같다면, 불편하고 갈등하더라도 내가 옳다고 생각하는 삶의 방향으로 나아가는 게 낫다. 오래된 고정 관념을 다 바꿀 수는 없겠지만 나의 세상에서만큼은 지치지 않고 부딪히며 문제 제기를 하고 싶다. 적어도 '행복하려고 한 결혼인데, 이게 정말 맞아?'라는 의문을 던지고 싶다.
결국 결혼이라는 엄청난 결합을 제대로 함께 해나가기 위해서,

그리고 궁극적으로 행복해지기 위해서는 결혼의 민낯에 대한 많은 대화와 갈등과 의문이 필요할 수밖에 없다. 아직 새내기 부부인 우리에게도 그것은 여전히 현재진행형이다.

'내' 결혼식을
하고 싶어요

정말 친한 친구의 결혼식이라면

친구가 하얀 드레스가 아니라 빨간 드레스를 입는다 해도

역시 너답다며 웃어줄 수 있지 않을까?

결혼식은 내가 기억하는 한 내 인생에서 가장 큰 사건이었다. 기억나지 않는 돌잔치를 제외하면 나를 주인공 삼아 장소를 빌리고 손님까지 초대하는 행사는 과거에도 없었고, 앞으로도 최소한 30년은 없을 것이다(그래야겠지⋯⋯). 다만 돌잔치와 다른 점은 그 빛나는 무대에 오르기까지 모든 과정을 스스로 준비해야 한다는 점이었다. 성향에 따라 그 과정이 즐거울 수도 있겠지만, 짐 싸는 게 귀찮아서 여행 당일 아침에야 부랴부랴 짐을 챙기곤 하는 내 성격엔 결정해야 할 일이 산더미처럼 쌓여 있는 결혼식은 부담스러운 과정이기도 했다.

나는 비교적 이른 결혼을 한 편이었고, 연하인 신랑은 아예 친구 중 제일 빠른 결혼이어서 보고 들은 것이 거의 없다. 결혼의 전통과 절차에 하나하나 의미가 있다는 사실은 알고 있었지만, 직장 생활을 하면서 결혼 준비를 하는 데에 많은 시간을 쏟기란 어려울 듯했다. 차라리 잘됐다 싶어서, 신랑에게 결혼 준비 과정을 알아보지 말고 백지상태에서 생각했을 때 우리가 필요하다고 떠오르는 것만 하자고 제안했다.

상견례 때 모든 절차를 생략하기로 합의해놓고도 나중에 '그래도 이불은 해야 한다'든가, '그래도 최소한 예물은……' 등의 이야기가 나오는 경우가 있다기에 각자 부모님에게도 우리의 뜻을 확실히 전달했다. 다행히 양가 부모님이 동의해주셔서 집안의 의견 차이를 조율하는 일 없이 우리는 둘이서 어색한 걸음으로 식장을 고르러 돌아다니거나 부동산에 가거나 했다. 20대의 결혼이니 경제적으로 여유로울 수 없는 건 당연했다. 돈을 모아 보증금 2,000만 원의 월세 신혼집을 계약하고 나니 새삼 우리가 어른이 되었구나 싶었다.

최대한 모든 것을 두 사람이 독립적으로 진행하려고 노력했지만, '이런 것까지 신경 써야 하나?' 싶을 정도로 주변에서 던져주는 화두는 많았다. 그리고 대부분(그 시간대, 그 음식, 그 위치, 그 콘셉트 등)은 어른들이 불편해하지 않을까에 초점이 맞춰져 있었다. 축하해달라고 손님들을 초대하는 자리이니 최대한 예의를 갖춰 불편함이 없도록 챙겨야 하는 것은 당연하지만, 그 문제가 결혼 준비의 상당 부분을 즐거움이 아닌 고민으로 채우는 것도 사실이었다.

~~~~~

결혼식이 오후 다섯 시에 시작이라 아침에 좀 여유가 있었다. 몇 시간 후면 남편이 될 남자친구를 만나 메이크업을 받으러 갔고, 미리 빌려놓은 드레스와 턱시도도 챙겼다. 평소에 머리를 잘 묶지 않고 긴 머리를 푼 채 다니는 것이 익숙해서 머리를 올리지 않고 화관을 쓸 예정이었다. 인조잔디가 깔린 작은 식장이라 그편이 더 어울릴 것 같기도 했다. 나름대로 이것저것 생각해 결정한 것인데, 미용실에서 내가 원하는 머리 모양을 들은 헤어 디자이너가 고개를 갸우뚱했다.

"머리 내리는 거 어른들이 싫어할 텐데, 괜찮으시겠어요?"
"아……. 그럴까요? 아마 괜찮을 것 같아요, 하하."
"그래도 한 번 물어 보세요."

어른들이 머리 모양이 어떻다고 신경 쓸까 싶었지만, 디자이너님이 불안하다는 듯 재차 권하기에 엄마에게 메시지를 보내 확인했다. 예상대로 엄마는 별말 없이 오케이였다. 다행히 누구도 내가 머리를 묶었는지 어쨌는지 대해서는 별 관심이 없었다. 혹시

나 싫어하는 어른들이 있었어도 상관없었다. 결혼식 날 머리 모양은 누구보다 내 마음에 들어야 하고, 어차피 시간이 지나면 그걸 기억하는 사람도 나밖에 없을 것이다.

주례 없는 예식으로 신랑 손을 잡고 동시 입장을 했고, 함께 성혼 선언문을 읽었다. 축사를 듣고 하객들에게 인사하며 결혼식을 마치는 순서였다. 사실 결혼을 준비하며 예식 순서까지 정해야 하는 줄은 몰랐기 때문에 결혼식 일주일 전에야 부랴부랴 인터넷 검색을 하고 신랑과 의논한 순서였다. 기껏해야 15분 정도 되는 짧은 시간이었지만, 나에게는 평생 기억될 소중한 순간이었다.

그런데…… 식이 끝나는 순간, 신랑 쪽의 한 하객이 불쑥 일어서며 "시아버지가 한마디 해야지!"라고 커다랗게 외치는 것이었다. 즐거운 마음에 한 말이겠지만 너무 당황스러워 못 들은 척했다. 주례도 없고, 신랑 신부 부모님의 덕담 시간도 없어서 어른들이 보기에는 다소 낯선 결혼식이었을지도 모르지만 두 사람이 부부가 되는 중요한 순간에 꼭 그렇게 큰 소리로 자기 생각을 말해야 했을까?

우리나라의 보편적인 결혼식은 마치 신부가 신랑의 집으로 소속을 옮겨 양도되는 것 같은 형식을 취하고 있다. 신부가 아버지의 손에서 남편의 손으로 건네지는 것도, 폐백으로 신부만 시댁 어른들에게 인사를 올리는 것도 그렇다. 그게 싫어서 나는 동시 입장을 했고, 폐백도 생략하자고 했다. 시댁 어른에게 인사를 드리는 동안 우리 부모님이 밖에서 기다리는 것 역시 싫었다. 신랑이 폐백하며 절값을 받을 텐데 안 받아도 되냐고 물었고, 돈보다 내 기분이 중요할 것 같다고 답했다.

~~~~~

결혼식의 주인공은 부부가 되는 두 사람이라고는 하지만, 실제로 두 사람이 온전한 축하를 받기 위해서는 그 자리에 어떤 사람들이 모이는지가 가장 중요하다.

나 역시 직장을 다니며 곤란했던 순간 중 하나가 애매한 직장 동료에게 청첩장을 받을 때였다. 결혼은 당사자들에게는 일생일대의 중요한 사건이지만 주변 사람들에게는 흔한 행사 중 하나일 뿐이다. 물론 순수하게 기뻐하고 축하할 수 있다면 더할 나위 없겠지만 인간관계가 협소한 탓인지 청첩장을 받으면 주말 하루의 시간을 투자할 만한 사람인지, 축의금이 아깝지는 않은지 별의별 생각을 다 하게 됐다.

나 역시 내 청첩장이 누군가를 곤란하게 만드는 상황이 싫었다. 애초에 나에게나 중요하지 남들에게는 그렇지도 않은 행사에 시간을 내어 참석해달라고 누굴 초대하는 것 자체가 참 민망하고 어색했다. 그래서 직장 동료나 학교 선후배 등 애매한 지인들은 아예 초대하지 않았다. 당시 스몰웨딩이라는 말이 유행하기 시작했는데, 이게 스몰웨딩인지 뭔지는 모르겠지만 그냥 '가까운 가족 친지들만 초대해 스몰웨딩을 합니다'라고 공표했다. 초대하지 않았다고 혹시나 서운해하거나 오해하지 말아 달라는 뜻이었다.

요즘은 결혼식을 소규모로 하고 싶어 하는 사람이 많다. 가장 큰 이유는 내 결혼을 정말 축하해주는 사람들과 함께하고 싶다는 마음 때문일 것이다. 오로지 두 사람의 결합을 축하하기 위한 결혼식을 하고 싶다는 욕구는 허례허식을 불편해하는 변화에 발맞춘 자연스러운 흐름이다. 하지만 작은 결혼식의 걸림돌 중 하나가 바로 '부모님 손님' '축의금 회수' 문제다. 우리나라에서 결혼식은 사실상 부모님 행사이기 때문에 부모님 손님을 초대해야 하고, 부모님이 여태까지 돌린 축의금도 이번 기회에 되받아야 한다는 것이다.

그렇게 되면 결혼식을 준비하는 데 있어 '두 사람이 원하고 꿈꾸는 결혼식'의 모습 외에도 고려할 문제가 많아질 수밖에 없다. 정말 친한 친구의 결혼식이라면, 위치가 좀 외지거나 주차가 불편한들 그게 축하하는 마음에 걸림돌이 될까? 밥이 좀 맛없고, 예식 시간이 마음에 안 든다고 한들 좀 아쉬울 뿐이지 어떠하겠는가? 친구가 하얀 드레스가 아니라 빨간 드레스를 입는다 해도, 역시 너답다며 웃어줄 수 있지 않을까? 나 역시 소중한 친구들의 결혼식은 예식이 아무리 길어도, 가는 길이 멀고 힘해도 그 자리에 함께하는 것만으로 기쁘고 즐거웠다.

초대받은 하객들이 결혼식을 얼마나 너그러운 시선으로 바라보는가는 결국 결혼 당사자와 그들이 얼마나 가까운 사람들인가에 달려 있다. 두 사람의 인생에서 가장 큰 이벤트에 참석하고도 신부의 머리 모양이 보기 안 좋다느니, 시간대가 별로라느니 하며 소소한 부분까지 불평할 만큼 부부에게 애정이 없는 이들이라면 애소에 초대되지 않고, 가지 않는 게 서로를 위한 일이 분명하다.

~~~~~~

나의 결혼식은 이런 모습이었으면 좋겠다는 상상을 누구나 한번쯤은 해보았을 것이다. 해외의 한적한 해변에서 하는 결혼식, 예쁜 펜션에서 친구들과 파티처럼 하는 결혼식, 아무도 없는 공간에서 단둘이 서로의 눈을 마주 보고 하는 결혼식…… 상상에서도 각자의 성격과 성향이 나타나는 게 재미있다. 그런데 그 꿈을 꺼내놓다 보면 꼭 누구 한 명은 이렇게 말하며 우리를 현실로 끌어내린다.

"야, 결혼식을 진짜 그렇게 할 수 있을 것 같아?"

결혼식은 그 누구보다 나에게 의미가 있는 행사다. 결혼식에 대한 상상과 꿈이 왜 '당연히' 이룰 수 없는 것일까? 예비 부부가 함께 원한다면, 돈과 시간에 맞춰 원하는 대로 할 수 있어야 마땅하다.

결혼이 삶에 꼭 필요한 요소가 아니게 된 만큼 결혼식의 의미 역시 더더욱 순수한 결합과 축하에 가까워져야만 한다. 결혼 생활의 첫 단계인 결혼식에서부터 전통과 절차, 그리고 부모님의 체면에 휩쓸리다 보면 결국 결혼 생활 전체가 번거로운 사회적 규율을 따르기에 급급한 불편한 과정이 되어버릴 수 있다. 키워주신 부모님에 대한 도리를 부정하라는 것이 아니다. 다만 성인으로서 새로운 가정을 꾸리기 위해서는 어느 정도 독립적인 선택이 필요하다고 생각한다.

물론 '자유로운 결혼식'의 이면에는 복잡하게 얽혀 있는 문제도 있을 것이다. 우선 부모님으로부터 경제적인 독립을 해야 한다. 부모님에게 손 벌리지 않고 결혼하기 위해서는 일단 평범한 신혼부부로서는 절대로 살 수 없는 어마어마한 집값이 문제다. 하지만 결혼은 결국 '각 집안 어르신들의 취향을 조율하는 과정'이 아니라 두 사람이 서로의 의견을 듣고 원하는 것을 찾아가는 과정이 되어야 한다. 근본적으로는 말이다.

결혼은 대부분 두 사람 모두가 처음 해보는 일이라 서툴 수밖에 없다. 하지만 그 이후에도 두 사람 앞에는 더 많은 관문과 갈림길이 놓여 있다. 다소 실수하고 어설퍼도 두 사람이 상의하고 결정해나가도록 담담히 응원하고 지켜봐 주는 것이 어떨까? 부모님을 위한 결혼식이 아니라, 두 사람이 꿈꾸는 미래를 설계하는 첫 단계로서 기쁘고 의미 있는 날이 되도록.

아침밥은
각자 알아서 먹을게요

빠르면 체하고, 무리하면 쉽게 지치는 법이다.

남편이 운동을 열심히 하더니 살이 좀 빠졌다. 실제로는 그가 나의 딱 두 배 속도로, 그리고 두 배 정도 더 많이 먹는데 기본적으로 마른 체형인 데다 운동까지 하니 바로 티가 나는 듯했다. 우리 부부는 매일 보는 만큼 체형의 변화가 확 와닿지는 않았는데, 시댁 가족 행사가 있어서 갔더니 만나는 친척들마다 남편에게 살 빠졌다는 이야기를 했다.

"결혼하면 살쪄야 하는 거 아니야?"

그 시선이 연이어 나를 훑는 것처럼 느껴졌다면 순전히 기분 탓일까? 아내가 밥도 안 챙겨주냐는 의미가 생략된 듯한 뒷말을 나는 애써 모르는 척했다. 하지만 바로 그다음 주에 만난 친정아빠가 그 말을 기어이 표면으로 꺼냈다.

"살이 빠진 것 같은데, 우리 딸이 밥도 안 챙겨주나?"

그러잖아도 아빠는 내가 혼자 친정에 온 날이면 남편 밥은 누가 챙겨주느냐고 한숨을 푹푹 쉬었다. 신랑 밥을 잘 챙겨 먹이라는 아빠의 잔소리가 흘러나오는 동안 밥을 먹느라 제대로 대꾸를 하지 않는 남편에게 나는 결국 으르렁거리며 소리쳤다.

> "밥을 못 얻어먹은 게 아니라 운동을 해서 살이 빠진 거라고 말을 해! 왜 말을 못 해!"

도대체 왜 결혼하면 모두가 밥에 집착하는 걸까? 특히 아침밥! 식사가 우리 삶에서 떼려야 뗄 수 없는, 사실상 매일 반복해야 하는 중요한 일과인 것은 분명하지만 어엿한 성인이라면 각자 자기 밥 정도는 챙겨 먹을 수 있는 능력을 갖추어야 바쁜 현대 사회에서 생존할 수 있다. 하지만 친정에서든 시댁에서든, 부모님이 음식을 싸주거나 요리법을 알려줄 때 그 내용을 귀 기울여 들어야 하는 사람은 대개 나뿐이었다. 한번은 시어머니가 반찬 이것저것의 보관법과 요리법을 알려주는 동안 남편은 거실에서 남 일처럼 휴대전화만 만지작거리고 있었다. 결국 집에 돌아오는 길에 나는 그에게 싫은 소리를 뱉었다. "내가 너한테 밥해주는 사람이야?" 그때 정말로 나를 답답하게 한 것은 온 세상이 은연중에 보내는 '남편 밥은 아내 몫'이라는 메시지였다.

결혼 후 밥에 대한 부담감은 생각보다 강렬하게 나를 따라다녔다. 결혼이든 뭐든, 사람이 살기 위해서는 뭐라도 먹어야 했다. 남편은 요리를 거의 못했고, 자취했던 내가 그나마 조금 나았다. 집에는 내 무릎 높이만큼 오는, 자취방의 미니 냉장고가 아니라 친정에 있는 것 같은 어엿한 냉장고가 들어와 있었다. 신혼이란, 집밥 먹는 생활과 함께 본격적으로 시작되는 듯했다. 남편에게 빨래와 청소 등 다른 집안일을 맡긴 나는, 나라도 요리를 해야 '집밥'을 먹을 수 있다는 묘한 책임감과 의무감에 휩싸였다.

우리도 여느 신혼부부처럼 냉장고를 채우기 위해 같이 장을 보러 갔다. 음식 재료를 골라 담으며 오늘의 밥상을 그려보는 과정은 소꿉놀이처럼 알콩달콩 즐거웠다. 마트를 한 바퀴 돌고 나서 계산대에 올리니 10만 원쯤이 나왔다. 나는 꼭 엠티에 가려고 장을 본 것 같다고 생각해 조금 놀랐다. 장을 얼마 만에 한 번 봐야 하는지, 한 번에 얼마만큼을 사야 하는지조차 영 감이 오질 않았다.

그러고 보면 삼시 세끼를 챙겨 먹으면 예능 〈삼시세끼〉처럼 하루가 다 간다는 현대인의 우스갯소리도 있지 않던가. 밥을 짓는 일은 생각보다 품이 많이 들었다. 엄마가 분명 밥은 밥솥이 다 해준다고 했는데⋯⋯. 솥과 쌀을 씻고 다 된 밥을 주걱으로 저어주는 것은 사람의 일이었다. 냉장고에 있는 재료가 시들지 않게 관리하고, 요리에 필요한 재료를 사고, 다진 마늘과 얼린 파와 간장, 고춧가루를 줄줄이 늘어놓았다가 다시 정리하는 것 역시 일일이 사람의 머리와 손을 써야 하는 일이었다.

살림이 어설픈 초보 부부가 매번 능숙하게 집밥을 챙겨 먹기란 거의 불가능했다. 아침은 각자 적당히 먹었고, 점심은 회사에서 먹으니 같이 밥을 먹는 시간은 저녁밖에 없는데도 그랬다. 처음에는 같이 집밥을 먹는 시간이 꽤 신혼부부답다는 기분에 젖어 나름대로 의욕이 있었다. 게다가 집밥이 파는 음식보다 더 맛있고, 경제적으로도 효율적이라고 생각했다. 한 번 재료를 사면 며칠 동안 여러 개의 반찬을 만들 수 있으니 실제로 외식보다는 저렴했다.

하지만 합리적인 가정 경제를 위해서는 퇴근 후에도 이어지는 '노동'이 필요했다. 또한 우리는 신혼부부이기 이전에 저녁 약속도 많고, 친구들과 술집 가는 걸 좋아하는 20대 직장인들이었다. 일정이 들쑥날쑥하다 보니 냉장고 속 재료를 썩히지 않고 관리하는 것부터가 어려운 일이었다. 때로는 버리는 것이 먹는 것만큼(어떨 땐 먹는 것보다) 많았고, 전기밥솥의 밥이 보온 100시간을 넘길 때도 종종 있었다. 둘 다 요리에 썩 실력이나 취미가 있지도 않았다. 머릿속에 언뜻 그렸던 신혼 밥상이 실현되려면 적어도 둘 중 하나는 요리를 좋아해야 했던 것이다.

그런 와중에도 나는 집밥에 대한 이유 모를 압박감에서 자유로울 수 없었다. 집중해서 일하다가도 남편의 퇴근 시간이 가까워오면 메뉴를 고민하느라 일의 맥이 끊겼다. 뭘 먹을지 생각하는 것 자체가 부담스러워지기 시작했고, 요리 실력은 조금씩 늘어가는 반면 흥미는 빠르게 떨어져 갔다.

~~~~~~

그때쯤 남편이 여름맞이 몸 관리를 하겠다며 저녁을 고구마나 과일, 단백질 보조식품 등으로 간단하게 해결하겠다고 말했다. 그것참 듣던 중 반가운 소리……였지만 티는 많이 내지 않으려고 노력했다. 대신 시장에서 간단히 먹을 수 있는 음식들을 사다 냉장고를 채워놓았다. 나는 원래 한식보다 양식을, 또 그보다는 간식을 좋아하는 편이라 혼자 내키면 파스타를 삶아 먹거나 간단한 군것질에 맥주를 먹거나 했다. 물론 종종 외식도 했다.

집에서 밥을 안 하니 스트레스도 줄어들고 그렇게 편할 수가 없었다. 나에게 맞는 생활 방식으로 돌아온 느낌이었다. 결혼했다고 내가 갑자기 엄마처럼 '주부 9단'이 되는 건 아니었다. 억지로 냉장고에 남은 식재료를 계산하고 집밥을 하려 애쓰는 것보다 그때그때 편한 방식으로 먹고 싶은 걸 먹는 게 좋았다.

냉장고는 최대한 단출하게 유지하려 했다. 오래 보관할 수 있는 김치, 쉽게 먹을 수 있는 과일이나 요구르트, 그리고 늘 마시는 맥주 정도만 보관했다. 채소는 먹고 싶을 때 한 종류씩만 사서 바로바로 먹었고, 여러 재료가 들어가야 하는 찌개 같은 것은 반찬 가게에서 반조리 식품을 사다 먹었다. 건강을 유지하는 선에서 최대한 간편하게 먹을 수 있는 것들을 탐색하다 보니 나중에는 열두 팩씩 포장된 도시락을 주문해 냉동해놓기도 했다.

내심 남편이 집밥에 대해 아쉬움이 있지 않을까 걱정했는데, 한번은 장을 보러 가서 남편이 먼저 말했다. "전처럼 집밥을 굳이 해 먹는 것보다 바로 먹을 수 있는 것들을 챙겨놓고 간단히 먹는 게 나은 것 같지 않아?" 어쩌면 내가 만든 집밥이 고통스러웠던 건지……는 모르겠지만 어쨌든 의견이 일치하는 건 다행스러운 일이었다.

집안일을 나누어서 하는 것은 자신과 서로를 위한 배려와 노력이지, 한 사람의 생존 유지를 다른 사람에게 짐처럼 얹어준다는 뜻이 아니다. 남편이니까, 아내니까 정해진 일을 하는 게 아니라 각자가 더 잘할 수 있는 일을 찾고, 할 수 있는 방식대로 하는 방향이 옳다. '원래 결혼하면 이렇게 하는 것'이라는 생각을 무작정 따르는 대신 여러 번의 시행착오 끝에 자신들에게 가장 적절한 생활 양식을 찾아나가는 것이 결국 두 사람 모두에게 편한 결혼 생활을 위한 방법이 아닐까. 빠르면 체하고, 무리하면 쉽게 지치는 법이다. 물론 살다 보면 우리의 식단이 변화하는 날이 올지도 모르겠다. 다만 지금의 우리에게는 지금의 방식이 편하다.

'원래 그런 것'은
존재하지 않는다

"운전 못하면 집에 가서 밥이나 해!"라는 말에
화가 나는 건, 밥하는 것이 여자의 일이라는
전제 때문이기도 하지만, 더 나아가면 밥하는 일을
가치 없는 것으로 낮춰 보기 때문이다.

"이 김치 버려야 되는 거 아니야?"

"응? 글쎄……."

하루는 남편이 냉장고를 열고 훑어보더니 물었다. 김치는 웬만하면 오래 두고 먹을 수 있는 거 아니냐며 내가 고개를 갸웃하자 남편이 한숨을 푹 내쉬었다. 그날따라 남편이 좀 예민했는지 몰라도, '그것도 몰라?' 혹은 '이렇게 방치되도록 여태 뭐했어?'라는 의미가 명백하게 느껴지는 한숨이었다.

우리 집에서 요리는 보통 내가 하지만, 남편 혼자 아침을 차려 먹기 때문에 냉장고를 여는 횟수는 비등비등하다. 또 시댁이 가깝다 보니 친정보다는 시댁에서 받아온 반찬이 더 많다. 냉장고에 있는 식재료는 요리를 주로 하는 내 담당일지도 모르지만, 냉장고 관리나 부엌 청소에 대해 의무감을 가지고 있지는 않았다. 물론 남편이 해야 한다고 생각한 것도 아니다. 그저 맞벌이 부부이다 보니 두 사람 모두 냉장고 사정을 꼼꼼히 살피지 못했을 뿐이었다.

하지만 남편의 반응을 보니, 그의 머릿속에서 냉장고 속 반찬 관리가 은연중에 내 담당으로 지정되어 있었던 것 같다. 따라서 남편은 냉장고 안에서 문제를 발견했을 때 "이거 상한 것 같지 않아?"처럼 자기 생각을 제시하거나 "이거 상했으니 버릴게"처럼 해결하는 태도가 아니라, 나를 '지적하는' 입장이 된 것이다. 나로서는 지금까지 나에게 냉장고 관리자의 역할을 전적으로 부여해본 적이 없었기 때문에, 제대로 못 챙긴 것이 미안하기보다 의아해졌다.

평등하게 집안일을 분담하는 관계라는 것을 전제로 하고 있으면서도, 어쩌면 그는 부엌일만큼은 무의식적으로 아내의 역할이라 여겼던 것은 아닐까? 그 점을 남편에게 말하자, 그는 무심코 그렇게 생각하는 마음이 있었던 것 같다며 앞으로는 주의하기로 약속했다.

같이 생활하는 두 사람이 집안을 유지해나가기 위한 서로의 노력을 당연하게 생각하지 말고, 고맙게 여겼으면 좋겠다. 설사 '냉장고는 아내(남편) 담당'이라고 정했더라도 서로의 부족함을 비난하게 되면 얘기가 복잡해진다. 직장에서 일을 얼마나 잘하고 있는지는 서로 지켜볼 수 없지만, 집안일은 부부가 공동으로 하는 것이라 더 눈에 띄고 부족한 점을 발견하기도 쉽다. '이건 (암묵적

으로) 네 일인데 왜 안 해?'라고 말하는 순간, 내 일이 많은지 네
일이 힘든지 재고 따질 수밖에 없게 된다.

~~~~~

내 친구는 얼마 전 아기를 낳았는데 두 시간 이상을 연이어 잘 수
가 없다고 했다. 남편 품에서는 아기가 좀처럼 자려고 하지 않고
버텨서, 밤에도 아기를 재우는 것은 엄마 몫이 됐다. 그런데 하루
는 남편과 통화하던 시어머니의 목소리가 휴대전화 저편에서 들
리더란다.

　　– 요즘 아기 보느라 힘들겠구나.
　　"아내가 고생하고 있지."
　　– 걔가 집에서 뭐가 힘드니? 일하는 네가 힘들지.

친구는 일과 육아 중 육아가 더 편할 것 같아서 그쪽을 선택했을
까? 물론 아니다. 생물학적으로 여성이 아기를 낳아야 하고, 모유
를 먹이려면 집에서 육아를 할 수밖에 없다. 그렇다면 육아는 정
말 직장보다 편할까? 이 물음에 대한 대답 역시 물론 '아니다'.

"운전 못하면 집에 가서 밥이나 해(혹은 애나 봐)!"라는 말에 화가 나는 건 밥하는 것이 여자의 일이라는 전제 때문이기도 하지만, 더 나아가면 밥하는 일을 가치 없는 것으로 낮춰 보기 때문이다. 과거에는 노동의 영역을 수익이 생기는 것에 한정했기 때문에 집안일의 가치는 자연히 폄하됐다. 즉, 집안일을 여자의 일이며 가치 없는 것, 힘이 안 드는 것, '바깥일'과는 달리 아무나 하면 되는 것으로 여겼다.

이런 말이 나오면 꼭 나오는, '대신 힘쓰는 일은 남자가 하잖아'라는 반박과 맥락을 같이 하기 어려운 부분이 바로 여기에 있다. 전구를 갈아 끼우고, 못을 박고, 무거운 짐을 나르는 일은 폄하되지 않는다. 누군가를 비난하는 의미로 "너는 집에 가서 전구나 갈아!"라는 말을 쓰는 경우는 없다. 오히려 못 박는 남자의 팔뚝은 섹시하게 묘사될 때도 있다.

물론 내가 모든 여성을 대표할 수는 없지만, '집에서 놀면서 애나 보면 편할 것 같아서' 육아를 선택하는 이들은 거의 없을 것이다. 하지만 여전히 집안일과 육아는 여자가 당연히 해야 하는 일이며, 직장 일보다 쉽고 수익이 생기지도 않기 때문에 힘들다고 불평해서는 안 된다고 생각하는 경우가 많다.

나는 일을 그만두고 싶지 않다. 하지만 만약 우리 부부가 아기를 갖는다면 어쨌든 출산을 해야 하는 나는 일시적이라도 경력 단절이 생기고, 육아에 시간을 더 할애할 수밖에 없다. 그런데 만약 남편 쪽에서 '너는 집에서 애 보니 좋겠다'고 한다면 정말 화가 날 것 같다. 나도 사회생활을 하고 있으니 직장에서 돈 버는 일의 어려움을 간과하는 것은 아니지만, 남의 떡이 커 보인다는 말이 적어도 부부 사이에 적용되어서는 안 된다.

~~~~~

시어머니와 밥을 먹으면서 이런저런 이야기를 나누다가 우스갯소리처럼 이런 말이 지나갔다.

> "이웃 할머니가 나는 아들이랑 며느리한테 똑같이 잘해줄 것 같다고, 며느리한테 그렇게 잘해주면 안 된다고 하더라."
> "네? 하하……."

요즘에도 그런 생각을 하는 분이 계시느냐고 고개를 저으며 넘어갔지만 한동안 그 이야기가 머릿속에 얼룩처럼 남아 있었다. 별

의미 없이 전한 말이라고 해도, 고부 관계가 여전히 낡은 사고방식에 뒷덜미를 붙잡혀 있다는 생각을 하지 않을 수 없었다.

시대가 달라졌다는 것을 받아들이는 시어머니라도 '원래 며느리는 더 편하게 해도 되는 법인데, 난 이렇게 너그럽게 대하니 좋은 시댁이다'라는 생각을 단 한번이라도 해본 적이 없다고 할 수 있을까? 며느리를 아들과 동등하게 대해주는 것만으로도 '좋은 시댁'이라는 수식어가 붙는 게 당연할까?

여자, 엄마, 며느리의 역할에 대한 고정 관념은 뿌리 깊게 심어져 있어 쉽게 변하지 않으리라는 사실을 폐부로 느낀다. 지금 생각해보면 죄송하지만, 나 역시 엄마의 희생을 관성적으로 받아들이며 자랐다. 고부 관계뿐 아니라 부부 사이에도, 심지어 아내나 며느리, 엄마로서 스스로 씌우는 프레임도 있을 것이다.

이런 점에 대해 불편함을 표하니 의외로 '어른들 생각을 바꾸기란 어려우니 그냥 긍정적으로 받아들여라' '시댁에서 남편 체면 세워줄 수도 있는 것 아니냐' '뭐 그리 복잡하게 생각하냐……'는 의견도 많았다. 하지만 그렇게 받아들여서는 불평등한 부부의 지위가 언제까지고 바뀌지 않는다.

서로를 위해 조금씩 희생하고, 양보할 수는 있다. 하지만 그 무게와 책임이 적어도 당연한 것은 아니었으면 좋겠다. 직장인이든 전업주부든 힘들지만 애써서 일을 해내고 있다는 사실을 서로가 인정하고, 그 수고와 성의를 고맙게 여기길 바란다.

내 미래는
내 기준으로 그릴게요

다른 사람이 소중하게 여기는 것에 관해

조언할 때는 조금 더 신중해질 필요가 있다.

그게 고양이든, 낡은 스피커든, 수집품이든

이해가 안 되면 그냥 고개 한번 갸웃하고 넘어가면 될 일이다.

기본적으로 조언은 내가 알고 있는 것을 아직 겪지 않은 이들에게 알려주고 싶은 마음, 그래서 그들이 나와 같은 실수를 반복하지 않게 하고 싶은 상냥한 마음에서 발현된다. 하지만 세상엔 내가 살아온 삶과는 다른 유형의 삶이 수없이 존재한다. 자신이 경험하지 않아 모르는 영역이 엄연히 존재한다는 사실을 전제하지 않고 하는 조언은 결국 오지랖이 된다. 말할 때는 좋은 의도일지 몰라도, 듣는 사람에게는 불필요한 간섭이 되는 것이다. 누구도 나쁜 사람은 없는데, '불편한 사람'이 생기는 셈이다.

개인적으로는 오지랖 중에서도 가장 쓸데없는 것이 가족 구성에 대한 간섭이라고 생각한다. 신혼일 땐 아기 낳아라, 첫째를 낳았으면 둘째는 아들(딸)로 낳아라, 아들 둘이면 딸 하나는 있어야 한다더라……. 남의 가정사처럼 사적인 영역이 없는데도, 가족 구성에 대한 참견은 서슴없이 일어난다. 그나마 사람의 경우에는 '더 낳으라'는 참견이 많지만, 반려동물에 대해서는 반대로 '내다 버리라'는 종류의 참견이 많다. 듣는 가족 입장에서는 속이 뒤집히는 얘기다.

~~~~~

나는 오랫동안 반려동물을 키워왔고, 주변에도 반려인들이 꽤 많았다. 그래서 고양이에 대한 편견이 많다 해도 그걸 실제로 접할 일은 거의 없었다. 특히 반려동물 관련 업종에서 일했던 내 주위에는 도리어 동물과의 공존을 위해 애쓰는 이들이 적지 않았다. 적어도 길고양이를 보면 '어머, 귀여워' 하는 부류의 사람이 더 많은 세계에 나는 속해 있었던 것이다.

그런데 결혼 이후로 내가 속한 세계의 범위가 넓어지자 들리는 목소리도 달라졌다. 결혼과 고양이가 무슨 상관인가 싶었지만, 바로 '아기'가 핵심이었다. 결혼과 동시에 주변 사람들이 내 가족 구성과 미래 계획에 대해 깃털처럼 가벼운 관심을 기울이기 시작한 것이다. 예를 들어 결혼 소식을 들은 친척 어른은 내가 고양이를 키우고 있다고 하자 화들짝 놀라며 말씀하셨다.

"아기 낳으면 고양이는 다른 데 보내라!"

내가 그럴 일은 없지만 누군가에게 그런 말을 직접 들었다는 것 자체가 적잖은 충격이었다. 고양이에게 특별히 악의가 있어서 한 말은 물론 아니겠지만, 동물과 아기를 함께 키우는 일은 상상조차 할 수 없다고 생각하는 어른들이 내 주변에도 얼마든지 있었던 것이다.

그 뒤로도 비슷한 일이 몇 번 있었다. 집에 공기청정기를 관리하는 매니저님이 방문했다. 우리 집 고양이들은 어찌 된 영문인지 통 낯을 가리지 않아서, 새로운 사람이 집에 오자 숨기는커녕 공기청정기 근처로 모여들었고, 다행히 그분도 고양이를 무서워하거나 피하지 않았다. 그런데 점검이 끝난 뒤, 그분은 고양이들을 슬쩍 보며 친밀한 말투로 물었다.

"고양이는 누가 좋아해서 키우는 거예요?"
"네? 뭐…… 제가요."
"아이고, 아기 낳으면 어쩌려고요."

나는 잠시 말문이 막혔다가 이내 괜찮다며 변명했지만 그분은 아기가 생기면 고양이들이 샘을 내서 안 된다느니, 개랑 달라서 아기한테 문제가 된다느니 하며 뜬금없는 '고양이 음모론'을 펼치다 가셨다.

심지어 우리 시어머니는 결혼 절차부터 신혼집까지 우리 부부의 방식에 관여하지 않고 존중하는 분이었는데도 고양이를 키운다는 사실에는 깜짝 놀라셨다. 한 번은 통화 도중에 진지하게 말씀하기도 했다.

> "고양이는 나쁜 일 당하면 복수한다던데…… 주인도 못 알아보지 않니? 동물 더 많이 키우지는 마라."

"에이, 못 알아보긴요. 현관까지 마중도 나오고, 얼마나 귀여운데요." 웃으면서 대답했지만 세상의 편견에 다시 한번 부딪히는 순간이었다.

결혼은 두 사람이 서로의 낯선 삶의 방식을 받아들이고 맞춰가는 일이고, 그 삶의 방식은 대개 지금까지 자라온 환경의 영향을 받는다. 우리 부부의 경우, 가장 크게 다른 부분은 반려동물에 대한 생각이었다. 항상 동물을 키웠던 우리 집과 한 번도 동물을 키워본 적 없고, 심지어 무서워하는 시댁은 반려동물에 대한 생각이 다를 수밖에 없었다.

사실 고양이가 임산부에게 해롭다는 말에 대한 근거는 전혀 없다. 임산부에게 위험하다고 알려진 톡소플라스마에 실제로 감염되려면 1. 톡소플라스마에 감염된 적이 없어 내성이 없는 고양이가 2. 집 밖에서 기생충에 감염된 쥐를 잡아먹고 3. 그것을 배변하여 24시간 동안 방치한 뒤 4. 배변을 임산부가 손으로 집어 섭취해야 15퍼센트 확률로 감염된다고 한다. 이처럼 우리가 근거라고 믿고 있는 정보 역시 정확하지도 않을 때가 많다. 더구나 고양이를 키우는 임산부라면 당사자가 가장 신중하게 고민하여 가족 계획을 세웠을 것이다.

누가 옳은 것도, 틀린 것도 아니므로 그저 원하는 대로 결정해 살면 그만이다. 고양이를 좋아하는 내 마음을 존중받고 싶은 것과 마찬가지로, 고양이를 싫어하거나 아기에게 피해를 준다고 생각하는 이들의 마음도 이해한다. 동물을 좋아하더라도 아기와 같은 공간에 두기는 찜찜한 부부라면 동물을 안 키우면 된다. 결국 당사자들이 선택할 문제다.

~~~~~

다른 사람이 소중하게 여기는 것에 관해 조언할 때는 조금 더 신중해질 필요가 있다. 그게 고양이든, 낡은 스피커든, 수집품이든 이해가 안 되면 그냥 고개 한번 갸웃하고 넘어가면 될 일이다. 내가 별생각 없이 던진 말 때문에 다른 사람이 소중한 것을 포기하겠다고 결정한다면 그 책임감이 너무 무겁지 않을까? 막상 그때가 되면 '난 그냥 해본 말'이라며 내 알 바 아니라고 방관할 것인가?

결국 한 부부의 삶은 어디까지나 부부의 성향과 가치관에 맞춰 방향을 결정하면 된다. 우리 부부의 경우도 고양이를 키우기로 했을 때, 당연히 미래에 대한 기준 같은 게 있었다. 그 안에 아기와 고양이가 공존할 수 없다는 선택지는 애초에 없었다. '아기 낳으면 고양이는 버려야' 한다는 조언의 근거는 궁금하지도 않고, 오히려 내 삶의 가치관을 무시하는 폭력적인 훈수로 들린다.

다른 사람이 선택한 삶의 모양을 좋거나 나쁘다고 평가하거나 방향을 제시하는 것은 분명히 상대방에 대한 이해를 전제로 매우 조심스럽게 해야 하는 일이다. '나만의 기준'을 모든 경우에 통용하면 곤란하다.

상대방의 가치에 대한 기본적인 배려가 평소에는 그럭저럭 잘 지켜지다가도, 어쩐지 결혼과 아기의 문제에서는 조언과 오지랖이 거침없이 발현되는 때가 많은 것 같다. 인생의 중요한 사건인 만큼 먼저 겪은 자들의 조언이 당연히 필요할 것으로 여겨지는 모양이다. 하지만 삶의 방식은 사람의 수만큼 있으며 그중 정답은 없다. 당연히 조언을 꼭 따라야 할 이유도 없다.

참견하는 이들의 마음은 걱정과 호의지만 상대방에게 때로는 불편한 간섭으로 느껴지는 것은 분명하다. 나의 정신건강을 위해 어느 정도는 너그러운 마음으로 흘려듣는 편이 좋지 않을까 싶지만, 적어도 내 경우엔 새로운 생명을 위해 여태 함께해온 다른 생명을 포기하라는 비윤리적인 조언만큼은 사양하고 싶다.

말하는 대로
생각하게 된다

가족 간에 일어나는 많은 양보와 희생은
'가족이니까'라는 한마디로 이해된다.
하지만 '아가씨'와 '도련님'이라고 존칭하면서
그들을 정말 내 식구처럼 친근하게 여길 수 있을까?
좋아하는 마음과 별개로, 우리 사이에는
언제나 민망한 호칭의 벽이 세워져 있다.

　　　　남편의 여동생, 즉 나에게는 '아가씨'가 결혼을 앞두고 남자친구를 데려와 다 같이 식사를 했다. 남편의 가족 테두리 안에 들어왔다는 사실이 나도 아직은 서먹한데, 그 안에 또 새로운 가족이 생긴다니 신기하면서도 낯설었다. 결혼할 배우자의 부모님에게 잘 보이고 싶은 마음이 넌지시 짐작되어 처음 인사 왔을 때의 내 모습이 새삼 떠오르기도 했다. 다들 처음엔 어색한 표정이었지만 술을 몇 잔 마시며 이야기를 주고받으니 금방 분위기가 화기애애해졌다.

무심코 남편에게 "그런데, 여동생의 남편은 내가 뭐라고 불러야 되지?"라고 묻자 모두의 머리 위에 물음표가 떠올랐다. 초등학교 시험공부할 때 분명히 이것저것 외웠던 것 같은데, 결혼하기 전까지는 쓸 데가 없어서 다 잊어버렸다. 몇 가지 의견이 나왔지만 시부모님도 헷갈리는 기색이었다. 하기야, 내가 아가씨의 남편을 부를 일이 딱히 뭐가 있을까? 결국 내가 농담 삼아 말했다.

　　"아무래도 '저기요'라고 불러야 할 것 같은데요."

그러자 시아버지가 웃으면서도 그건 절대 안 된다고 질색을 하셨다. 결국 휴대전화로 찾아보니 '서방님'이었다. 그것참…… 기분 묘한 호칭이다. 아무래도 내가 그를 호칭으로 부를 일은 생기지 않을 것 같다(참고로 '서방님'이 나를 부를 때는 '아주머니'다).

~~~~~

외국인들이 토론하는 예능 프로그램 〈비정상회담〉에서 한 미국인 출연자가 "한국에서 상사에게 무언가 제안할 때 뭐라고 해야 할지 모르겠다. '~합시다'라고 말하면 안 된다고 하더라"는 얘기를 했다. 우리나라는 무언가를 제의할 때 아랫사람이 결정권을 윗사람에게 넘겨주는 형식으로 말해야 예의 있다고 여겨진다. 언어는 이처럼 우리의 행동 방식을 그대로 보여주고, 그 관습을 이어나가게 하는 매개체가 된다. 결국 말하는 대로 생각하게 된다는 이야기다.

결혼 후 남편의 여동생을 제대로 된 호칭으로 불러본 적이 없다. 정식 호칭은 '아가씨'인데 입 밖으로 뱉으면 어쩐지 알레르기가 돋을 것처럼 간지러웠다. 내가 여태까지 살면서 들은 아가씨라는 말은 아저씨들이 내 또래 여자들을 부를 때, 아니면 사극에서 종이 주인집 딸을 부를 때 사용하는 경우가 대부분이었다.

아가씨를 일부러 멀리하는 것은 아니다. 나보다 네 살이 어린 남편의 여동생은 똑 부러지고 야무진 성격이라 연장자로서 보기에 예쁜 것은 물론이고, 시댁에서 나 대신 '요즘 세대'를 대변해줄 때가 많아서 항상 고맙다. 서로 몇 번 얼굴 본 적이 없으니 서먹하긴 하지만, 가끔 만날 땐 언니인 내가 동생 챙기듯 친근하게 말 걸고 싶은 마음도 든다.

하지만 통 입이 떨어지지 않아 부를 수가 없다. 게다가 존댓말도 써야 한단다. 그냥 '대리님' '사장님' 부르듯 크게 의미를 두지 말고 단순하게 부르면 되는데 내가 좀 유난스러운 걸까? 하지만 최근 가족의 호칭을 다시 한 번 생각해봐야 한다는 목소리가 높다. 이 호칭에 불편을 느낀 건 역시, 나만이 아니었던 것이다.

시댁 식구를 부르는 호칭이 어쩐지 껄끄러운 이유는 바로 언어 안에 답이 있다. '아가씨' '도련님' 등이 사실은 남존여비사상의 잔재이기 때문이다. 여자가 출가외인이 되어 시댁으로 들어오고, 기존의 시댁 식구들을 높여 부르던 호칭이 지금까지 이어지고 있다. 시댁은 '~댁(宅)'이라고 높여 부르고 처가집은 '~가(家)'로 부르는 것이나, 남편이 아내의 형제를 부를 때는 '처형'이나 '처제'로 존칭어를 쓰지 않는다는 것까지 짚고 넘어갈 것도 없다.

얼마 전 대안으로 사용할 호칭이 없을까 궁금해하다가 새로운 사실을 알고 놀랐다. 남편이 아내의 부모님을 '장인어른' '장모님'이라고 부르는 게 보통이다. 그런데 남편이 자신의 부모님이나 아내, 친척 등에게 처부모를 지칭할 때는 존칭하지 않고 '장인, 장모'라고 말하는 게 원칙이란다. 아니, 어른을 존칭하지 않는 게 원칙이라니? 그렇다면 남편이 시부모님이나 나에게 "장인은 이런 일 하셔" "오늘 장모가 전화했는데"라고 해도 '원칙상으로 틀리지 않는다'는 것이다.

그게 정말 현대에도 적용되는 원칙인지, 국립국어원에 문의해봤다.

> "장인/장모는 '아내의 아버지/아내의 어머니를 이르는 말'이며, 높임말이 '장인어른'과 '장모님'입니다. 따라서 '장인/장모'는 높임말은 아닙니다.
> '표준 언어 예절'에 따르면 장모에 대한 호칭어는 '장모님'이라고 하는 것이 바르나 아내에게, 부모와 동기, 친척에게, 그 밖의 사람에게 지칭할 때는 '장모'라고 하는 것이 원칙입니다. 다만 처부모의 나이가 친부모보다 훨씬 많거나

그 밖에 처부모를 대접해서 말할 필요가 있으면 '장모님'이라고 지칭할 수 있습니다."

결국 원칙상으로는 남편이 아내나 부모, 동기, 친척에게 처부모를 존칭하지 않는 게 바르다는 것이다. 간혹 짜장면이라는 단어처럼, 시대의 흐름에 따라 사전에 등재된 단어도 수정되거나 새로운 단어로 대체될 때가 있다. 이처럼 단어가 바뀌려면 어떤 조건이 충족되어야 하는지 다시 물었다.

"여러 기준이 종합적으로 고려되므로 명확한 답변은 어렵습니다. 대체로 의미가 어원과는 멀어지거나 어원이 불분명해진 경우, 새로운 문법적 기능을 획득하게 된 경우와 같이 단어가 기존의 형태와 괴리가 생긴 경우 맞춤법이 변한다고 할 수 있겠습니다. '자장면'의 경우 원 형태인 한자의 발음이 영향을 미친 것이었으나 어원을 인식하기 어려워졌으며 '자장면' 역시 어원의 발음과 괴리가 있는 상태였으므로 '짜장면'을 복수 표준어로 인정한 것으로 볼 수 있습니다."

우리말을 정말 좋아해서 취업도 안 된다는 국문과에 진학했던 나

200
~
201

는, 언제나 존댓말이 우리 언어를 풍부하게 만들어준다고 생각했다. 존댓말과 반말 가운데를 슬쩍 오가는 연인의 간질거리는 대화를 어떤 언어로 대체할 수 있단 말인가. 드라마 〈그들이 사는 세상〉에서 여주인공은 "선배, 너는 그게 문제야"라는 화법을 썼다. '선배는 그게 문제예요'도 아니고 '야, 넌 그래서 안 돼'도 아닌, 그 어디쯤에서 아슬아슬하게 줄타기하는 언어의 매력은 우리 말에서만 느낄 수 있다. 외국어로 번역된다면 결코 느낄 수 없는 맛이다. 하지만 언어가 우리를 불평등하게 옭아매는 도구여서는 안 된다. 특히 다른 누구도 아닌 가족 간의 호칭이라면 더더욱 그렇다. 너무 낯설고, 낡은 단어들 앞에서 나는 자꾸만 그들을 부르지 못하고 머뭇거리게 된다.

~~~~~

남편과 아내가 서로의 가족을 대하는 호칭에 계급이 나뉘는 것도 문제지만, 무엇보다 호칭이 어렵거나 껄끄러우면 그 사람을 부르지 않게 된다. 누구에게든 새로운 가족은 어려운 법인데, 어색한 호칭이 그 사이에 한층 더 두꺼운 벽을 쌓는 건 아닐까. 그렇다면 언어가 바뀌는 데에 아무리 긴 시간이 걸리더라도 대안을 생각해

볼 의미는 충분하다. 언어가 바뀌어야만 생각도 함께 바뀌기 때문이다.

가족 간에 일어나는 많은 양보와 희생은 '가족이니까'라는 한마디로 이해된다. 하지만 '아가씨'와 '도련님'이라고 존칭하면서 그들을 정말 내 식구처럼 친근하게 여길 수 있을까? 좋아하는 마음과 별개로, 우리 사이에는 언제나 민망한 호칭의 벽이 세워져 있다. 아마 난 '서방님'을 결코 부르지 못할 것이고, 그를 완전한 가족으로 여기기도 한동안 힘들 것 같다.

왜 며느리가
제사를 지낼까

제사에 가지 않는 것에 대한 죄송한 마음은
갖지 않으려고 한다. 가족끼리 꼭 그렇게 칼로 자르듯
이기적으로 굴어야 하냐고? 합당하지 않다고
여겨지는 일을 참아내며 계속하면 결국 그 화살은
남편에게 돌아가고 부부 관계에 영향을 미친다.
기존의 가족 때문에 또 다른 가족이 무너지는 셈이다.

예능 프로그램 〈알쓸신잡〉에서 유시민 작가가 최진립 장군에 얽힌 사연을 설명한 적이 있다. 최진립 장군은 임진왜란과 병자호란 두 차례의 전쟁에 의병으로 싸우다가 전사했는데, 병자호란에는 그의 집에서 일하던 두 노비가 따라갔다고 한다. 전장에서 죽을 것을 직감한 최진립 장군이 두 노비를 집에 돌려보내려 했으나, 그들은 어찌 자신들만 돌아갈 수 있겠느냐며 함께 싸우다가 죽음을 맞이했다는 것이다.

그때부터 최진립 장군의 집에서는 두 노비의 제사를 지냈다고 한다. 신분이 다른 노비들의 제사를 지낸다는 게 남들에게 흉이 될 수 있었는데도, 감사하는 마음을 기린 것이다. 그 사연을 들으니 나는 비로소 제사를 왜 지내는지 이해할 수 있었다. 최진립 장군의 가족들은 아마 그들이 내세에서 행복하기를 정성을 다해 기원했으리라.

~~~~~

나는 아마 사춘기 무렵부터 제사를 싫어했던 것 같다. 엄마는 집에서 잘 먹지도 않는 생선이나 토란 같은 것을 사서 음식을 했다. 제사를 지내고 나면 '먹어 치워야 하는' 음식이 가득 남았다. 1년에 서너 차례 얼굴을 볼까 말까 한 고모들이 우리 집 거실에서 과일을 먹으며 엄마한테 심부름을 시키는 날이기도 했다. 고모들은 나한테 아빠한테 잘하라고 잔소리 아닌 잔소리를 했다. 아빠는 고모들이 오기 전에 청소도 하고 음식 준비도 도왔지만, 고모들이 우리 집에 도착할 때쯤은 보통 출근하고 없었다. 나는 친척들 간의 호칭도 잘 몰랐을 때였는데, 그 만남에서 우리 엄마가 가장 약자라는 사실은 이미 알았다.

시간이 흐르다 보니 고모들이 집에 오는 횟수가 줄었고, 제사는 우리 식구만의 행사가 될 때가 많아졌다. 나는 고등학생일 때는 야자를 하느라, 대학생 때는 친구들과 술을 먹고 노느라 제삿날이 언제인지도 잘 몰랐다. 엄마도 나를 굳이 부르지 않았다.

상견례를 하던 날, 시아버지를 처음 뵈었다. 남자친구는 결혼 전의 수많은 남자가 시집살이를 부정하기 위해 짠 듯이 내뱉는 '우리 엄마는 안 그래'를 시전했는데, 실제로 시어머니는 '그런 분'이 아니었다. 대신 시아버지가 전통을 아주 중시하는 분이었다. 상견례 중에 시아버지가 나에게 불쑥 말씀했다.

"다음 달에 제사 지내는데 내려와라!"

나는 서울에 사는 직장인이고, 제사는 지방에서 지낸다. 남편은 그게 아버지 나름의 애정 표현 즉, 우리가 이제 가족이라는 말이라고 해명했다. 결혼한다는 건 이제 남편 집 제사에 참여해야 한다는 뜻인 걸까? 나는 그날 밤 상당히 불안해졌으나, 돈 주지 않는 이상 싫은 것을 억지로 하지 않는 내 성격을 믿으며 마음을 안정시켰다.

결혼 전에 남편에게 명절 풍경에 대해 슬쩍 물었는데, 전형적으로 여자들만 일하는 집이었다. 나는 결혼해도 제사를 지내지 않겠다고 남편에게 말했다. 남자 집 조상에게 제사를 지내기 위해 남의 집에서 온 여자들만 일하는 풍습은 언젠가는 없어져야 하고, 없어질 거라면 나부터 적용해서 나쁠 일은 없었다. 남편이 자기 집 제사에 참여하고 싶다면 당연히 말릴 생각은 없지만, 사실 제사에 별 관심이 없었던 건 그도 마찬가지였다.

다행히 내가 제사 불참을 선언하기도 전에, 시어머니는 낭신이 고생한 것으로 충분하다며 나를 제사에 부르지 않겠다고 했다. 지금은 시댁 제사도, 친정 제사도 참여하지 않는다. 늘 우리 부부의 행복이 최고라는 시어머니의 사랑은 참 감사하고 든든하다. 하지만 제사에 가지 않는 것에 대한 죄송한 마음은 갖지 않으려고 한다. 제사를 돕지 않는다는 부채 의식은 '며느리이기 때문에 당연히 해야 할 일'이라는 차별적 역할 부여에서 비롯되기 때문이다. 가족끼리 꼭 그렇게 칼로 자르듯 이기적으로 굴어야 하냐고? 합당하지 않다고 여겨지는 일을 참아내며 계속하면 결국 그 화살은 남편에게 돌아가고, 부부 관계에 영향을 미친다. 기존의 가족 때문에 새로운 가족이 무너지는 셈이다.

물론 애초에 제사가 사람들의 갈등을 조장하기 위한 취지는 아니었을 것이다. 전통은 어디까지 지켜져야 할까? 어떤 전통은 아름답게 이어져야 하지만, 어떤 전통은 변해야 한다. 조상을 기리는 일이 중요하다면 반대로 사위도 여자 집안에 가서 제사상을 차리는 것이 마땅하다. 물론 굉장히 바쁜 한 해가 될 것이다. 어떤 집안 행사든 참석하는 사람은 고려하지 않고 일방적으로 이루어진다면 아무리 좋은 취지의 전통이라 해도 쉽게 받아들이기 어렵다. 얼굴도 모르는 조상을 기리기 위해 직장에 연차까지 내며 부엌일을 기꺼이 하고자 하는 사람은 이제 거의 없다. 그런데도 계속해서 희생을 강요한다면 결국 갈등만 낳게 되는 건 불 보듯 뻔하다. 제사 자체의 옳고 그름을 따지는 것은 아니지만, 적어도 지금처럼 누군가에게는 고통스러운 형태를 고수한다면 제사는 자칫 악습으로 전락하게 될지도 모른다.

이런 이야기가 적절할지 모르겠지만, 지금까지 내가 살아오면서 겪은 일 중 가장 큰 죽음은 15년을 함께한 반려동물의 죽음이었다. 누군가의 죽음이 그토록 서러웠던 것은 처음이었다. 그리고 처음으로 사후세계를 믿고 싶어졌다. 내 강아지는 무지개다리 너머 어딘가 아름다운 곳으로 떠났다고 생각했다. 그러자 그것으로 충분했다. 곁에 있을 때 더 많이 사랑해줬어야 했고, 그래서 지금 내 곁에 있는 가족들을 후회 없이 사랑해야겠다고도 생각했다. 적어도 내게는 그 다짐이 가족과 죽음을 대하는 가장 자연스러운 마음이다.

저도
귀하게 큰 딸이에요

물론 남편은 내게 귀한 사람이지만,
그가 부모님으로부터 애지중지 소중하게
자랐기 때문은 아니다.

'귀하게 키운'이라는 수식어는 참 묘하다. '귀하게 키운 자식'이라는 말에는 아마 집에서 귀하게 키웠으니 밖에서도 귀하게 대접받아야 한다는 의미가 담겨 있을 것이다. 그리고 약간의 젠체하는 어조가 곁들여진다. 귀하게 키운 게 왜 남에게 자랑할 만한 일인지, 아직은 자식 입장이라 그런지 잘 이해가 안 가지만.

하지만 모두가 알다시피, 사회에 나와 귀하게 대접받을지 어떨지는 집에서 소중하게 자랐는지에 의해 결정되지 않는다. 집 밖에서 만난 사람들에게 존중받기 위한 요건은 성숙한 인격을 갖췄는지, 윤리적인 가치관과 태도를 지녔는지 등이다. 그래서 귀하게 대접받는 남편이 되는 것과 집에서 귀하게 자랐다는 사실은 안타깝지만 그다지 상관관계가 없다.

어릴 때 자주 듣던 말 중 하나가 '신부 수업'이다. 친정엄마로부터 결혼하기 전에 밥하는 법, 빨래하는 법 등을 배워둔다는 뜻이다. 미혼의 여자가 집안일을 잘할 때는 시집갈 때가 다 됐다는 말로 응용되기도 했다. 사실 신부 수업이 아니더라도 다 큰 자식이라면 엄마의 집안일을 나누는 게 마땅했지만, 엄마는 부엌에서 내가 뭘 하려고 하면 손을 내저었다. 10년도 더 지난 일이지만 엄마의 말이 아직도 기억난다.

"결혼하면 평생 할 텐데, 하지 마."

나도 엄마에 의해 참 귀하게, 곱게 자랐다. 한편으로는 엄마가 집안일하는 모습을 보며 나도 어렴풋이 '결혼하면 설거지는 여자가 해야 하는 일'이라고 생각하게 되었는지도 모른다.

하지만 집안일은 특정한 누군가 한 사람이 하거나, 돕는 게 아니라 집안 구성원 모두가 함께해야 하는 공동의 일이다. 결혼 후 우리 부부의 경우에는 내가 주로 밥을 하고, 남편이 빨래와 청소를 한다. 설거지는 그때그때 시간 되는 사람이 한다.

이런 실제 생활과는 별개로, 결혼 후 시댁 가는 것은 두려웠다. 시댁에 들어서는 것은 마치 준비되지 않은 무대에 올라가는 일과 비슷했다. "집은 제대로 해놓고 사니?" "이거 할 줄 아니?" "찌개는 끓일 줄 아는 거지?" 시댁 친척들이 살림에 관해 물어 보면 무슨 질문에든 그렇다고 대답해야 할 것 같은 부담감이 있었다. 못한다고 누가 구박하는 것도 아닌데 그랬다. 살림에 능숙해서 남편 밥도 잘 챙겨주고, 살림도 척척 할 줄 아는 며느리로 보여야 마땅하다는 생각에, 처음에는 좀처럼 솔직히 대답할 수 없었다.

내가 할 줄 아는 일이 적은 건 어쩌면 당연했다. 고등학교 때까지 나는 꽤 모범생이었다. 공부도 열심히 했고, 그렇게 좋은 대학은 아니지만 4년 동안 나름대로 부지런히 대학 생활을 했다. 직장에서도 내 몫의 일은 충실히 해냈다. 다만 성장하는 과정에서 '집안을 잘 돌보는 법'에 인생의 초점을 맞춘 기억은 없다. 그게 바람직한지, 그렇지 않은지는 뒤로 하고 말이다.

그런데 결과적으로 시댁에서 내가 내보일 만한 능력치는 오직 집안일뿐이었다. 학생이 자신의 본분인 학업에 소홀해지면 죄책감을 느끼듯이(이를테면 시험 전날 놀면 마음이 불안한 것처럼) 아내로서 집안일에 능숙하지 못한 것이 마치 잘못처럼 느껴졌다. 결혼하니 갑자기 내 안에서 나타난 이 마음은 대체 어디에서 튀어나온 걸까?

결혼할 때, 신부 측 부모가 신랑 측 부모에게 '아무것도 못 가르쳐서 보내 죄송하다'고 말하는 경우가 적지 않다. 두 사람이 가족을 이루며 나누는 인사이니, 사회생활과 관련된 이야기는 아닐 것이다. 겸손의 표현이지만, 남자는 괜찮아도, 여자는 집안일을 할 줄 아는 것이 기준이자 평균이라고 은연중에 생각하기 때문에 하는 인사다. 우리는 그런 장면을 드라마든 영화에서든 수없이 보며 자라왔다. 2017년 한국양성평등교육진흥원이 조사한 결과에 따르면, 초등학교 5학년 실과에서는 가정통신문을 읽는 사람을 '엄마'로 한정해 양육의 책임을 여성에게 전가하는 등 교과서에 여전히 성역할 고정 관념이 담겨 있다고 발표했다. 우리 엄마로부터, 시댁으로부터, 학교, 직장과 사회로부터 던져진 사소한 압력들은 여자라면 가사나 육아에 능숙한 아내로서 기능하는 게 당연하다고 여겨지게 했다.

이런 상황에서 가장 중요한 건 자신의 역할과 의무의 범위를 능동적으로 파악하고 견지하는 일이다. 순응할 것과 떠맡지 않을 것을 스스로 나누고 판단하지 않으면 안 된다. 직장이나 인간관계에서 할 수 있는 일과 참을 수 없는 일을 내가 결정하는 것과 마찬가지다. 어떤 상황에서 낯선 옷을 입은 것 같은 불편함에 안절부절못하고 있다면, 자신에게 '이 일까지 홀로 떠맡지 않아도 된다'고 알려줘야 한다.

시어머니는 명절에 일찍 내려오면 괜히 어색할 테니 밤늦게 오라고, 저녁 여덟 시에 도착하는 기차표를 끊어주셨다. 그래서 시댁에 도착하면 음식 준비는 끝났고 이미 친척분들의 술자리가 시작되어 있곤 했다. 나도 그 사이에 앉아 맥주를 두어 잔쯤 마셨다. 슬슬 술자리를 정리될 때가 돼 남편이 일어나서 접시를 치우기 시작하자, 그걸 본 시아버지가 반쯤 농담처럼 웃으며 말했다.

"집에서 설거지 한 번도 안 시켰는데, 이제는 부엌을 다 들어가네."

사실 그 말은 거짓말이다. 부모님이 맞벌이를 해서 남편은 결혼 전에도 보통 저녁을 혼자 차려 먹고 설거지도 했다. '팩트'로서 의미가 있다기보다 결혼하니 변한 아들을 지적하는 실없는 소리였던 것 같다.

요즘에는 그런 말 하면 큰일 난다고 시어머니가 한마디 하자 시아버지가 멋쩍은 듯 덧붙였다.

"귀하게 키운 아들이라 그렇지."

시부모님의 대화에 끼어 있던 나는 침착하게 대답했다.

"아버님, 저도 귀하게 큰 딸이에요. 저도 설거지 한 번도 안 하고 컸어요."

물론 나 역시 설거지를 한 번도 안 했다는 말은 거짓말이었지만……. 나도 결혼 전에 요리나 청소를 제대로 배운 적이 없다. 당연히 자랑은 아니다. 집안일이 끊임없이 생겨난다는 사실을 모르고 자랐다는 게 결혼하고 나서야 엄마에게 참 미안하다. 하지만 예전에는 집안일을 제대로 할 줄 모른다는 사실이 마치 '준비되지 않은 신붓감'처럼 미성숙하다는 의미로 느껴졌다면, 그 순간에는 오히려 '남편과 동등한 존재'라는 뜻으로 쓰였다. 어른들의 귀에는 어떻게 들렸을지 모르겠지만.

귀하게 큰 아들이 결혼해서도 마냥 귀한 대접을 받길 바라는 것보다 사랑하는 사람과 서로 귀하게 여기며 살기를 바라는 게 더 바람직하지 않을까?

지금은 비슷한 이야기가 나오면 그냥 못한다고, 해본 적 없다고, 남편이랑 같이 하면 된다고 말한다. 지금껏 살아오면서 공부하느라, 일하느라 바빴으니 집안일은 좀 못해도 되지 않는가. 새로운 가정을 꾸렸으니 이제부터 나와 똑같이 집안일에 서툰 남편과 같이 차근차근 해나가면 될 일이다. 물론 남편은 내게 귀한 사람이지만, 그가 부모님으로부터 애지중지 소중하게 자랐기 때문은 아니다.

주기적인 안부 전화는
무리입니다

우리는 모두 알고 있다.

좋은 사람이 되고 힘들어하는 대신

조금 나쁜 사람이 되고 편해지는 것도

삶의 방식 중 하나라는 사실을.

어떤 삶을 선택할지는 각자의 자유지만,

모든 걸 일방적으로 양보하지 않고

가끔은 이기심을 가지는 것도 필요하다.

원래 사춘기라는 게 공부하라는 소리를 들으면 오히려 풀고 있던 문제집도 덮어버리는 시기라지만, 나는 특히 어릴 때부터 누가 뭘 시키거나 어떤 의무가 주어지는 상황을 몹시 싫어했다. 누가 나에게 뭘 해야 한다고 하면 '왜?'라는 물음표부터 떠올랐다. 차라리 스스로 결정을 내려 무겁더라도 책임을 짊어지는 쪽이 마음 편했고, 그래서 나는 빨리 어른이 되기를 바랐다.

의무가 주어지는 걸 누가 좋아하겠느냐만, 사회구성원으로서 윤리적으로 지켜야 할 것 외에 이해할 수 없는 의무는 정말이지 지고 싶지 않다. 물론 살다 보면 원하지 않는 일을 해야 할 때도 생겼다. 하지만 회사에서는 비합리적인 일을 시키며 적어도 돈은 줬다. 어차피 해야 할 일이라면 이해할 수 없더라도, 따질 시간에 빨리 해버리는 게 나을 때도 있다. 그러나 개인적인 관계나 영역에서 생기는 의무는 어떤 이익도, 보람도 없으면서 내 일상 전체를 피곤하게 했다.

스스로 인정할 수 없는 일이라면 그 일이 가볍든 무겁든 간에 목에 걸린 생선 가시처럼 불편했다. 결혼하면서 부여되는 의무는 대개 그런 종류의 것이었다. 내 성격이나 성향은 고려하지 않고, 시대적 변화도 반영하지 않고, '결혼했으니까 이 정도는 해야' 한다면서 사회는 받아들이기 힘든 의무들을 당연한 것처럼 얹어줬다.

~~~~

사실 시어머니는 결혼해 새 가족이 된 며느리를 유난스럽게 보지 않고, 원래 자식이었던 것처럼 베푸는 부분이 훨씬 많은 분이다. 가족이 되었으니 이렇게 해야 한다고 '아무것도 모르는 며늘아기'를 가르치려 하기보다는 낯선 이들과 가족이 되는 게 어색하고 어려울 거라며 토닥여주는 편이다. 사소해 보여도 쉽지 않은 일이라는 사실을 알기에 시어머니의 배려를 느낄 때마다 감사한 마음이 든다.

지난 여름에는 휴가를 시댁과 함께 보내기로 해서 시부모님이 차로 우리 부부를 데리러 오셨다. 시어머니가 반찬을 양손 가득 챙겨 오셔서, 일단 집에 올려놓고 가기로 했는데, 순간 머릿속이 복잡했다. 집 엉망인데, 고양이 털 굴러다니는 거 보면 깜짝 놀라실 텐데……. 조금 난감한 마음으로 엘리베이터에서 내렸는데, 어머니는 우리 집 현관까지도 안 오고 옆집 복도쯤에서 밖을 보며 나를 기다려주셨다. 우리 집에 방문한 적이 거의 없으니 당연히 집안을 들여다보고 싶으실 텐데, 갑작스런 방문에 손님맞이를 준비하지 못한 상태이니 내가 민망할까 봐 신경을 써준 것이다.

이렇게 센스 있는 시어머니라도, 처음부터 서로가 원하는 종류의 배려를 한 것은 아니다. 알게 된 지 겨우 한두 해가 흘렀을 뿐이니 의도치 않게 서로를 당황하게 하는 순간이 왜 없었겠는가. 특히 신혼 초에는 남편과 맞춰가듯 시부모님과 새롭게 정해나가야 하는 점도 많았다. 생일은 어떻게 챙길 건지, 집들이는 언제할지, 못 먹는 음식은 없는지, 제사나 명절 땐 어떻게 할 건지 등 논의해야 하는 규칙들은 수두룩했다. 친정과는 내가 알아서 엄마와 연락했는데, 이상하게도 시댁과의 대화 역시 어느새 내가 하고 있었다. 무언가를 결정할 때 시어머니가 나에게 전화를 걸었기 때문이었다.

며느리에게 주로 전화하는 이유는 여자가 집안일을 관장하는 사람이라는 인식 때문인 것 같다. 심지어 남편의 예비군 통지서가 시댁으로 왔는데 남편이 전화를 안 받는다며, 혹 무슨 일이 있느냐고 시어머니가 내게 몇 번을 연달아 전화한 적도 있다. 마찬가지로 일하느라 전화를 받지 못했던 나는 부재중 번호를 확인한

다음 남편에게 전화해 어머님께 연락드려보라고 전달해야 했다. 의아했던 건 남편에게는 전화가 한 번밖에 오지 않았다는 사실이었다.

주변 이야기를 들어봐도 많은 시어머니가 아들 대신 며느리에게 전화해서 집안 행사에 대해 의논을 한다. 정작 남편은 속사정까지 잘 아는 집안일인데도 쏙 빠져 있고, 시부모님의 말을 쉽게 거절하기 어려운 며느리들만 전전긍긍이다. 하기야 친정엄마도 무슨 일이 있으면 며느리가 먼저 연락을 해야 한다며 자꾸 나를 등 떠민다.

간혹 결혼 전에는 없었던 집안 행사가 며느리가 들어온 기념(?) 으로 갑자기 생기는 경우도 있다. 심지어 행사에 참여하기 귀찮은 남편이 아내만 시댁에 보내기도 한다(정말 그러지 맙시다).

사람마다 좀 다르겠지만 결혼 초반에 가장 어렵고 곤란했던 부분이 바로 전화 통화였다. 결혼 후 한 달쯤 지났을까, 집에 혼자 있을 때 시어머니로부터 전화가 왔다. 그때 무슨 이야기를 나눴는지는 잘 기억나지 않는데, 대부분은 음식 이야기였던 것 같다. 전화로 가끔 이렇게 수다 떨자는 이야기를 하셨고, 나중에 끊고 보니 통화를 시작한 지 40분이 넘어 있었다.

사실 나는 연애할 때도 남편과 통화를 그리 길게 한 적이 없었다. 사내커플이라 통화를 할 필요 자체가 별로 없기도 했지만, 어쨌든 남편과의 평균 통화 시간은 대체로 5분, 길어야 10분가량이었다. 요즘 세대들은 메시지를 주고받는 게 더 익숙해서 전화를 꺼리는 경향이 있다고 하는데 그 탓인지 나 역시 누구와든 길게 통화하는 걸 힘들어해서 난감했다.

물론 사회생활을 하면서 긴 통화를 왜 안 해봤겠는가. 잡지사 기자로 일했으니 처음 보는 사람과 통화하고, 길게 이야기 나누는 게 오히려 직업이었던 셈이다. 하지만 일회성으로 끝나는 직업적 통화와는 다를 수밖에 없었다. 한두 번이라면 모르겠지만, 시어머니와의 전화 통화가 길고 잦은 주기로 정착되면 앞으로 분명 내가 시어머니의 전화를 피하거나 불편해할 게 뻔했다.

더구나 다음번 통화 끝 무렵에 시어머니는 한 달에 한 번쯤 시아버지에게 전화를 해줬으면 좋겠다는 부탁을 넌지시 하셨다. 내 지인은 시어머니가 일주일에 한 번씩은 전화를 꼭 하라고 강요한다며 곤란해했는데, 그에 비하면 한 달에 한 번 정도는 당연한 도리일까? 누구에게는 어려운 일이 아닐지도 모르지만 나에게는 절대 간단한 일도 아니었다. 시아버지에게 전화 거는 상황을 재

빠르게 떠올려봤지만 내 성격에는 도저히 무리였다. 친정아빠랑 통화한 것도 언제인지 모르겠는데. 게다가 당시에는 가부장적 발언을 툭툭 뱉으시는 시아버지에 대한 부담감도 컸다. 상황을 모면하기 위해 약속했다가는 결혼 생활 내내 매달 갱신되는 마음의 짐이 될 것 같았다.

> "어머니. 제가 전화는 너무 어색해서요. 친정아빠랑도 자주 안 하거든요……."
> "자주 해야 익숙해지지. 네 남편도 처가댁에 자주 연락드리라고 해~"
> "남편이 그런 거 어색해하는 성격인 거 아시잖아요. 그냥 남편도 편하게 지냈으면 해서, 저희는 그냥 서로 부모님께 연락드리는 걸로 부담 주지 않기로 했어요."

결혼하기 전에 남편과 나는 결혼 후 생길 수 있는 일들에 대해 별의별 이야기를 다 했다. 길고, 어렵고, 지치고, 화해하는 엄청난 과정이었다. 물론 그중엔 연락 문제도 있었다. 친구들과 약속을 정할 때도 주도해 시간과 날짜를 정하는 한 명이 제일 피곤하기 마련이다. 그러니 부부 중 한 명에게 몰아주지 않고 시댁 행사는 남편이, 친정 행사는 내가 각자 연락 담당이 되기로 약속했다. 기본적으로 안부 묻는 걸 서로에게 의무화하지 않기로 했다는 이야기를 최대한 돌려 말한 셈인데 내 의도가 전달되었었는지, 어쩌면 서운하게 들렸을지는 아직도 잘 모르겠다.

좋은 관계로 지내고 싶은 상대방에게 불편한 말을 꺼내는 건 누구에게나 고통스럽다. 연인에게 상처 주지 않고 헤어질 수 없는 것과 마찬가지다. 하지만 남이 원한다고 해서 나에게 힘들고 어려운 것까지 참고 받아들일 수는 없다. 오히려 평생 부대끼며 살아야 하는 가족을 미워하게 될 뿐이다. 어쩌면 시어머니 입장에서 나는 불편한 걸 하나도 참지 않으려는 이기적인 며느리일지도 모른다. 하지만 우리는 모두 알고 있다. 좋은 사람이 되고 힘들어하는 대신 조금 나쁜 사람이 되고 편해지는 것도 삶의 방식 중 하나라는 사실을. 어떤 삶을 선택할지는 각자의 자유지만, 모든 걸 일방적으로 양보하지 않고, 가끔은 이기심을 가지는 것도 필요하다. 누구에게나 좋은 사람이 될 수 없듯이, 꼭 완벽한 며느리가 될 필요는 없다. 할 수 있는 일은 할 수 있다고, 할 수 없는 일은 할 수 없다고 말하는 게 오히려 우리가 가족이 되는 시간을 단축시키는지 방법일지도 모른다.

나는 결혼 후에 '세대 차이'를 절감하고 있다. 많은 시댁에서 아들보다 며느리에게 기대치가 크고, 연락도 며느리가 하길 원하는 경우가 많다. 하지만 받아들이는 며느리 입장에서는 그 주기와 내용에 따라 스트레스의 정도가 극명히 갈릴 수밖에 없다. 사실 남편도 나와 똑같은 성격이라 가족들을 살갑게 챙기지는 못하는데, 비슷한 경우에도 사위가 전화를 하지 않는다고 잔소리하는 처가댁은 상대적으로 많지 않은 게 사실이다. 결국 연락에 대한 고민이나 배려 자체가 결혼 후 며느리에게 유독 기울어진 고민 요소인 것 같다.

자식 세대에게 당연한 세상과 부모 세대에게 당연한 기존 관념 사이에서 우리는 서운해하거나 부딪히게 된다. 둘 다 나쁜 뜻은 없는데, 잘해주고 싶은 마음은 있어도 원하는 방법이 서로 다르다. 가족이 되어가는 과정에서 서로가 원하고, 원하지 않는 것을 알기 위해 노력하지 않으면 결국 끝까지 서로 통하지 않는 외국어로 이야기를 나누는 셈이다. 행복하려고 하는 결혼인 만큼 적어도 관련된 모두가 우선 스트레스가 생기는 이유를 인지하고, 개선하기 위해 각자 한 걸음씩 양보해야 하지 않을까.

나는 결국 전화는 어색하지만 시아버지께 가끔 메신저로 안부를 여쭤보겠다고 말씀드렸다. 시어머니가 내게 연락하고 싶어도 방해가 될까 봐 참으신다는 걸 알기 때문에 지금은 내가 먼저 문자라도 종종 하려고 노력한다. 입 밖으로 꺼내긴 불편했지만 "주기적으로 안부 전화를 하는 것은 무리"라고 내 의견을 전달했고, 시어머니도 내게 맞춰주려 노력해준 덕분에 이제 전화와 관련된 갈등은 없다. 하지만 사실 나는 알고 있다. 이 변화가 이루어질 수 있었던 제일 큰 이유는 시어머니에게 '연락은 아들에게'라고 말해준 남편과 옆에서 '언니한테 자주 전화하지 말라'고 말해주는 시누이 덕분이라는 걸.

좋은 부부는
좋은 부모가 될 수 있을까

나는 좋은 반려자가 되기 위해 노력할 마음은 있지만,
엄마가 될 준비는 전혀 없었다.

난 어릴 때부터 동물을 좋아한 반면 아기를 보고 귀엽다고 느낀 적은 별로 없다. 그렇게 말하면 엄마는 자기 아이를 가지면 달라진다며, 엄마도 그랬다고 했다. 아기가 주는 행복은 세상에서 가장 크다고 말이다. 사람마다 좋아하는 것이 다르고 취향이 다른데 내 아기가 예쁜 것은 종족 공통인 걸까? 아마 그럴 수도 있겠지만 내게는 아이를 낳고 키우는 일이 어쩐지 잘 상상이 되지 않았다.

적어도 내가 그려보는 미래에 아기가 함께였던 적은 없었다. 단지 출산과 육아의 어려움 때문만은 아니었다. 나 역시 완벽하게 성숙하지 못한 존재인데, 다른 생명을 잘 키워낼 수 있을까 하는 걱정이 가장 컸다.

인생의 초점을 나에게서 다른 존재로 옮겨 집중할 수 있을까? 아이가 올바르고 가치 있는 삶을 살아갈 수 있도록, 새하얀 도화지 같은 어린 시절에 바람직한 그림을 그리도록 내가 잘 이끌어줄 수 있을까? 그러기 위해 끊임없이 공부하고 노력할 만큼의 의지를 가질 수 있을까?

사실 크면 저절로 엄마가 되는 게 아니라는 사실을 알게 된 지는 그리 오래되지 않았다. 어릴 땐, 여자는 커서 다 엄마가 되는 줄 알았고 그때쯤엔 아이를 키우기 위한 옳은 길과 방법을 모두 알고 있을 것이라 상상했다. 하지만 내가 완벽하게 생각했던, 나를 키워준 엄마조차 뱃속에서 열 달 동안 품어 낳은 아기를 어떻게 보살펴야 하는지를 처음부터 하나하나 배우고 적응해나갔을 것이다. 인터넷도 없던 시절, 백지처럼 막막한 단계가 얼마나 많았을까?

그러고 보면 반려동물을 키우는 것과도 비슷하다. 고양이는 사람의 손길 없이도 독립적으로 알아서 크는 동물이라고 생각했던 시절이 내게도 있었다. 물론 그렇지 않다. 고양이를 잘 키우기 위해서는 사료 계량부터 적절한 모래 선택까지, 해야 하는 일이 산더미처럼 많았다. 그걸 배우지 않으면, 또 배우려고 마음먹지 않으면 4킬로그램 남짓한 작은 동물조차 키울 수 없었다.

게다가 결혼하고 나니 내가 얼마나 엄마의 영향을 많이 받고 자랐는지를 더욱 실감하게 되었다. 예전엔 잘 몰랐는데, 내 생활 습관은 물론이고 내 머릿속에 심어져 있는 뿌리 깊은 가치관마저 엄마에게서 뻗어져 나온 게 분명했다. 남편과 나의 '원래 이런 것' '당연한 것'이 얼마나 다른지 느끼면서 내 생활 습관에 엄마의 방식이 얼마나 깊게 배어 있는지 알 수 있었다. 남편과 내가 다른 건 남편의 엄마와 나의 엄마가 다른 사람이라는 증거였다.

나는 나 자신을 좋아하는 편이라고 생각하지만 누군가에게 이 정도로 막대한 영향을 끼칠 수 있다는 걸 상상하면 어쩐지 걱정스러웠다. 나 자신이 못 미더운 동시에 남편에 대해서도 새삼스러운 물음표가 떠올랐다. 출산과 육아에 따르는 여러 가지 어려움을 '함께' 이겨내기 위해서는 남편의 공감과 노력이 절실히 필요하다. 여자는 열 달 동안 몸 안에서 심장 두 개가 뛰는 등 실질적인 신체의 변화로 아기의 존재를 차츰차츰 받아들일 수밖에 없지만, 남자의 체감 정도는 아무래도 그보다 낮을 수밖에 없다. 변화를 이해하고 알아갈 마음이 있어야만 아기의 탄생을 준비할 수 있으리라. 남편이 당장 아기를 간절히 원하고 충분히 공부할 의지가 있는 게 아니라면 그에게 아빠로서의 역할을 기대하거나 요구할 자신이 솔직히 없었다.

그는 내게 충분히 좋은 반려자이지만 과연 좋은 아빠가 될 수 있을까? 적어도 아빠로서의 자신을 상상하고 변화를 받아들이려고 하는 사람일까? 가끔 남녀가 호감을 느끼는 이유 중 하나로 상대방이 '좋은 부모'가 될 것 같다는 기대를 꼽는데, 나는 연애하는 동안 그의 장점을 아주 많이 발견했지만 그를 내 자식의 아빠로서 상상해본 적이 없었다. 아마 남편도 마찬가지였을 것이다.

두 사람이 부부가 되어 살아가는 것도 저절로 되는 일은 아니다. 하지만 부부로서는 어떻게든 '잘' 해낼 수 있을 것 같은데 부모가 되어 아기를 키우는 것은 '잘' 할 수가 없을 것 같았다. 어른들은 낳으면 저절로 큰다고 말하지만, 한 생명을 어떻게 저절로 크도록 내버려 둔단 말인가? 아이를 낳는 게 그 정도의 각오로 할 수 있는 일이라고는 생각할 수 없었다. 개인의 결심뿐 아니라 나를 둘러싼 세계가 동의해야 할 일이었다.

~~~~~

요즘은 저출산이 큰일이라는데, 내 주변을 둘러보면 아이를 낳지 않는 이유는 경제적인 부분이 크다. 집도 구하기 힘든 신혼부부들에게, 수입은 줄고 소비는 늘어나는 출산과 육아를 선택할 여유가 없는 건 당연하다. 요즘엔 개인의 행복을 추구하는 시대라 출산을 꺼린다는 기사도 봤다. 그런 이유도 당연히 있겠지만, 왜 육아를 개인의 행복에 포함할 수는 없는 걸까? 개인으로서 즐기고 싶은 삶과 육아가 병행될 수 없는 개인적 이유와 구조적 이유 모두를 생각해봐야 한다.

경제적 이유 외에도 출산과 육아에 대해 걱정되는 부분은 산더미처럼 있다. 예를 들어 직장 생활은 힘들고 어려운 일로 여기면서 육아와 집안일은 경시하는 풍조가 과연 내가 엄마가 될 때쯤엔 바뀌어 있을까? 출산 후 당분간은 돈을 쓰기만 해야 하는 내가 육아가 아니라 나 개인의 즐거움을 위해서 무언가를 소비하고 싶다고 하면, 남편은 기꺼이 그의 수익에서 일부를 공유해줄까? 모성애가 충분히 발휘되지 않는다는 죄책감이 나를 관계적 약자로 만들지는 않을까? 그리고 이런 걸 고민해야 하는 세상에서 스스로의 출산과 육아를 충분히 가치 있게 여길 수 있을까?

지나친 걱정일지도 모르지만 지나칠 수 없는 고민이기도 했다. 하지만 아기가 생기기 전에는 당연히 부모로서 실질적으로 할 수 있는 노력도 진지하게 검증하기 어렵다. 그렇다면 적어도 아기를 원하고, 좋은 부모가 될 의지가 있는 부부여야 아기가 찾아온 뒤 겪게 되는 일들을 기꺼이 알아가고 감내할 수 있지 않을까.

적당한 마음으로는 아기를 낳을 수 없을 것 같다. 나는 좋은 반려자가 되기 위해 노력할 마음은 있지만, 엄마가 될 준비는 전혀 없었다. 결국 나로서는 잘 해내기 어렵다고 판단한 길이었다.

물론 상대가 어떤 생각을 하고 있는지도 중요했다. 결혼은 두 사람이 삶을 함께 설계하는 일이니 내 생각만 고집할 수는 없었다.

더구나 결혼 후에 이 문제로 남편 혹은 시댁과 논쟁하고 싶지 않았다. 연애 중 자연스럽게 결혼에 대해 생각하게 될 즈음, 그에게 아기에 대한 생각을 물었다.

"결혼하면 아기를 낳아야 한다고 생각해?"

그는 내 질문에 조금 당황한 것 같았다. 아기를 낳고 싶은지 그렇지 않은지 아예 생각해본 적도 없다는 것이었다. 그저 자연스럽게 결혼을 하면 부부와 아기가 함께하는 그림이 머릿속에 있었다고 했다. 한번 진지하게 생각해봐야 하지 않겠냐고 물었고, 여러 번에 거쳐 꽤 긴 대화를 나눴다. 그는 결혼하면 당연히 아기를 낳아야 한다고 생각하긴 했지만, 특별히 아기를 원하거나 구체적인 미래를 고려해본 것은 아니라고 했다. 어설프지만 실제로 생길 수 있는 일들에 대해 상상하고 의논해봤다. 그리고 우리 두 사람이 원한다면 아기를 낳지 않는 삶을 선택할 수 있다는 것 또한 여러 차례의 대화를 통해 논의했다.

물론 우리 두 사람이 간절히 바라고 원하는 일이라면 기꺼이 어려운 벽을 넘고 노력했을 것이다. 그랬다면, 혹 예기치 못하게 아기가 찾아와도 그때부터 기쁜 마음으로 부모가 될 준비를 해나갔을 것이다. 하지만 분명한 건 내가 지금 그걸 원하고 있지 않다는 점이다. 나중에 어떻게 생각이 바뀔지는 모르겠지만, 아무튼 지금은 아기를 낳고 행복해질 자신이 없다.

진짜 어른이
되기 위한 조건?

남이 안내해주는 길을 따라 걷다가
내 행복을 놓치는 위험을 감수하고 싶진 않다.

지인이 아기 이름 때문에 고민이라고 했다. 시댁에서 자꾸만 마음에 안 드는 이름을 권하며 고집을 부린다는 것이다. 이름은 부모가 정해 양가 어른들에게 알려드리면 되는 줄 알았던 나는 솔직히 약간 놀랐다. 물론 할머니, 할아버지가 뜻 좋은 이름을 붙여주시는 것도 의미가 있겠지만 기본적으로는 부부가 받아들일 수 있고 만족스러운 이름이 1순위여야 할 것이다. 부부가 원하지 않는 이름을 지나치게 권하는 부모님의 심리는 뭘까? 아기를 부부의 2세가 아니라 '우리 집안의 손주'라고 우선적으로 여기고 있는 건 아닐까.

더불어 대부분의 시댁에서는 그렇게 손주가 시댁 쪽 핏줄을 닮았다고들 주장한단다. '남편 어릴 때와 붕어빵이다'는 기본이고, 시어머니나 시누이 어릴 때와 닮았다는 말이라도 꼭 한다는 게 엄마가 된 친구들의 공통적인 증언이었다. 그 틈에 대고 "요 입술이 저랑 똑같지 않나요?"라고 물으면 어쩐지 못 들은 척을 한다며 짐짓 황당해하기도 했다. 아이가 아빠를 닮은 게 그렇게 뿌듯하고 좋은가 보다 하고 웃었지만, 약간의 의문을 지울 수는 없었다.

~~~~~

결혼하고 세 번째 맞는 명절, 슬슬 때가 되었다고 예상했던 질문을 듣게 됐다. 시아버지가 웃으며 화두를 던지셨다.

"주변에서 손주 소식 없냐고 물어보던데?"

언젠가 이런 질문을 하시리라 생각은 했지만, 뭐라고 대답해야 예의 바른 것일까? 나는 일단 그냥 웃었다. 남편이 대신 아이는 안 낳을 거라고 대답하자 시아버지는 정색하며 무슨 소리냐고 손사래를 치고는 내 손을 덥석 잡으며 다시 물었다.

"며늘아, 낳을 거지?"

결혼 전부터 아기를 낳지 않겠다고 미리 말했는데도, 양가 어른들은 아직 아기에 대해 슬쩍슬쩍 말을 꺼낸다. 몇 번을 말해도 '설마' 하고 기다리는 눈치다. 다시 한번 남편이 아기를 낳을 계획은 없다고 대답하자 시아버지가 말도 안 된다는 듯이 이런 얘기를 덧붙이셨다.

"장손이 대를 이어야지, 무슨 소리야?"

'장손'과 '대를 잇는다'는 말에 나는 내심 좀 충격을 받았다. 우리의 아이는 그의 집안에서 대를 잇는 자손이 되는 걸까. 그런 관점이라면 혹시 아들을 낳아 제사를 물려받는 게 당연하다고 여기는 걸까? 나는 아기를 낳는 것이 한 가문의 대를 잇는 방법이라고 생각해본 적은 없었다. 그렇게 생각하니 기본적으로 특별한 선택 없이 남자의 성을 물려받고, 남편 집안의 항렬 돌림자를 따르는 것도 이상했다. 점점 낳지도 않은 아이에 대한 소외감 같은 게 느껴졌다.

시댁에서 손주를 바라보는 관점, 자식 계획에 관여하는 정도를 비단 한 가정의 문제로 논할 만한 일은 아닐 것이다. 무슨 성씨 집안, 무슨 집안 몇 대 독자 같은 지위가 중요한 시절도 분명 있었다. 하지만 이는 지금 우리가 아기를 낳을지 결정하는 데 영향을 미치는 요소는 아니다. 아들을 낳지 못하는 것이 여성의 죄인 '칠거지악' 중 하나라며 제 역할을 못했다고 여겼던 유교 문화의 잔재를 현대에까지 적용하는 일은 없어야 한다.

어른들은 아기는 그냥 낳아야 하는 거라고, 낳으면 다 키우게 되어 있다고, 아이를 낳아야 진짜 어른이라고 말하지만 그게 누구를 위한 삶일까. 잘 모르겠다. 우리 부부의 행복을 위해서일까, 아니면 태어나는 아기에게 멋진 생을 살 기회를 주기 위해서일까. 딱히 양쪽 다 아닌 것 같다는 느낌이 드는 건 왜일까?

아직은 여자에게 주어지는 양육의 부담을 무시하기도 어렵다. 아기는 남자 집안의 자손이 된다는데, 맞벌이를 하더라도 주 양육자는 엄마가 되는 경우가 많다. 부성애보다 강력해야만 하는 모성애는 워킹맘을 죄인으로 만들고, 결국 많은 엄마들이 경력을 포기하도록 유도한다. 남편에게 육아휴직의 의지가 있다 한들 어떤 불이익도 없이 흔쾌히 허락해주는 회사는 거의 없다. 막연히 생각해도 이렇게 힘겨운데, 그 세상에 실제로 발을 들이기란 역시 엄두가 나지 않는다. 그런데도 아이를 가지면 내가 틀림없이 행복해지는 게 확실할까?

심지어 출산율에 관한 인터넷 기사에도 아기를 낳아야 어른이 되는 거라고 불특정 다수를 훈계하는 댓글이 달린다. 아기를 낳고 사는 행복은 무엇과도 비교할 수 없는 거란다. 그러나 아기가 없는 삶에는 또 다른 행복이 존재한다. 행복의 크기를 누가 절대적으로 저울질할 수 있겠는가. 인생관이 모두 같을 리는 없다. 남이 안내해주는 길을 따라 걷다가 내 행복을 놓치는 위험을 감수하고 싶진 않다.

~~~~~

아기에 관해 묻는 시아버지께 나 역시 솔직하게 말씀드렸다.

"저희는 꼭 아기를 낳을 필요는 없다고 생각하고 있어요."

힘든 결정을 실제로 내리고 우리를 낳아 지금까지 키워준 부모님을 존경하지만, 부모님의 기대를 충족시키기 위해 아기를 낳을 수는 없는 노릇이다.

반려동물을 아끼며 키우는 사람들은 주변에 '고양이 키워 봐' '강아지 한 마리 어때?'라고 쉽게 권유하지 못한다. 스스로 결정하지 않으면 동물을 키우는 게 얼마나 어려운지 알기 때문이다. 그러니 아기라면 더 말할 것도 없다.

아기를 낳아 길러야 하는 이유는 수십, 수백 가지가 있을 것이다. 하지만 반대로 낳지 않는 이유 역시 그만큼 있다. 다른 사람의 사례를 참고할 수는 있지만 아이를 낳겠다는 결심은 반드시 본인들로부터 나와야 온전하게 한 사람의 인생을 책임질 수 있다. 옆에서 괜히 바람을 넣고 부채질할 일이 아니다.

명절이 싫은 진짜 이유

시어머니는 여태까지 한 번도 명절날

친정에 간 적이 없으시단다.

그 말을 듣고 나도 모르게 속마음이 밖으로 나와 버렸다.

"네? 어떻게 그렇게 살아요……."

결혼 후, 명절을 맞아 생전 처음으로 기차
표를 예매했을 때였다. 예매라고는 아이돌 콘서트만 치열한 줄
알았던 나는 그보다 더 경쟁률 높은 티켓팅 세상이 있다는 걸 처
음 알았다. 나도 물론 어릴 때 서울에서 가장 멀리 떨어진 곳 중
하나인 해남 외할머니댁에 가본 기억이 있지만, 시댁이 있는 제
천은 내가 태어나서 처음 가보는 낯선 동네였다. 게다가 낯선 사
람들과 하룻밤을 보내야 했다. 물론 시댁 친척들 대부분과 결혼
식 때 보고 인사도 나눴지만, 정신없는 식장에서 내 친구들과 무
슨 이야기를 나눴는지도 기억이 안 나는데 낯선 어른들 얼굴이
기억날 리 만무했다.

내가 믿을 건 그나마 2년 동안 봐온 얼굴인 남편밖에 없었다. 남
편 손을 꼭 잡고, 서먹하게 제천에 도착했다. 밤하늘에 별이 보이
는 건 좋은 일이었고, 그것 말고는 통 시선 둘 곳이 없다는 건 안
좋은 일이었다.

늘 친정 가족들과 보내던 명절인데, 갑자기 내가 이런 곳에 와 있
다니…… 이방인이 된 것처럼 이상했다.

~~~~~~~~~

"언제 올라가니?"

친척 어른 중 한 분이 물었다. 차례 지내고 바로 올라간다고 대답하니 그분이 시아버지를 향해 농담처럼 한마디를 건넸다.

"며느리 들이면 절대 친정에 안 보낸다고 하시더니?"

시아버지는 한 번도 나에게 그런 말을 하신 적이 없지만 나는 순간 당황해(혹은 황당해) 말문이 막혔다. 시어머니가 옆에서 손사래를 치며 대화를 끊었다. 친정엄마가 명절 당일에도 일을 나가서, 엄마 출근 시간 전에 도착하려면 여기서 빨리 출발해야 한다고 미리 말을 맞춰둔 상태였다. 시어머니는 여태까지 한 번도 명절날 친정에 간 적이 없으시단다. 그 말을 듣고 나도 모르게 속마음이 밖으로 나와버렸다.

"네? 어떻게 그렇게 살아요……."

시어머니는 당신의 경험을 내게 절대 물려주지 않겠다며 명절 당일에도 나 대신 이런저런 핑계를 대며 차례를 지내자마자 우리 부부를 친정으로 보내주셨다. 첫 명절은 전을 부치지도, 설거지 한 번 하지도 않고 끝난 셈이었다.

그런데 첫 명절이 어땠냐는 친구들에게, 별일 없었다고 대답하면서도 마음이 찜찜한 이유는 뭐였을까. 며느리가 들어오면 당연히 부엌일을 넘긴다고 생각하는 시댁이 많다고 하던데. 우리 시부모님은 정말 좋은 분들인지도 모른다. 하지만…….

명절 아침을 시댁에서 보내고, 친정 부모님을 뵈러 가는 것이 감사한 마음으로 받아들여야 하는 일일까? 내가 명절에 친정에 가는 게 시댁의 허락이 필요한 일이었던가? 시댁의 배려를 받는 그 상황 자체가 불편하게 느껴졌다.

설거지를 시키지 않고, 명절 아침에 친정으로 흔쾌히 보내주는 게 좋은 시댁이라면, 남편 입장에서의 좋은 처가댁은 어떤 모습이어야 할까? 우리 엄마도 남편에게 설거지를 시킨 적이 없는데, 남편과 그의 친구들 사이에서 '명절에 설거지하느라 안 힘들었어?'라는 질문과 '아니, 우리 처가댁은 일 안 시키고 잘해주셔' '제사상 안 차려서 좋겠다'라는 대답이 오고 가진 않았을 것이다. 뭐, 물어보진 않았지만.

결혼 후 첫 명절은 누가 나에게 묵직한 돌을 묶어놓은 것처럼 기분이 좋지 않았다. 여자들만 일하는 모습이 당연한 풍경을 지켜보는 것만으로도 마음이 불편했기 때문이다. 시어머니가 나를 챙겨주신다고 한들, 내가 일하지 않으면 나중에 며느리를 잘못 들였다고 흉이 될까 봐 신경이 쓰였다. 자식들이 부모님을 돕는 건 당연한 도리지만, 그 자리에서 시어머니만 일하는 것을 의식하고 안절부절못하는 사람은 아들과 딸보다는 며느리인 나였다.

그날 하루만 고생하면 되는 거니까 싹싹하게 나서서 설거지도 하고, 과일도 깎았으면 좋았을지도 모른다. 하지만 그렇다면 난 앞으로 명절마다 남편 조상에게 차례를 지내기 위해 노동력을 제공하고, 동시에 '시집을 와서' 그의 집안에 덧붙여진 기분을 감내해야 하는 걸까? 결과적으로 남편 입장에서는 결혼을 통해 일손을 늘린 셈인데, 그럼 우리 엄마의 명절은 어떻게 되는 걸까?

기존의 관습을 따르기 위해 애쓰는 것이 우리 부부의 관계를 더 좋아지게 할 리 없다. 나는 남편이 우리 부부의 평등한 권리를 위해 나만큼이나 목소리를 내줄 수 있는 사람이기를 바란다. 어른들에게 맞춰드리자고, 명절에만 참자고, 대신 자신이 평소에 집에서 혹은 처가댁에서 잘하겠다고 말하지 않는 사람이었으면 좋겠다. 결혼했다는 이유만으로 내게 주어진 불평등과 차별, 그로 인해 남편보다 낮은 지위의 사람이 된 것 같은 상처는 그런 주고 받기식 감정으로는 치유할 수 없기 때문이다.

~~~~~

몇 번의 명절을 보내고 나서, 나는 시집살이와 상관없이 결혼 후 명절이 싫어지는 이유를 조금은 알게 되었다. 몸이 힘들어서가 아니다. 결혼이라는 제도 속에서, 여성이라는 이유로 차별받고 있다는 걸 1년 중에 가장 강렬하게 느끼는 날이 바로 명절이기 때문이었다.

가족이 되었다고는 하지만, 가족의 테두리 속에서 나는 그냥 '며느리'였다. 내가 무슨 생각을 하는지, 사회에서 어떤 역할인지는 중요하지 않았고, 그저 남편(혹은 시댁) 내조만 잘하면 되는 사람이었다. 누군가 특별히 나에게 일을 시키지 않아도, 나는 어쩔 수 없이 며느리라는 잣대로 평가됐다. 며느리가 전을 부쳐야 하는데 아직 처음이라 봐주는 것이고, 친정에 안 보내도 되는데 배려해 준다는 '시혜'를 감사해야만 했다.

"벌초하러 가야 하는데 올해 너희 부부는 안 와도 돼. 옛날

같으면 장손이 빠지는 건 꿈도 못 꾸는 일이었는데, 네 시
아버지도 많이 유해졌나 보다."

어느 날인가의 시어머니의 말씀도 그랬다. 장손과 '패키지'가 된
나의 참여 의사나 일정은 아무도 물어보지 않는다.

친정에서는 남편의 사정을 봐줄 필요가 없다. 처음부터 그에게
요구되는 역할이나 마땅히 충족시켜야 하는 기대치가 없기 때문
이다. 하지만 시댁에서 나는 시부모님의 배려가 있어야 친정집으
로 떠날 수 있고, 설거지를 안 시키는 것을 감사히 여겨야 한다.
나는 남편과 내가 동등하다고 생각하고, 그렇게 살아가고 싶다.
평소 두 사람만 있을 때는 느낄 필요 없는 그와 나의 '계급 차이'
를 명절마다 느끼고 싶지는 않다.

결혼 전부터 명절에는 양쪽 집을 번갈아 방문했으면 좋겠다는 이
야기를 했다. 남편도 동의했지만 말처럼 쉬운 일은 아니었다. 하
던 대로 하면 굳이 싸우고 얼굴 붉힐 일이 없는데, 친정집에서도
차례를 지내고 싶다고 고집하면 어른들과 갈등이 생길 수밖에 없
었다. 가만있으면 싸울 필요도, 변할 필요도 없는 남자들 입장에
서는 큰 결심이 필요한 게 당연했다. 심지어 이 말을 하니 친정에

서도 '말도 안 되는 소리' 취급을 했다.

물론 명절에 시댁부터 가면 모두가 편해진다. 나만 빼고. 나는 갈등을 감수하고서라도 내 합당한 권리를 찾고 싶다. 불공평한 전통을 답습하는 대신 옳은 길을 향해 나아가고 있다는 것을, 불편하더라도 스스로 확인하고 싶다. 적어도 남편은 이 싸움에서 내 편이 되어줄 것이라고 확신하며 살아가기를 바란다.

나는 여성의 인권을 위해 나서서 싸우는 사람이라기보다 사실 '나만 그렇게 안 살면 돼'에 더 가까운 사람이다. 그러나 명절의 불평등은 짧은 시간 내에 깨끗이 해결될 일이 아니라는 걸 알기에 마음이 답답하다. 결혼 후 명절이 주는 의무감과 부담감은 명백하게 여성들에게 치우쳐져 있다. 또 그것은 심지어 남편의 가족들을 위해서만 일방적으로 소비된다. 나는 시댁에 편입되기 위해 결혼한 것이 아니다. 시댁에 며느리로서 소속된 명절을 당연하게 받아들일 수는 없다.

～～～～

명절은 대체 무엇을 위한 날일까? 칼럼니스트 황교익에 따르면 원래 제사나 차례는 양반들만 지내는 것이었고, '홍동백서'나 '조율이시' 같은 원칙도 없었다고 한다. 또 차례에서 여자들이 빠지는 만큼, 남자들이 주관해 조상에 대한 예를 지냈다고 한다. 다른 의미가 있을지 모르겠지만 와닿지 않는 걸 보면 내게 별로 중요한 의미는 아닌가 보다. 지금은 그냥 여자들이 일하고, 남자들은 절하고, 그 탓에 부부끼리 마음이 상해 다투는 날에 가깝다. 다 잘 살자고 하는 일인데, 명절 때문에 양 집안의 우선순위가 갈리고 서로의 견해 차이 때문에 싸움만 난다면 이런 날은 차라리 없는 게 낫겠다.

명절을 가족이 오랜만에 모여 정을 나누는 가족 행사로 생각한다면 전통은 더더욱 바뀌어야 한다. 명절마다 시댁 먼저 가서 차례를 지낸 후 친정에 가는 것이 관례라면, 세상에 둘뿐인 우리 남매는 명절에 영원히 만날 수가 없다. 딸만 세 명인 내 친구네 부모님은 이제 영원히 자식들과 명절 아침을 보낼 수 없을 것이다.

여성들에게 결혼 전의 명절이 긴 연휴나 휴식이었다면, 결혼 후에는 한순간에 '노동하는 날'로 의미가 바뀐다. 결혼 후의 명절이 여자들에게는 큰 변화라는 것, 그리고 그게 부정적인 의미라는 것을 모두가 안다. 여자든 남자든, 그걸 '원래 그런 것'이라고 말해서는 안 된다.

명절에 쉴 권리, 각자의 부모님을 챙길 수 있는 권리, 남매가 만나 밥 한 끼 먹을 수 있는 권리, 여행 등으로 직장 생활에 지친 일상을 재충전할 수 있는 권리를 보장해주면 자연히 명절을 가족의 즐거운 행사라는 순수한 의미로 생각하게 될 것이다.

앞으로의 명절은 외동 자식이거나 한두 명밖에 없는 형제들이 부모님과 시간 맞춰 만나고, 좋아하는 음식을 먹는 날, 혹은 여행하거나 쉬면서 부부 사이의 친밀함을 돈독하게 하는 날이 되는 게 나을 것 같다. 명절이 앞으로도 오랫동안 가족의 만남과 민족의 축제로서 기능하려면 말이다.

억울한 남자들을 위한
명쾌한 해결책

아내가 원하는 건 '며느리가 해야 할 일'을
남편이 '도와주려는 행동'이 아니다.

결혼한 친구들과 이야기를 나누다 보면 종종 남편들의 혼란이 전해질 때가 있다. 아내가 시댁에서 느낀 문제를 남편에게 제기했을 때, 대개 그들은 이렇다 할 해결책을 가지고 있지 않다. 처음 겪어보는 상황인 데다가, 여태까지 심각하게 고려해본 적이 없는 영역이기 때문일 것이다. 며느리에게 부여되는 사회적 부담을 체감해본 적이 없으니 그게 중요한 문제인지 아닌지도 감이 오지 않는다. 그렇다 보니 아내의 불만이 어쩔 수 없는 상황에 대한 투정 정도로 들리기도 하는 모양이다.

많은 며느리가 시댁에 가면 사소하고도(때로는 중대하고도) 속상한 일들을 겪는다. 한번은 시댁에 시부모님과 우리 부부, 그리고 시누이 부부가 모이게 됐다. 술도 꽤 마시고 화기애애한 분위기에 시어머니가 과일을 내주시자, 시아버지의 시선이 자연스럽게 나로 향했다. '며느리가 깎아주는 과일'을 먹고 싶다는 한마디까지 나오자 나는 웃으며 슬그머니 신랑을 찔렀다. 평소 과일 깎는 걸 귀찮아하는 나를 위해서 출근하기 전에 과일을 깎아 도시락통에 넣어주고 가는 그인데, 그날은 그냥 멀뚱멀뚱 보고만 있었다.

과일 그까짓 거 깎으면 그만이지만, 자연스럽게 며느리가 할 일처럼 떠넘겨지는 분위기가 싫어서 결국 하지 않았다. 사실 나는 며칠째 일하느라 잠을 못 자서 이미 한참 전부터 집에 가고 싶었는데도, 오랜만에 가족들과 만난 남편을 위해 나름 긍정적인 마음으로 버티고 있던 참인데 말이다.

'우리 집이니까 내가 할게.'

남편이 이 말 한마디만 했으면, 과일 정도야 그를 위해 기꺼이 내가 깎았을 것이다.

~~~~~

시어머니가 내게 요리나 설거지를 시킨 적은 없지만, 주변을 둘러보면 심지어 인사를 드리러 간 예비 며느리에게까지 시댁의 부엌일이 요구되는 경우는 허다하다. 게다가 남편이 방관하더라는 이야기까지 들으면 마음이 답답해진다.

시댁에서 설거지를 하고 싶지 않은 이유가 단순히 힘들어서가 아니라는 것을 남편에게 어떻게 이해시킬 수 있을까? 내가 시댁에서 설거지하는 것과 그가 처가댁에서 설거지하는 것은 노동의 강도야 같을지 모르지만, 내재한 원인과 행동 결과가 완전히 다르다. 남편은 누구에게도 강요받지 않은 상태에서 본인의 선의로 선택하는 행동이고 받는 쪽에서도 그렇게 여긴다. 사위가 설거지하도록 내버려 두는 장모님도 별로 없겠지만 말이다. 반면 며느리는 당연하다는 듯, 누구도 고마워하지 않는 일을 하게 된다. 직장에서 동료의 일을 도와주었을 때 그가 안 그래도 바빴는데 고맙다고 말하는 것과, 당연하다는 듯 일을 덜어 얹어주는 것이 그 노동의 총량은 같더라도 내 기분은 완전히 다르다는 걸 생각해보면 누구나 알 수 있다.

시댁에서 설거지하는 아내에 대한 남편의 반응은 크게 두 가지로 나눌 수 있다. 당연한 듯 신경 쓰지 않는 경우, 그리고 고맙고 미안한 마음에 아내의 눈치를 보며 뭐라도 거들고자 하는 경우다. 그 밖의 예외적인 경우는 일단 논외로 하자.

언뜻 보면 후자가 바람직해 보인다. 내 지인도 시댁 행사가 있을 때면 자연스럽게 설거지를 도맡아 하는데, 남편이 옆에서 '뭐 좀 도와줄까?' 하고 어슬렁거리면 눈치가 보여서 차라리 저리 가라며 쫓아낸다고 한다. 그러면 남편은 도통 알 수가 없을지도 모른다. 도대체 아내가 원하는 건 뭘까? 고마워하고 있고, 미안한 마음도 있고, 도와줄 의향도 있는데 대체 뭐가 불만이냐고 억울해하는 것도 당연하다.

내 남편의 경우에도 초반에 일하는 시어머니 옆에서 불편해하는 나를 '안 해도 돼, 그냥 앉아 있어' 하며 끌어당기곤 했다. 시댁인걸 떠나 낯선 집에서 어른이 일하시는 상황이다. 이때 남편은 아들이라고 휴대전화나 만지면서 말로만 가만히 있으라고 하면, 그 사이에서 이제 막 가족으로 편입된 낯선 며느리의 입장이 곤란하다는 사실을 정말 모르는 걸까?

아내가 원하는 건 '며느리가 해야 할 일'을 남편이 '도와주려는 행동'이 아니다. 평생 살아온 자기 집의 일이니 아내를 손님처럼 대해주는 게 사실은 오히려 자연스러운 순리다. 물론 선뜻 남편이 나서지 않는 이유도 대개 정해진 변명이 있다.

'난 안 해봤어.'
'내가 하면 엄마가 싫어해.'
'안 하다가 갑자기 내가 하면 자기가 시킨 것 같잖아.'
'네가 해야 우리 엄마한테 점수 따지.'

결혼하고 나서도 자신은 손 하나 까딱 않는 아들 노릇을 계속 하면서, 마찬가지로 귀한 딸로 자란 아내에겐 갑자기 변하기를 기대하는 걸까? 집안일을 해서 시댁에게 인정받아야 한다는 발상도 문제다. 아들 대신 움직여야 좋은 며느리라고 생각하는 시댁이라면, 굳이 점수를 딸 필요도 없다. 그게 당연해지면 매번 같은 일이 반복되고, 스트레스만 가중될 뿐이다. 남자들도 물론 처가 댁에서 점수를 따려 애쓰기는 하지만, 실제론 딱히 뭘 하지 않아도 이미 백년손님 대접을 받고 있는 경우가 많다.

남편이 돕겠다며 아내의 곁을 맴돌고, 시댁 설거지를 좀 거든다고 해도 '사회가 부여한 며느리의 역할'이라는 전제는 그대로이니 아내의 찜찜함이 풀리지 않는 것이다.

~~~~~~

남편도 처음엔 내가 시댁에서 불편했던 상황을 이야기하면 "어른들 생각이 쉽게 바뀌는 게 아닌데 어떡해"라고 했고, 그다음에는 "내가 어떻게 해줬으면 좋겠어?"라고 물었다. 시댁과 아내, 그 중간에서 뭘 어째야 할지 모르는 남편들에게 나는 명료한 입장 정리를 권하고 싶다.

'엄마, 우리 집이니까 내가 하면 돼요.'

'여자들만 일하는 게 어딨어? 다 같이 해요.'

'아내 직장이 바빠서 이번에는 못 가요.'

'우리 집 제사에 어떻게 아내만 혼자 보내? 나도 처가댁 혼
자 가면 어색한데.'

애매하게 쭈뼛거리지 말고, 분명하게 입장을 명시하며 나서면 된
다. 부부는 평등하다는 생각을 밝히기가 망설여진다면, 내심 '시
댁 일은 며느리가'라고 생각했던 건 아닌지 마음속을 들여다볼
필요가 있다.

결혼해서 가정을 꾸리면 새로운 가정 규칙이 필요하고, 이는 성인
인 두 사람이 합의해 두 사람만의 행동 규범을 정해야 한다. 그걸
성공적으로 이뤄내야만 독립된 하나의 가정으로서의 한 발자국
이 비로소 시작되는 것이다. '(결혼 전) 우리 집은 원래 이래'라는
말로 한쪽 집안의 습관과 규칙을 일방적으로 답습할 수는 없다.

물론 그 과정에서 받아들이지 못하는 어른들과의 갈등이 생길지
도 모른다. 하지만 그때야말로 남편이 책임감을 느끼고 나서야
하는 순간이다. 중간 역할이 힘들다는 이유로 아내에게 "싫으면
하지 마!"라는 무책임한 말을 뱉는 건 그저 귀찮은 일에서 빠지고

싫어 회피하는 것에 불과하다.

웬만한 변태가 아니고서야 갈등을 즐겁게 받아들이는 사람은 없다. 앞으로 안 볼 사이도 아닌데, 남편이 중간에서 노력해주지 않으면 시어머니와 며느리를 갈등으로 내몰고 방관하는 꼴이 된다. 결혼했다고 즉시 가족이 되는 것은 아니다. 가족이 되려고 차근차근 노력하는 중이니, 시댁에서의 융합제 역할은 남편이 맡아야 한다. 아내에게는 남편이 그런 역할을 하도록 요구할 권리가 있다. 처가댁에서는 물론 아내가 그 역할을 담당해야 할 것이다.

결혼해도 엄마 품에 안겨 있고, 아내 없인 물도 못 떠먹는 남편이 성인으로서 떳떳하고 자랑스러운 입장일 수 있을까. 우리의 삶은 설거지할 줄 모르고, 과일 깎을 줄도 모르는 게 자랑인 귀족 역할극이 아니다. 결혼했다고 갑자기 집안일에 나서는 것이 이상하다고 생각한다면, 똑같이 살아온 아내도 마찬가지다. 결혼 후 부모님 앞에서 태도를 바꾸는 것이 좀 어색할지 모르겠지만, 모두가 함께 괴로워지느니 '결혼해서 철든 아들'이 되는 편이 낫지 않을까?

나는 무엇과도
자유를 맞바꾸지 않았다

그저 각자에게 덜 힘든 일,

그리고 더 좋아하는 일을 하면서

살고 싶을 뿐이다.

"결혼하니까 좋아? 남편이 속 썩이지는 않아?"

아직 결혼하지 않은 한 친구가 불쑥 물었다. 그 질문에 포함된 부정적인 뉘앙스를 읽은 나는 조금 당황했다. 결혼 생활은 무조건 평탄하지 않으리라는 걱정이 느껴지는 듯해 다소 씁쓸한 기분도 들었다.

하지만 '남편이 속 썩이지 않아?' '시댁에서는 잘 해줘?' '이번 명절에 안 힘들었어?'라고 묻는 것도 이해가 간다. 이런 질문에는 우리가 여태까지 봐온 결혼에 대한 정보가 기반이 되어 있다. 많은 가정에서 맞벌이를 해도 집안일은 여자의 몫이 된다는 걸, 남편에게 크고 작은 불합리한 상황을 이야기해봤자 잘 이해받지 못한다는 걸 '요즘 애들'인 우리는 알고 있는 것이다. 부모님의 결혼 생활을, 그런 내용이 담긴 책과 드라마를 보고 자랐기 때문에.

결혼하면 좋냐는 질문은 연애하니까, 취업하니까 좋냐는 질문과 조금 다른 의미를 품고 있을 때가 많았다. 질문의 의도가 어떠하든 대답으로는 대부분 결혼 생활의 장점보다는 결혼 후 생긴 불편이 화두로 이어졌다. 언제부터 결혼은 남편이 속 썩이는 것이나 시어머니와 갈등을 걱정해야 하는 안쓰럽고 어리석은 일로 여겨지게 됐을까.

실제로 행복하든 그렇지 않든, 비슷한 질문을 받는 많은 사람은 선뜻 행복하다고 말하지 못한다. 겸양의 표현이기도 하지만, 가끔은 결혼해서 좋다는 말을 하면 마치 은연중에 사회 금기를 깨뜨리는 느낌마저 들기 때문이다.

다들 겪고 있는 고통에서 나만 빠져나와 있다는 인상을 주지 않기 위해서, 왠지 나 역시 힘들다고 말해야 할 것 같을 때도 있었다. 결혼에 대한 공포를 깨뜨리기는커녕 오히려 충족시켜주거나, 결혼은 할 만한 게 못 된다는 근거를 제공하는 것이 유부녀인 나의 역할 같다는 묘한 기분이 종종 들기도 했다.

~~~~~

국책 연구기관인 한국보건사회연구원에서 결혼에 대한 인식이 부정적으로 변하고, 비혼이 늘어나는 동시에 출산율이 낮아지는 원인을 황당하게도 '고스펙 여성'에게서 찾았다는 사실이 밝혀져

비판을 받은 일이 있었다. 불필요한 휴학, 연수, 자격증 취득이 채용에 불리하게 작용한다고 알려 한 살이라도 어릴 때 결혼하게 만들자는 게 요지였다. 물론 황당한 얘기다. 공부 대신 결혼을 하라고 떠민다든가, 출산 연령대의 여성 분포도를 만들 것이 아니라…… (이쯤에서 한숨 한 번 쉬고 넘어가지 않을 수 없다) 결혼을 하고 싶어도 할 수 없는 이유, 아기를 낳고 싶어도 낳을 수 없는 이유를 먼저 살펴봐야 할 것이 아닌가.

여성들이 결혼이나 출산을 부정적으로 인식하는 이유 대부분은 결혼 후 성별에 따라 달라지는 역할에 근거를 두고 있다. 아마 여성은 맞벌이를 하면서도 집안을 돌봐야 하고, 시댁에 잘해야 하며, 아기를 낳으면 주 양육자가 되어야 한다는 일반적인 시선이 부담스럽기 때문일 것이다. 이때 남편들은 주로 여성의 일을 옆에서 '돕는' 역할을 맡는다.

요즘 여성들은 결혼하면 좋은 아내, 며느리, 엄마의 역할을 동시에 수행해야 하고, 반대로 나 자신으로 살 기회는 줄어든다는 사실을 알고 있다. 모든 일을 척척 해치우는 '슈퍼우먼'만이 이상적이고, 이러한 프레임에서 조금이라도 벗어나고자 하면, 요즘 여자들은 이기적이고 배려가 없다거나 '페미니즘이니 뭐니 해서 남자를 귀찮게 한다'는 비난을 받는다.

결혼 후 남성에게도 당연히 변화는 생긴다. 특히 많은 남성이 경제적인 면에서 가정의 생계를 책임져야 한다는 무게감을 느낀다. 하지만 남성들에게 요구되는 역할은 여성의 것과는 성격이 다르다. 본인이 원하든 원치 않든 남성은 사회적인 커리어를 강화하는 방향으로, 여성은 커리어를 포기하는 방향으로 역할 변화가 요구된다. 한쪽은 좋고 다른 한쪽은 나쁘다는 게 아니라, 문제는 '돈을 버는 것'은 중요하게 여기고, '가정을 돌보는 것'은 얕보는 경우가 많다는 사실이다.

서로의 역할은 단순히 성별이 아니라 부부가 되는 두 사람이 논의해서 만족할 수 있는 방향으로 나눠야 하며, 그중 하나를 폄하해서는 안 된다. 또 한 사람이 무엇을 100퍼센트 포기하거나 희생하지는 않는 방향으로 삶을 조율해야 한다. 나 역시 남편이 일하느라 개인적인 즐거움을 전부 포기하거나 나의 미래까지 책임지길 원하지 않는다. 그저 각자에게 덜 힘든 일, 그리고 더 좋아하는 일을 하면서 살고 싶을 뿐이다.

~~~~~

결혼했다는 이유만으로 내 의지와 상관없이 삶의 형태가 완전히 뒤바뀌는 상황을 받아들이기란 사실 어렵다. 결혼은 분명 삶의 큰 전환점이자 중대한 사건이다. 이제 우리 부부는 개인의 판단만으로 친구의 보증을 서거나, 혼자서 명절 휴가 일정을 정할 수는 없다. 삶의 많은 부분을 공유하고 함께 살아나가기로 약속했기 때문이다. 하지만 두 사람의 공동체를 무너뜨리지 않는 선에서 우리에게는 여전히 자유로운 일상을 살며 행복해질 수 있는 권리가 있다.

결혼 후 나는 괜찮은데, 오히려 주변에서 내 친구 관계나 삶의 형태에 경계선을 긋는 듯한 느낌이 드는 경험이 많았다. '결혼하면 자주 못 보겠네' '결혼 전에 여행 많이 가자' '남편은 허락했어?' 같은 말을 들으면, 결혼 후 삶의 형태가 달라져야 한다는 프레임을 우리 스스로 만드는 것 같기도 했다. 앞으로는 친구들도 자주 못 만나고, 외박도 자유롭게 할 수 없고, 내 시간 사용에 대해 일일이 남편의 허락을 받아야 한다는 규칙을 모두가 은연중에 못박아두고 있는 것은 아닐까?

남편 저녁을 차려야 해서 저녁 약속을 잡지 못하고 일찍 들어가야 하거나, 주말에는 무조건 시댁을 가야 하니 친구들을 만날 수 없거나, 남편 없이 외박이나 여행은 꿈도 꿀 수 없는 삶이 이상적인 부부의 조건은 아니다. 우리 부부는 평범하게 일을 하고, 약속이 있는 날은 각자 시간을 보내고, 가끔은 각자의 친구들과 새벽까지 술을 마시거나 여행을 가기도 한다. 당연히 부부로서, 그리고 같이 사는 사람으로서 상식적인 예의는 지켜야겠지만 결혼식이후로 갑자기 서로의 자유를 까다롭게 구속할 필요는 느끼지 못했다.

결혼이라는 관습 속에서 모두가 같은 방향으로 달려나가야 하는 것은 아니다. 결혼 후 한집에서 살게 된 남편과 저녁 시간은 웬만하면 함께 보내고 싶은지, 아니면 결혼 전과 마찬가지로 각자 해결하고 들어오는 편이 좋은지는 부부의 성향에 맞는 방식으로 상의해 살아가면 된다. '결혼하면 아기를 낳아야' 하고, '시부모님을 잘 모셔야' 하고, '남편을 내조해야' 하며, '외박이 웬 말'이냐는 기성세대의 사고방식에 힘겹게 맞춰야 할 필요는 없다. 남성도 마찬가지다. 나는 남편이 가장으로서 집안 경제를 책임져야 한다는 의무감을 느끼지 않기를 바란다. 삶의 형태는 점점 다양해지고 있는데, 결혼 후에는 다 똑같이 살아야 한다는 생각이 결혼을 점점 더 불편하게 만드는 것은 아닐까?

이전 세대에서 부여한 부부의 의무를 스트레스받으면서까지 다 지키면서 살아가고 싶지는 않다. 사회는 나에게 '그게 싫으면 결혼은 왜 했느냐'고 되묻는다. 내가 결혼한 것은 행복해지기 위해서다. 나는 결혼을 선택했지만, 결혼과 함께 따라온 불편과 불평등을 감수하며 살지는 않겠다고 결정했다.

결혼뿐 아니라 삶의 모든 크고 작은 변화에 대처하는 보편적인 방법과 마찬가지로 우린 최대한 스트레스받지 않고 행복해지기 위해 각자의 방법대로 노력할 수밖에 없다. 결혼이라는 큰 변화에서 제도에 나를 억지로 맞추는 것이 아니라, 서로 사랑하는 두 사람의 결합이라는 전제에서 나름의 삶의 방식을 계속해서 찾아가고 싶다. 나는 결혼과 자유를 맞바꾸지 않았다. 그게 때로는 사회의 통념과 맞지 않고, 불성실한 아내처럼 보이는 일이라 해도.

혼자 살지,
왜 결혼했냐고요?

"그냥 둥글게 좀 살아."

"엄마, 싫은 건 싫다고 말해야 둥근 마음으로 살 수 있어."

시어머니는 집안의 제사와 명절마다 꼼꼼히 음식을 마련한다. 제사를 지낸 후에는 여러 식구들이 먹을 식사 준비도 한다. 식사를 다 차리고 가장 마지막에서야 상 앞에 앉는데, 그것도 부엌과 가장 가까운 자리다. 매년 몇 번이나 반복하는 집안 행사가 왜 힘들지 않겠는가, 아마 그래야 하는게 당연하다고 생각하며 살아오셨을 것이다. 자식을 뒷바라지하고, 집안 행사가 있으면 묵묵히 부엌일을 하는 것이 시어머니가 살아온 법이었을 것이다.

다만 이 모든 일이 다음 세대에게 물려줄 만한 유산은 아니라는 것은 다들 눈치 채고 있었다. 명절이면 시어머니는 일찍 오면 음식 준비를 해야 하니 밤 아홉 시가 넘어서 오라고 문자를 보낸다. 시어머니가 고생하신다는 것은 알지만, 그 짐을 내가 기존의 방식대로 물려받거나 나누어 지겠다는 말은 차마 나오지 않았다. 내가 제사를 위해 뭔가를 한다면 적어도 내가 이해할 수 있는 새로운 형태여야 했다. 하지만 음식을 사서 간단하게 나가서 지내자거나 외식이나 하자는 말에는 시어머니도, 친정엄마도 선뜻 고개를 끄덕이지 못한다. 그 가운데 남자들은 논의에서 아예 빠져 있다. 어머니들은 앞으로 또 몇 번의 명절을 묵묵히 견뎌내야 할까.

결혼 후 밀려드는 아내와 며느리의 의무에 몸을 움츠리고, 벽을 세우는 내게 시어머니가 한 번은 한숨처럼 말한 적이 있다.

"결혼했으면 이제 너희 마음대로 살 수는 없는 거야."

그건 나를 가르치려는 의도보다는 오히려 체념에 가까웠다. 당신의 삶에 대한 회한처럼 들리기도 했다. 할 말을 좀처럼 참지 못하는 나지만, 그때만큼은 나는 그래도 마음대로 살 거라고 말하지 못했다. 참고 견뎌온 시어머니의 삶을 무색하게 만들 수 없어서였다.

~~~~~

며느리의 의무 같은 건 짊어지지 않고, 결혼 전과 마찬가지로 한 명의 성인으로서 내 결정과 판단에 따라 살아가겠다고 결심했다. 그런 맥락의 이야기를 할 때마다 듣는 말이 있다.

"그럴 거면 혼자 살지, 결혼은 왜 했어?"

그럴 거면 왜 결혼했느냐는 말은 정말이지 막막하다. 아기를 안 낳으려면, 제사를 안 지내려면, 시부모님에게 며느리 도리를 다 하지도 않으려면 왜 결혼했냐고 묻는 사회가 정말 당연할까? 이 미 기존의 결혼 제도에 문제의식과 변화의 필요성을 느끼는 사람들이 많이 있는데도, 왜 결혼했느냐는 말 한마디로 모든 논의를 무시한다. 이 말에는 고전적인 결혼 제도를 바꿔나갈 의지가 전혀 없다는 전제가 깔렸다. 결혼을 했으면 자유로웠던 발목에 족쇄를 묶고 집안의 '조신한 며느리'가 되는 게 당연하다는 발상은 일종의 폭력처럼 느껴졌다.

나는 아내로서, 며느리로서, 가부장적이고 유교적인 사회의 잔재로 남아 있는 특정 지위의 여성으로서 살기 위해 결혼한 것이 아니다. 결혼했다고 불공평하고 불합리한 전통에까지 묵묵히 동의한 것은 아니다. 그런데 며느리로 일하는 명절을 보내는 게 싫으면 결혼을 하지 말았어야 한다니. 시부모님을 섬기고 남편에게 내조하는 삶이 싫다면, 여성으로서 집안의 불합리한 제도의 부속품으로 살아가지 않으려면 도대체 결혼을 왜 했느냐고 묻는 사회에서 어떤 희망을 발견해야 할까.

결혼은 근본적으로 사랑하는 사람과 행복해지기 위해서 하는 것이다. 결혼으로 인한 불합리한 의무까지 받아들이지 않으면 사랑하는 사람과 살 자격이 없다는 것일까? 그러면서도 사회는 결혼과 출산, 육아를 권장한단 말인가?

남들 다 하는 건데 뭐가 힘드냐고 말하는 사람들이 아직도 있다. 심지어 '정작 주부들은 명절을 잘 보내고 있는데 언론 등에서 명절 증후군 같은 말을 만들어 마치 명절에 여자가 전부 힘들어야만 한다는 식으로 여론을 만든다'고, '그럴 거면 미풍양속도 다 없애라는 것이냐'는 댓글을 보기도 했다. 실은 우리 엄마도 나처럼 꼬박꼬박 따지는 며느리가 들어올까 봐 무섭다고 말한다.

"그냥 둥글게 좀 살아."
"엄마, 싫은 건 싫다고 말해야 둥근 마음으로 살 수 있어."

여자로서 겪는 불합리한 일들을 묵인하는 것이 열정 페이를 받으며 젊음을 다 바쳐 일하는 사회초년생들에게 '아프니까 청춘'이라고 합리화하는 것과 무엇이 다를까. 당연하게 여겨졌다고 해서 힘들지 않은 것은 아니다. 본인이 괴로움을 직접 토로하지 않는다고 해서 명절을 유지하기 위한 엄마들의 희생이 당연해지지는 않는다. 누군가의 희생으로 유지되는 전통은 절대 미풍양속이 될 수 없다. 그 혜택을 누리고 있는 사람들이 '어차피 본인들이 괜찮다는데'라고 말하는 건 너무 뻔뻔하지 않은가.

결혼이 낡고 버거운 관습으로 여겨지지 않으려면 지난한 갈등을 털어내는 수밖에 없다. 어쨌든 나는 이미 결혼을 했고, 엄마로서, 며느리로서, 아내로서, 여성으로서 살아야 하는 세상에 발을 디뎠다. 난 투사가 되고 싶은 건 아니지만, 내 삶을 위해서 뿐 아니라 다음 세대를 위해서 조금이라도 불편하면 불편하다고 말하는 소극적인 투쟁이나마 하지 않을 수 없다.

~~~~~

시간을 돌리면 다시 결혼할 것인지 생각해본 적이 있다. 나 같은 며느리는 결혼하지 말았어야 한다는 말을 듣다 보니 그래, 차라리 결혼을 하지 않는 게 나았을까 하는 생각이 들기도 했다. 결혼 제도에 순응할 수 없다면 아예 고민할 필요도 없는 싱글의 세상에서 편히 살 걸 그랬다. 그러다 며느리 도리와 불평등한 결혼 제도에 대한 이 지겨운 논쟁이 잦아들고, 투쟁하지 않아도 그저 사랑만으로 살아갈 수 있는 생활이 가능해질 때쯤 다시 가벼운 마음으로 결혼을 꿈꿔보겠다. 결혼하면 반드시 발을 들이게 되는 이 지긋지긋한 전쟁터는 아예 거들떠보지도 않고, 나 대신 다른 누군가가 열심히 싸워 승리를 쟁취한 후에야 얌체처럼 혜택만 누린다면 딱 좋겠다.

지금 당장 이루어지지 않더라도 결혼에 얹어진 부자연스러운 의무는 결국엔 바뀌어야만 한다. 결혼은 당사자 두 사람이 서로에 대해 더욱 책임감을 가지고 집중할 수 있는 제도가 되어야 한다. 그렇지 못한 현실이 점점 세상 밖으로 드러나고 있는 지금, 결혼은 더 이상 매력적인 선택이 아니기 때문이다. 사회가 떠미는 부수적인 역할이 많아질수록 부부는 '이해할 수 없는 걸 이해하기 위한' 감정 소모를 해야 할 뿐이다.

시댁에서 제사도 안 지내고 마음대로 여행도 다니고 싶으면 왜 결혼했냐는 질문이 도리어 우스워지는 세상, 그저 사랑만으로 결혼할 수 있는 세상을 꿈꾸는 게 그리 황당한 일일까? 결혼했는데 어떻게 좋은 것만, 신랑이랑 알콩달콩 사는 삶만 꿈꾸냐는 질문에는 도리어 묻고 싶다.

"왜 결혼하면 싫은 것까지 해야 하는 게 당연해요?"

"싫어하는 걸 잔뜩 짊어져야 한다면, 그럴 거면 도대체 왜 결혼을 하죠?"

결혼하면 두 사람은 독립적인 삶을 살아야 한다. 부모님 세대의 가치관으로부터 독립하지 못하고, 부당하다고 생각하면서도 두 사람의 판단이 아닌 기성세대의 고정 관념을 따른다면 결과적으로 결혼 생활은 힘들어질 수밖에 없다. 갈등은 피곤하지만, 삶의 질을 높이기 위해서 필요하다면 어쩔 수 없다. 결혼 제도의 희생양이 되지 않을 거라면 왜 결혼했냐고? 그 질문, 너무 어리석다.

우리는 여전히
선택하는 삶을 살 수 있다

필요하다면 갈등을 피하지 않겠다.

그렇게 해서 나 자신을 지킬 수 있다면

누군가 나를 미워해도 받아들일 수밖에 없다.

마지막으로, 나의 마지막 명절에 대한 이야기를 하지 않을 수 없을 것 같다. 이전 명절에는 부부끼리 여행을 다녀왔기 때문에, 1년 만에 맞이한 명절은 어느 때보다도 뒤숭숭했다. 그동안은 도착했을 때쯤 음식 준비가 다 끝나 있었는데 이번에는 밤 열한 시가 넘어서야 요리가 시작됐다. 그동안 잘 피해온 명절 풍경을 낱낱이 볼 수 있었던 셈이다. 여자들은 부엌에서 요리를 시작했고, 남자들은 술을 먹겠다며 거실에서 삼겹살을 구웠다. 여자들은 설음식을 마련하면서, 동시에 고추며 쌈장이며 술과 곁들일 반찬을 챙겼다. 나는 어느 쪽에도 속하지 않고 거실 끄트머리에 앉아 혼자 입을 다물고 있었다. 일어나서 자발적으로 부엌에 들어가고 싶지도 않았고, 자리에 앉아 있는 것도 물론 마음이 불편했다.

대충 자리가 정리된 뒤 방에 들어가니 시어머니가 나를 슬쩍 불렀다. 시어머니가 피곤하다고 말하자 시아버지가 그럼 며느리를 가르치라고 했다는 것이다. 내가 뭘 배워야 하냐고 묻자 시아버지는 멋쩍어하며 "그, 뭐냐, 배울 건 배워야지. 제사상 차리고 그런 거……"하고 말끝을 흐렸다. 남편 집 제사상 차리는 법을 왜 내가 배워야 하는지, 그 생각의 근원이 정말 궁금했다.

> "그건 (남편 일이니까) 남편이랑 얘기하셔야 할 것 같아요."

나는 상냥하게 대답하고는 그를 불렀다. 남편은 간단히 상황 설명을 듣고는 그런 거 안 배워도 된다며 나를 일으켰다.

나중에 남편에게 이게 '아들과 며느리의 입장 차이'라고 넌지시 말했다. 두 사람이 똑같이 술 마시고 앉아 있어도, 누군가는 잰 며느리가 돼서 일도 안 하고 앉아서 먹기만 한다며 흉을 보는 게 현실이라고. 시댁에 가면 늘 괜찮다고, 안 해도 된다고 말해도 내가 계속 불편해할 수밖에 없었던 이유를 남편도 이제야 이해하지 않았을까.

다음 날 아침, 남자들이 목욕하러 간 사이 여자들은 제사상을 차렸다. 남자들은 목욕탕에서 돌아와 절을 했고, 그 뒤 시아버지가 "주부들도 절하라"며 부엌 한편에 서 있던 여자들을 불렀다. 주부란 '한 가정의 살림살이를 맡아 꾸려 가는 안주인'을 뜻하는 말인데 내가 알기로 그 자리에 있는 여자들은 모두 맞벌이였다.

남자들이 큰 상에 앉아 떡국을 먹는 동안 여자들은 남자들이 먹을 것을 다 뜨고 남은 떡국을 작은 상에 앉아 냄비채로 나눠 먹었다. 내 심기가 불편해 보이자 남편이 눈치를 보는 게 느껴졌다. 밥 먹으면서 시어머니가 내 남편이 어릴 때 입맛이 몹시 까다로웠다는 일화를 얘기하자 옆에 있던 친척 어른이 나를 보며 "네가 피곤하겠다?" 했다. 왜 내가 남편의 입맛을 엄마처럼 맞춰주고 있다고 생각할까? 나는 "짜다, 싱겁다 투정하려면 본인이 해야죠"라고 대답했다. 그마저도 요리를 여자인 내가 한다는 전제를 인정한 것 같아서 속이 시원하지 않았지만. 참기름을 주겠다는 시어머니에게 남편이 집에 아직 참기름이 남아 있으니 괜찮다고 대답했을 때도, 그 친척은 "어머, 그걸 왜 신랑이 알고 있어? 웃긴다" 하고 진짜 우스운 얘기라는 듯 웃었다.

설거지를 하지 않고 집으로 돌아왔다. 시아버지나 시아버지 형제들의 아내, 남편의 작은엄마들이 속으로 나를 욕하고 있을지도 몰랐다. 그 비난이 똑같이 일하지 않는 각자의 남편이 아니라 여자인 나를 향할 것을 새삼 지적하며, 집에 돌아오는 길에 남편에게 이 모든 불합리함을 다시 한번 이야기했다. 그는 내 마음을 이미 안다. 나는 부엌일을 하기 싫어서 기분이 나쁜 게 아니다. 나는 가족이 아니라, 그의 집안 조상을 모시는 데 노동력을 제공하는 며느리로서 여겨지고 싶지 않았다. 만약 내가 제사상 차리는 법을 배워야 한다면 그것은 원래 우리 집, 내 조상을 위한 것이어야 했다. 장손인 남편이 제사를 지내고 싶다면 그가 하면 된다. 나에게 도움을 요청하면 기꺼이 도와줄 것이다. 며느리를 시키라는 시아버지가 미운 게 아니라, 내가 누군가와 결혼했다는 이유로 자연스럽게 그의 집에서 노동하는 위치가 된다는 발상을 견딜 수 없었다.

남편은 '장손 노릇을 해야 한다'는 아버지의 가부장적 가치관과 '억지로 해야 하는 건 웬만하면 안 하면서 살겠다'는 나의 주장 사이에서 머리가 복잡했을 것이다. 그걸 알면서도 이 풍경은 불합리하다는 말을 참을 수 없었다.

남편과 의논하여 앞으로는 명절 행사에 참여하지 않기로 결정했다. 대신 명절에는 원하는 대로 각자 집에 가거나, 여행 등으로 재충전하는 시간을 보내기로 했다. 결혼하기 전부터 해온 이야기지만, 막상 결혼 후에는 실행하지 못한 채 망설이고 있던 일이었다. 하지만 점점 감정이 상하는 걸 보니 우리 두 사람을 위해 하루빨리 결심을 하는 편이 나았다.

명절에 가지 않는 것이 근본적인 해결책은 분명 아니다. 누구도 잘못하지 않았기에 모두가 피해자라는 사실을 안다. 하지만 1년에 두 번씩 무거운 마음으로 이 비정상적인 풍경에 속해 있을 자신이 없었다.

"어머니, 이걸 어떻게 여자끼리만 다 해요?"

내 물음에 시어머니는 예전에는 두 배나 차렸는데 그래도 요즘에는 많이 나아졌다며 웃었다. 이제는 시댁 친척 어른댁에 가는 길이 친정에 가는 길보다 눈에 익어 내 삶이려니 하고 받아들이게 되었다고 한다. 내가 더 할 수 있는 말이 없었다. 불합리하고 힘든 것은 똑같은데, 예전보다 가벼워졌다는 사실에 감사하는 마음을 내가 지닐 수 있을까.

명절에 가지 않겠다는 것이 시부모님에 대한 도리를 내팽개치겠다는 뜻은 아니다. 가부장적인 가치관을 따를 수 없을 뿐 나는 오히려 호쾌한 시아버지를 좋아한다. 나는 차라리 날 따뜻할 때 함께 여행을 가자고 제안했다. 함께하는 시간으로 따지면 여행이 명절보다 길지만, 그래도 여행이 나은 것은 일상에서 잠시 벗어나 집안에서의 고정적인 역할이 조금은 무너지고 옮겨가기 때문이다. 나도 스스로의 서열을 매순간 확인할 필요가 적다.

~~~~~

너처럼 살고 싶지 않다는 말을 듣고 기분 좋은 사람이 어디 있을
까. 하지만 결혼 제도의 문제점이 지적될 때마다 꼭 이런 댓글이
달린다.

    – 이래서 결혼이 싫어!
    – 결혼한 사람들 불쌍하다.
    – 난 절대 결혼하지 말고 혼자 살아야지.

결혼이 답답하거나 힘들게 여겨지는 것은 쓸쓸한 일이다. 그래서
더더욱 결혼하면 당연히 펼쳐질 것으로 짐작되는 어려운 삶을 나
역시 체념하고 따를 수는 없었다.

결혼하고 싶은 사람이 있거나 적어도 결혼에 대해 고민하고 있는
여성들이 가장 걱정하는 문제가 바로 내 의도와 상관없이 삶의
주도권을 잃는 것이다. 이는 남편의 성향이나 시부모님 개개인의
인격에 관한 문제가 아니다. 아내, 엄마, 며느리가 되면 왜 결혼

이전에 비해 자유롭지 못한가에 대한 고민이다. 물론 결혼이라는 공동생활에 서로 책임감을 가져야 하는 것은 당연하지만, 그것이 일방적으로 나를 포기하거나 남들이 정해놓은 길을 따라야 한다는 뜻은 아니다.

이해할 수 없는 구시대적인 관습에 지치거나 탈출구가 좀처럼 보이지 않을 때, 내 삶을 되찾을 수 있는 방법은 이혼뿐이 아닐까 생각해보곤 했다. 실제로 이혼의 많은 원인이 온전히 두 사람의 문제라기보다는 고부 갈등이나 사회적 제도의 오류에서 생겨난다.

애초에 결혼에 의한 문제들을 피하는 방법은 결혼하지 않는 것밖에 없었을지도 모른다. 하지만 내가 선택하지 않은 의무로 인해 내가 선택한 사랑과 가정을 포기해야 한다는 것은 의아했다.

단번에 바뀔 리 없는 인식을 견뎌내기 위해 혹은 바꿔가기 위해 나는 방법을 탐색하고자 했다. 좋은 게 좋은 거라고 넘길 수 있을 정도라면 모르겠지만, 그 모든 상황이 뾰족뾰족 박히는 가시처럼 괴롭다면 어떻게 그대로 평생을 살아갈 수 있겠는가. 이 시점에서 선택이 필요하다. 결혼을 하지 말든가, 결혼하되 며느리 도리를 갖추기를 포기하는 것이다. 나는 후자를 택했다.

성격마다, 가정마다 상황이 다르기에 무엇이 정답이라고 할 수는 없지만 결혼을 앞둔 지인들에게는 꼭 이런 말을 하게 된다. 본인이 힘들지 않다면 상관없지만 외부의 상황이 부부 관계에 영향을 미칠 만큼 압박을 준다면 거부할 수 있는 용기가 필요하다고. 아니, 사실은 이렇게 말한다.

그것을 거부할 수 있는 '싸가지'가 좀 필요하다고.

동시에 한편으로는 그들 역시 나처럼 혼란을 겪으리라는 섣부른 예측을 던지지는 않으려고 노력한다. 모두에게는 자신만의 만족과 위기, 그리고 해결책이 있는 법이니까.

며느리와 시댁 사이에 대립 구도가 형성되어야 한다는 뜻은 결코 아니다. 다만 시부모님의 마음에 쏙 드는 며느리가 되지 못해도 할 수 없다는 말이다. 우리가 결혼하기도 전에 지레 겁먹게 되는 것은 어른에게 순응해야 한다는 교육을 받아왔기 때문이다.

'너도 이제 우리 집안사람이니까 며느리로서 살아야 한다'는 어른들의 생각을 차마 거부하지 못하는 데서 마음속 갈등이 시작된다. 혹 시부모님의 눈에 나의 선택이 이기적이고 못된 행동처럼 보여도 어쩔 수 없다. 갈등이 생기더라도, 서로 원하는 삶의 방향이 다르다면, 그 차이를 한쪽이 일방적으로 맞추지 않아도 된다. 필요하다면 갈등을 피하지 않겠다. 그렇게 해서 나 자신을 지킬 수 있다면 누군가 나를 미워해도 받아들일 수밖에 없다. 나는 그렇게 생각한다.

용기를 내어 자신의 가치관과 기준을 밝히는 것이 오히려 제대로 된 '관계 맺기'의 시작이 될 수도 있다. 결혼 제도 안에서 며느리가 약자가 되지 않아도, 남편과 사랑하고 부모님에게 도리를 다하며 살 수 있는 방법은 얼마든지 있다. 그리고 반드시 있어야만 한다.

~~~~

지금의 결혼 제도가 남자들에게 완전히 유리하다는 뜻은 아니다. 나는 내 남편이 가부장제에 따른 가장의 부담감을 불필요하게 갖지 않았으면 좋겠다. 맞벌이든 외벌이든, 돈을 버는 일과 가정을 돌보는 일은 반드시 양립해야 하므로 누구의 일이 더 힘들고 훌륭한지 따지는 논쟁은 불필요하다.

이 짧은 글에서 결혼 제도와 맞물린 모든 문제를 하나하나 짚고 넘어갈 수는 없다. 한순간에 많은 것이 바뀌지도 않을 것이고, 또 바뀐다 한들 완벽한 세상이 될 수도 없으리라. 어떻게든 이 세상에서 살아가야 하는 우리는 어떤 선택을 해야 할까? 사실 정답이라고 할 만한 것은 없다. 다만 각자의 방식으로 의문과 불합리함에 대한 괴로움을 조금이나마 덜고, 앞으로 많은 시간을 더 이어가야 하는 결혼 생활이 부부 모두에게 마음 편한 것이 되었으면 좋겠다. 누군가를 탓하고 싶지는 않다. 다만 악의가 없다고 피해자도 없는 것은 아니므로, 나 스스로를 지킬 수 있는 멘탈과 힘, 목소리를 지니고 살고 싶을 뿐이다.

결혼 생활에서 두 사람이 서로 양보하고 맞춰가야 할 것은 산더미처럼 많지만, 다투고 갈등하더라도 우리는 아마 잘 해낼 수 있을 것이다. 하지만 그 외의 요소가 두 사람이 독립된 가정을 꾸려나가는 데 걸림돌이 되는 세상이라면 그것부터 바뀌어야 하지 않을까?

두 사람 모두 제사나 명절을 좋은 풍습으로 여기고 지키길 원한다면 계속 해나가면 된다. 단지 억지로 견디지 않는 삶, 누군가가 희생하지 않는 삶, 그리고 완벽하지는 않더라도 두 사람 모두가 행복한 삶을 살고 싶다는 이야기다. 같이 살되 법적, 사회적인 의무는 없는 동거도 하나의 선택이 될 수는 있겠으나 궁극적으로는 결혼이 떠미는 의무 자체에 옳지 않은 것이 있다면 바뀌어야 한다.

'결혼하면 이런 삶을 살게 될 것'이라고 체념하지 않고, 뿌리부터 새로이 일궈서 내가 생각하는 결혼 생활을 하고 싶다. 그래서 좀 더 근본적으로 결혼이 사랑하는 두 사람의 새로운 시작이자 생활이 되기를 바란다.

세상의 오지랖에 맞서 진짜 나로 살아가는 법

제가 알아서 할게요

초판 1쇄   2018년 5월 21일

지은이   박은지
발행인   유철상
편집   이정은, 이유나, 황유라, 김유진
디자인   조연경, 주인지, 조정은, 이혜수
마케팅   조종삼, 최민아

펴낸곳   상상출판
출판등록   2009년 9월 22일(제305-2010-02호)
주소   서울시 동대문구 정릉천동로 58, 103동 206호(용두동, 롯데캐슬피렌체)
전화   02-963-9891
팩스   02-963-9892
전자우편   cs@esangsang.co.kr
홈페이지   www.esangsang.co.kr
블로그   blog.naver.com/sangsang_pub
인쇄   다라니

ISBN 979-11-87795-72-8(03810)
ⓒ2018 박은지